NEZAHUALCÓYOTL
El despertar del coyote

Antonio Guadarrama
Collado

© D.R. Antonio Guadarrama Collado, 2011

© D.R. de esta edición:
Santillana Ediciones Generales, SA de CV
Av. Río Mixcoac 274, Col. Acacias
CP. 03240, teléfono 54 20 75 30
www.sumadeletras.com.mx

Diseño de cubierta: Juan Carlos Liceaga
Formación: Oscar Levi
Lectura de pruebas: Citlalli Rodríguez y Josu Iturbe
Cuidado de la edición: Jorge Solís Arenazas

Primera edición: noviembre de 2011

ISBN: 978-607-11-1508-9

Impreso en México

PRISA EDICIONES

A mi hermano Genaro, amigo y cómplice que le dio cuerda a las aventuras de mi infancia.

A mi amigo Israel, que en la adolescencia, me facilitó el poder intrépido de sus ojos para ver más allá.

Grandes tlatoanis del imperio

Nezahualcóyotl, el despertar del coyote es la segunda entrega de esta colección que comenzó con *Tezozómoc, el tirano olvidado*, publicada en 2009.

Los *tlatoque* —plural de tlatoani, que significa *el que habla*, como designaban a sus gobernantes en la época prehispánica— de la antigua México-Tenochtitlan fueron Acamapichtli, Huitzilihuitl, Chimalpopoca, Izcóatl, Moctezuma Ilhuicamina, Axayácatl, Tizoc, Ahuízotl, Moctezuma Xocoyotzin, Cuitláhuac y Cuauhtémoc.

El objetivo de esta colección es novelar ampliamente la vida de estos gobernantes, así como su cultura, filosofía, guerras, surgimiento como imperio, grandeza y caída. Cabe aclarar que Tezozómoc y Nezahualcóyotl no fueron tlatoque, pero resulta imprescindible narrar sus vidas para comprender el surgimiento del gran imperio de México-Tenochtitlan.

ACOLMIZTLI NEZAHUALCÓYOTL nació en la ciudad de Texcoco el 28 de abril de 1402, correspondiente al *Ce Mázatl* (1 Venado), del año *Ce Tochtli* (1 conejo) en el calendario azteca. Acolmiztli significa *brazo o fuerza de león* y Nezahualcóyotl, *coyote hambriento o ayunado*. Era hijo del tecuhtli chichimeca, Ixtlilxóchitl Ome Tochtli y de Matlalcihuatzin, de quien algunos han afirmado que era hija de Huitzilíhuitl, el rey de México-Tenochtitlan, mientras que otros dicen que era su hermana.

Los descendientes directos del fundador del reino chichimeca, Xólotl, mantuvieron el poder sobre todo el Valle de México, hasta que Tezozómoc, rey de Azcapotzalco, y también descendiente del difunto monarca Xólotl, les declaró la guerra con intenciones de adueñarse del reino acolhua, también conocido como el reino chichimeca, ubicado en Texcoco, pero que mantenía el poder en todo el Valle del Anáhuac.

1. Ce

Año 4 conejo (1418)

Será la incertidumbre enemiga mortal de la libertad? —se preguntó Ixtlilxóchitl, el rey de Tezcoco, mientras observaba el cielo oscuro, escuchando los grillos y el canto de los tecolotes—. Incluso para morir con honor se necesita libertad. Sólo quien vive de placeres ordinarios puede temerle a la muerte —cerró los ojos, respiró profundo y se puso de pie. Tras pasar la noche en vela afuera de un pequeño palacio escondido en el bosque, se dispuso a acudir a la última batalla de su vida.

Si bien la muerte no era una razón de miedo para él —cuyas credenciales le aseguraban la gloria póstuma—, el incierto destino de su pueblo y de sus hijos era más que suficiente para arrancarle el sueño.

Mandó llamar a toda la gente que lo había seguido fielmente: soldados que habían pasado la noche vigilando desde las copas de los árboles u ocultos entre matorrales y mujeres que, mientras tanto, cocinaban atole, tortillas y tamales, mientras sus hijos dormían amontonados a un lado del fuego.

Una nostalgia ensombrecía sus rostros y movimientos. El silencio delataba sus ganas de gritar: "¡Ya basta, ya no más guerra, que todo termine!". Llevaban casi cuatro años luchando contra las tropas del viejo Tezozómoc, rey de Azcapotzalco, quien se negaba a reconocer como supremo monarca de toda la Tierra a su sobrino Ixtlilxóchitl, rey acolhua.

El conflicto comenzó desde que Quinatzin, abuelo de Ixtlilxóchitl, era el supremo monarca y Acolhuatzin, padre de Tezozómoc, usurpó el trono. Desde entonces al joven Tezozómoc se le incrustó en la cabeza la idea de que él sería el sucesor en el poder. Por venturas del destino, Quinatzin y sus tropas se recuperaron y Acolhuatzin agachó la cabeza, rindiéndose. A Quinatzin lo sucedió su hijo Techotlala, mientras que Azcapotzalco pasó a manos de Tezozómoc, quien siempre vio a aquél con desprecio.

Techotlala le pidió una hija para casarla con su hijo Ixtlilxóchitl, con lo cual ambos reinos se fusionarían. Pero ocurrió lo más inesperado: Ixtlilxóchitl devolvió a la princesa tepaneca pocos días después de la boda, con el único argumento de que no se entendía con ella.

El rey de Azcapotzalco no cobró venganza alguna. En el año 8 casa (1409) murió Techotlala y nombró como heredero a su hijo Ixtlilxóchitl, pero Tezozómoc se negó a reconocerlo como gran tecuhtli. Sabiendo el rey de Azcapotzalco que Ixtlilxóchitl era vulnerable por su inexperiencia, en el año 13 conejo (1414) le declaró la guerra.

Al inicio de las batallas, Ixtlilxóchitl tenía a la mayoría de los señoríos de su lado, así que logró una pronta rendición de Tezozómoc. El rey acolhua le perdonó la vida y le devolvió todas sus tierras y privilegios, lo que provocó una ira en los aliados de Tezcoco. En poco tiempo la mayoría de los que decían ser fieles al reino chichimeca entregaron sus tropas a Tezozómoc, quien nuevamente se levantó en armas. Ixtlilxóchitl y su ejército se fueron debilitando hasta que los tepanecas se apoderaron de la ciudad de Tezcoco. El rey acolhua pudo escapar con parte de sus tropas y un considerable número de gente que decidió seguirlo poco antes de que llegaran los enemigos. Fueron perseguidos toda la noche hasta llegar a la sierra, donde sostuvieron un reñido combate, antes de volver a fugarse.

Treinta días después, Ixtlilxóchitl se dispuso a poner todo en una batalla crucial. Consciente de que esa mañana llegarían las tropas enemigas a embestir sus fortificaciones, ordenó que le prepararan su traje de guerra. Toda su gente observó en silencio mientras él se anudaba los cordones de sus elegantes botas cubiertas de oro. Su hijo Acolmiztli —de apenas dieciséis años— le ayudó a ponerse el atuendo real, una vestimenta emplumada y laminada en oro, brazaletes y una cadena de piedras preciosas y oro. Un hombre llegó con un penacho de enormes y bellísimas plumas. Ixtlilxóchitl lo recibió y se lo puso. Las plumas cayeron sobre su espalda. Otros cinco hombres hicieron fila pacientemente y esperaron a que Ixtlilxóchitl les diera la instrucción de avanzar hacia él. El primero en acercarse al supremo monarca le entregó el arco arrodillándose ante él; el segundo le llevó las flechas; de la misma manera le entregaron su escudo, lancillas y el macuahuitl (macana con piedras de ixtli incrustadas). Luego de acomodarse las armas a la espalda se dirigió a su gente.

—Hoy terminará la guerra —anunció—. Deben volver a sus casas y cuidar de sus hijos. Al decirles que todo esto terminará, no me guía la cobardía, sino la cordura. El ejército tepaneca es mucho mayor que el nuestro y ya no puedo sacrificar más vidas. Si con mi vida ha de concluir esta guerra que no ha servido de nada, le daré gusto a mi enemigo. Iré para cumplir con mi deber. Está en mi agüero que he de terminar mis días con el macuahuitl y el escudo en las manos.

Un largo y amargo silencio se apoderó del ambiente. No había forma de discutir. No había escapatoria. O salían a pelear o esperaban a que las tropas enemigas llegaran y los asesinaran a todos.

El horizonte aún se encontraba oscurecido cuando el supremo monarca salió con su ejército, dejando a las mujeres, ancianos y críos en el pequeño palacio. Las aves comenzaron su canto madrugador. Al llegar al sitio en el cual aguardarían a los tepanecas, el rey chichimeca se detuvo sin decir palabra alguna. Sus fieles soldados permanecieron en silencio. Ixtlilxóchitl disparó la vista al cielo y recordó la mirada de su padre Techotlala; caviló en los logros de sus antepasados: su abuelo Quinatzin, su bisabuelo Tlotzin, su tatarabuelo Nopaltzin y Xólotl, el fundador del reino chichimeca. Su hijo Acolmiztli se encontraba a su lado. Suspiró, cerró los ojos y se dirigió a sus soldados:

—Leales vasallos, aliados y amigos míos, que con tanta fidelidad y amor me han acompañado hasta ahora, sé que ha llegado el día de mi muerte, a la cual no puedo escapar. Siguiendo a este paso no lograré otra cosa más que envolverlos a todos en mi desgracia. Nos falta gente y alimento. Mis enemigos vienen por mí. Y no vale la pena que por salvar mi vida, la pierdan también ustedes. De esta manera he resuelto ir yo sólo a enfrentar a mis enemigos, pues muerto yo la guerra se acabará, y cesará el peligro. En cuanto esto ocurra abandonen las fortificaciones y procuren esconderse en esa sierra. Sólo les encargo que cuiden la vida del príncipe, para que continúe el linaje de los ilustres monarcas chichimecas. Él recobrará su imperio.

—Gran tecuhtli —dijo uno de los soldados—, yo lo acompañaré hasta el final. Y si he de dar mi vida para salvar la suya, con gran honor moriré en campaña. Como usted lo ha dicho muchas veces: Sólo quien vive de placeres ordinarios puede temerle a la muerte.

Asimismo el resto de la tropa expresó su apoyo dando un paso al frente, apretando fuertemente sus armas. En ese instante, una parvada voló frente al sol que se asomaba y unos venados corrieron por el horizonte. El supremo monarca dirigió su mirada hacia aquella dirección y anunció con un grito la aproximación de las tropas enemigas. Los capitanes comenzaron a dar instrucciones a los soldados mientras Ixtlilxóchitl se dirigió a su hijo:

—Hijo mío, Acolmiztli, me cuesta mucho dejarte sin amparo, expuesto a la rabia de esas fieras hambrientas que han de cebarse en mi sangre; pero con eso se apagará su enojo. No te dejo otra herencia que el arco y la flecha.

Pero el joven Acolmiztli respondió que iría a luchar junto a él.

—¡Tu vida corre peligro! —dijo Ixtlilxóchitl mirando rápidamente de atrás para adelante, midiendo el tiempo que le quedaba disponible para hablar con su hijo, a quien tomó por los hombros—. ¡Tú eres el heredero del reino chichimeca! De ti depende que sobreviva el imperio —a lo lejos se escucharon el silbido de los caracoles y los tambores enemigos.

Tum, tututum, tum, tum.

—¡Padre, permítame luchar contra el enemigo! —el príncipe chichimeca empuñaba las manos como si con ello demostrara su habilidad para la guerra—. Me he ejercitado en las armas.

—¡Guarda eso para el futuro! —le tocó la frente.

Tum, tututum, tum, tum.

Con lágrimas en los ojos, el príncipe Acolmiztli le arrebató el macuahuitl a uno de los soldados.

—¿Ves ese árbol? —señaló Ixtlitlxóchitl—. ¡Súbete ahí y escóndete! ¡Anda! ¡No te tardes!

Acolmiztli frunció el entrecejo y levantó el macuahuitl. En ese momento el capitán que había presenciado todo, sin esperar las órdenes del supremo monarca, le quitó al joven príncipe el arma y lo jaló del brazo. Hubo un forcejeo entre ambos, pues el príncipe se resistía a retirarse. El capitán no quiso emplear mayor fuerza por respeto al joven heredero, quien logró zafarse y volvió ante su padre. El capitán corrió tras el joven chichimeca y, sujetándole ambos brazos, lo arrastró hasta el árbol, ante sus intentos desesperados; otro de los soldados tuvo que intervenir para subirlo. Acolmiztli lloró y gritó al ver a las tropas enemigas.

¡Tum, tututum, tum, tum!

—¡Te lo ordeno! ¡Salva tu vida! ¡Salva el imperio! ¡Salva a Tezcoco! —gritó Ixtlilxóchitl y comenzó a marchar con su ejército.

Acolmiztli no tuvo más remedio que subir rápidamente al árbol, desde donde podía observar todo.

¡Tum, tututum, tum, tum!

Aparecieron las tropas aliadas de Azcapotzalco: Chalco por el este y Otompan por el oeste. El ejército de Ixtlilxóchitl comenzaba a organizarse para combatirlos, cuando comprendieron que los estaban rodeando. Los tepanecas se acercaban por el sur mientras que los tlatelolcas y mexicas, por el norte. Así que el rey acolhua dividió a su disminuido ejército para recibir al enemigo por los cuatro puntos.

—¡Yo marcharé al frente! —gritó Ixtlilxóchitl.

El lugar de la batalla era plano, rodeado por una cortina de árboles y algunos más esparcidos hacia el centro. Ixtlilxóchitl y su tropa vieron la primera flecha en el tronco de un ahuehuete. Pronto comenzaron a caer decenas más como granizo. Una avanzada venía talando todo a su paso para abrirle camino a los soldados que marchaban detrás. Los gritos y el sonido de sus tambores de guerra se hacían cada vez más estruendosos:

¡Tum, tututum, tum, tum! ¡Tum, tututum, tum, tum!

El supremo monarca sacó la primera de sus fechas, la acomodó en el arco, apuntó al cielo y disparó. Según sus cálculos debía dar en uno de los soldados que corría directo a él. Acolmiztli observó desde la copa del árbol cómo aquella flecha trazó una parábola en las alturas y cayó justo en el pecho de uno de los enemigos.

¡Tum, tututum, tum, tum! ¡Tum, tututum, tum, tum!

Entre la lluvia de flechas uno de los soldados chichimecas fue derribado. Acolmiztli estuvo tentado a bajar del árbol, correr hacia el hombre caído, tomar sus armas y enfrentar a las tropas. Pero volvió a su mente la orden del rey chichimeca: ¡Rescata el imperio! Pese al dolor, la impotencia y la incertidumbre que sentía, Acolmiztli se mantuvo de pie sobre la rama de aquel enorme árbol. Vio cómo su padre corrió al frente con lanza en mano, se detuvo y la lanzó vigorosamente atinando en el pecho de uno de los tlatelolcas.

¡Tum, tututum, tum, tum! ¡Tum, tututum, tum, tum!

La lucha cuerpo a cuerpo se encarnizaba. Esquivar y recoger las flechas del piso para regresarlas a sus contrincantes era imposible. Emprendían el combate con macuahuitles, hondas, porras, lanzas, escudos y picas. El primero en atacar al rey chichimeca fue un guerrero mexica. Con macuahuitl en mano iniciaron un feroz combate. El soldado tenochca arremetió sin descanso contra Ixtlilxóchitl, quien con su escudo logró defenderse, una y otra vez. La temperatura subió conforme el sol cruzaba el horizonte.

El príncipe chichimeca vio cómo su padre, bañado en sudor, atravesaba con su macuahuitl el pecho del guerrero mexica. Mientras aquel combatiente se desangraba, ya se aproximaba otro contrincante. Quiso gritarle a su padre, alertarlo del peligro, pero se contuvo ante lo que le habían ordenado: callar, esconderse, salvar el imperio. El guerrero, que llevaba una cabeza de jaguar, era capitán de la tropa tenochca, mucho más ejercitado que el soldado. Él y el chichimecatecuhtli se miraron entre sí, sosteniendo su macuahuitl y escudo, con las piernas abiertas y un poco flexionadas, caminando en círculo. La cabeza de jaguar le daba al tenochca mayores dimensiones. Ixtlilxóchitl frunció el ceño mientras avanzaba lentamente. De pronto el tenochca emprendió el primero de muchos ataques, arrojando una lancilla que Ixtlilxóchitl logró detener con el escudo. El arma tenía un cordón para recuperarla luego de haberla lanzado, pero Ixtlilxóchitl lo cortó para apoderarse de ella; la regresó con furia al jaguar, que se dejó caer sobre los matorrales para no ser herido con su misma arma. El rey chichimeca lo perdió de vista por unos instantes. Podía habérsele escurrido entre la hierba, subir a un árbol o permanecer escondido hasta que llegara a su trampa.

Caminó con cautela, escuchando los gritos de los soldados y los choques entre las armas. Justo en ese momento notó algo que caía a su espalda. Acolmiztli le había lanzado una rama para prevenirlo. El enemigo se acercaba por detrás. Ixtlilxóchitl apretó fuertemente su macuahuitl y giró velozmente en su mismo eje, estirando los dos brazos con los que sostenía su arma. Sin haberlo visto siquiera le cortó la cabeza al jaguar.

Dirigió la mirada al árbol donde se encontraba su hijo y le agradeció con una sonrisa. No hubo mucho tiempo para descansar, pues pronto uno de sus generales requirió de su auxilio. Luchaba contra un guerrero águila. Ixtlilxóchitl intentó darle muerte al soldado tenochca, pero éste detuvo el golpe con su escudo. El guerrero águila tenía una destreza asombrosa, combatía a ambos tanto con su macuahuitl como con su escudo. No perdía de vista a ninguno. Logró esquivar muchos de los golpes sin poder herir a ninguno de los guerreros chichimecas. Alzó uno de los brazos para sujetarse de una rama poco antes de que el macuahuitl del monarca le diera en una de las piernas. Como hábil lagartija trepó al árbol, se paró sobre la rama, se balanceó por un instante y cual águila en vuelo brincó sobre el rey chichimeca, quien alcanzó a esquivar el golpe. Ixtlilxóchitl intentó enterrarle el macuahuitl en la espalda antes de que el guerrero águila se reincorporara. Fue demasiado tarde, el tenochca, que seguía acostado, le dio un golpe en la pierna izquierda. El monarca se detuvo unos segundos, soportando el dolor de su herida. El general chichimeca le dio en el pecho al guerrero águila con una lancilla; éste la arrancó de su pecho, del cual brotó un chorro de sangre, y sin desperdiciar tiempo se puso de pie y se le fue encima al rey acolhua. Los dos rodaron sobre la hierba y los matorrales forcejeando. Ixtlilxóchitl tenía un cuchillo en la mano y el guerrero tenochca sostenía la misma lancilla que lo había herido. La sangre del mexica comenzó a cubrir a Ixtlilxóchitl. Su penacho terminó despedazado entre los arbustos. El tenochca logró quedar sobre él y, para obligarlo a soltar su cuchillo, lo golpeó con su cabeza de águila. Súbitamente paró su ataque, soltó su arma, lanzó un quejido y se desplomó sobre Ixtlilxóchitl, que se lo quitó de encima. El general de Tezcoco había llegado a rescatar a su rey, enterrando en la espalda del soldado su macuahuitl.

Apenas se puso de pie, el mismo general chichimeca que le acababa de salvar la vida cayó a su lado: otro guerrero jaguar había llegado por la espalda para darle muerte. Ixtlilxóchitl se tiró al piso, rodó poco más de un metro, recuperó su macuahuitl, se levantó lo más rápido posible y se puso en guardia. Lanzó el primer porrazo, pero el tenochca supo evadirlo. Por un momento ninguno se movía. Calculaban sus estrategias, medían las fortalezas del enemigo.

El guerrero jaguar se quitó la cabeza de madera, que no era un adorno a su atuendo, sino una muestra de su alto rango militar. Al sonreír, mostró apenas cuatro dientes. Se pasó el dorso de la mano por la frente para limpiarse el sudor. Ixtlilxóchitl se acercó y lo hizo retroceder un par de pasos. El rey chichimeca levantó su macuahuitl y lanzó un golpe, con el cual alcanzó a herirle la boca, que comenzó a sangrar. El soldado se llevó un dedo a la boca para tocarse un diente. Con una nueva sonrisa, dejó ver aún más la sangre que le escurría. Aquella distracción le ayudó para soltar un golpe, con el cual le arrancó el escudo de las manos a Ixtlilxóchitl. Ambos se miraban fijamente. El jaguar sonreía mientras una maya de sangre le brotaba de la boca hasta el pecho, tiñendo de un rojo profundo las plumas de su atuendo. Ixtlilxóchitl dio un par de pasos hacia el frente. Pero el mexica no se mostró temeroso; por el contrario, se metió un par de dedos a la boca, se arrancó el diente lastimado; lo puso frente a su rostro, mostrándoselo al rey chichimeca, se lo llevó a la boca y se lo tragó. Después, asestó el golpe que hirió el brazo del rey y se clavó en su abdomen. La sangre comenzó a cubrir el vientre del supremo monarca de toda la Tierra, mientras se doblaba de rodillas, con su último aliento. El guerrero jaguar supo que había ganado la batalla.

Acolmiztli comenzó a llorar en silencio desde la punta del árbol al escuchar los gritos del mexica mientras alzaba los brazos.

Los que se hallaban más cerca corrieron la voz. ¡El rey chichimeca había caído! Los soldados de ambas tropas detuvieron el combate y corrieron en la misma dirección para corroborar la noticia, incluso aquellos soldados que se encontraban lejos. Por un segundo, el silencio fue total. Los seguidores del rey chichimeca observaban con dolor, mientras que los enemigos sonreían al ver a aquel hombre derrotado. El fin de la guerra estaba marcado. Tezozómoc sería a partir de ese día el nuevo monarca de toda la Tierra. El guerrero jaguar se encontraba de pie frente a Ixtlilxóchitl que yacía agonizando, con la cabeza moviéndose lentamente en círculos y su brazo colgando como trapo. El jaguar seguía sonriendo, dirigiendo la mirada en todas las direcciones, para que reconocieran su rostro, para que lo recordaran por siempre como el que había dado muerte al supremo monarca; y para comprobarlo levantó su macuahuitl y lanzó el golpe que dio directo en el cuello del rey chichimeca, cuya cabeza salió volando.

Desde la copa del árbol el joven príncipe apretaba los puños —que le temblaban violentamente— para no gritar mientras veía el cuerpo decapitado; para no llorar de impotencia por su incapacidad de bajar y vengar aquella muerte; para no morir de pena, para no suicidarse en ese momento con tal de ir tras su padre muerto: el heredero del imperio fundado por Xólotl, el hijo de Techotlala, el rey de Tezcoco, el supremo monarca de toda la Tierra, el gran chichimecate-cuhtli, Ixtlilxóchitl.

Jamás un día le había pesado tanto —ni él había derramado tanto llanto— como aquel en el que fue testigo de la muerte de su padre y el arresto de la tropa chichimeca. El ejército enemigo se tomó su tiempo en amarrarlos a todos, entre burlas. Los gritos de triunfo no cesaban. Transcurrieron un par de horas para que todos se marcharan, dejando los cuerpos muertos en combate, incluyendo el del rey de Tezcoco. Aun así, el joven chichimeca no bajó del árbol, temiendo que se tratara de una trampa. Al llegar la noche, cuando tuvo la certeza de que no había nadie, bajó del árbol y caminó hacia el cadáver abandonado. Luego se dirigió a la cabeza que se encontraba a unos cuantos metros, la tomó cuidadosamente y la volvió a colocar en el cuerpo caído. Como si con ello le devolviera un poco de honor, la acomodó de manera que se viera unida al resto del difunto y con dificultad le cerró los ojos y la boca tiesa. Intentó limpiarle la sangre, pero sólo consiguió embarrarla. Sin poder evitarlo lo abrazó y lloró a gritos por su padre, por el destino del imperio, por su pueblo, por él mismo.

—¡Escúchame, padre mío: cobraré venganza! ¡Acabaré con las tropas del tirano Tezozómoc!

En ese momento escuchó una voz a su espalda. Al voltear se encontró con el rostro de su maestro, Huitzilihuitzin.

—¡Mataron a mi padre! —lloraba Acolmiztli—. ¡Lo han asesinado!

—Llora, Acolmiztli. Derrama todas las lágrimas que sean necesarias.

El joven príncipe volvió a abrazar el cadáver de su padre y siguió lamentando su muerte por un largo rato.

Después aparecieron los ancianos y las mujeres que se habían mantenido escondidos, como se los había ordenado

Ixtlilxóchitl. Entre toda esta gente también se encontraban los demás hijos de Ixtlilxóchitl, legítimos e ilegítimos; lloraron al verlo decapitado. Luego llevaron el cuerpo a un lugar escondido en la barranca, donde lo lavaron y vistieron para velarlo toda la noche siguiente. Al amanecer, quemaron los despojos, guardando las cenizas para mejores tiempos.

Acolmiztli se disponía a seguirlos, creyendo que su destino era acompañar a aquellas mujeres y ancianos; pero su maestro lo detuvo y le hizo entender que, como heredero del reino chichimeca, a partir de entonces era un prófugo y una presa a seguir para los tepanecas.

—¿Entonces qué debo hacer?

—La tierra está revuelta. Debes esconderte. Yo te acompañaré. Vamos. Sígueme. Antes de salir a la guerra tu padre me ordenó que buscara un lugar para que nos escondiéramos mientras las cosas se tranquilizaban. Tengo comida y agua con la cual podremos sobrevivir por algunos días.

—¿Cuánto tiempo tendré que esconderme?

—Lo ignoro, Acolmiztli.

A partir de entonces Acolmiztli tuvo que esconderse entre los montes y lidiar con el hambre, la sed y las per-. secuciones que lo acechaban a todas horas. Para evitar ser descubierto decidió cambiarse el nombre; con ninguno se sintió más identificado que con el de Coyote hambriento, Coyote ayunado, Coyote sediento, un coyote que huía todo el tiempo, que se escondía entre los montes y que pasaba hambrunas insoportables: Nezahualcóyotl.

Poco después, Tezozómoc se hizo jurar como supremo monarca de toda la Tierra. Nezahualcóyotl tuvo que esperar ocho años para que el tirano tepaneca, en los últimos años de su vida, le perdonara la vida, gracias a que sus tías, hermanas de su madre y mujeres del reino mexica intercedieron por él. El monarca usurpador sintió que el príncipe chichimeca ya no era un peligro para su gobierno; así que le otorgó el permiso para que viviera en el palacio de Cilan, dentro de Tezcoco, con el juramento de no salir más que a las ciudades de Tlatelolco y Tenochtitlan, donde la realeza mexica lo recibió con afecto. Nezahualcóyotl aprovechó esta libertad para recibir embajadores, ministros y señores en el palacio de Cilan y negociar alianzas, haciéndole creer a Tezozómoc que sólo se interesaba en divertirse.

Cuando terminaba el año 12 conejo (1426), el anciano y enfermo Tezozómoc tuvo dos horribles pesadillas. En la primera, un águila le rasguñaba la cabeza, le sacaba y le comía el corazón. En la otra, un jaguar le lamía el cuerpo, le chupaba la sangre y le despedazaba los pies. Apurado y asustado mandó llamar a los agoreros para que interpretaran aquellos sueños.

—Nezahualcóyotl ha de volver para recuperar el imperio —dijo el agorero—. Pero llegará con la astucia del águila, y se irá sobre su casa y su familia, que en sus sueños aparecen como su cabeza y su corazón. El jaguar encarna otra vez a Nezahualcóyotl, que destruirá sus tropas y a sus vasallos; su ciudad de Azcapotzalco quedará en ruinas. Ésa es la profecía de sus sueños, mi amo.

Días más tarde murió el anciano Tezozómoc, no sin antes dejar instrucciones precisas para evitar que el príncipe chichimeca recuperara el reino: le ordenó a sus hijos Maxtla y Tayatzin que invitaran a Nezahualcóyotl a su funeral; ahí mismo debían asesinarlo. Para no fallar, elaboró otro plan más cruel: dejó como sucesor a su hijo Tayatzin. Todos los pueblos tenían la certeza de que Maxtla quedaría como heredero del trono, continuando con la misma tiranía del padre. Pero Tezozómoc desheredó a su primogénito con el fin de despertar su ira. Sabía que su hijo se levantaría en armas. Lo había hecho para castigar a los pueblos, dejándoles una guerra como herencia.

2. Ome

Año 13 caña (1427)

Para las ceremonias fúnebres de Tezozómoc lavaron el cadáver con hierbas olorosas, le cortaron un mechón para guardar su memoria, le pusieron las vestiduras reales, lo adornaron con joyas de oro, piedras preciosas, plumas finas y le metieron una esmeralda en la boca. Luego lo llevaron al salón principal del palacio, donde lo acomodaron sentado en cuclillas, con una máscara de oro que el mismo Tezozómoc mandó hacer a semejanza de su rostro.

Al quinto día, cantando en tono lúgubre y lloroso, un grupo de señores principales, vestidos con largas mantas blancas, llevaron sobre sus hombros el cuerpo del rey Tezozómoc para que fuera incinerado esa noche. Detrás del cuerpo iban Maxtla, Tayatzin, Moctezuma, Tlacateotzin, rey de Tlatelolco; Chimalpopoca, rey de México-Tenochtitlan; Nezahualcóyotl, mucha nobleza de todas partes y los embajadores de los reyes que no pudieron asistir.

Un sacerdote los recibió a un lado de la hoguera donde también serían sacrificados los sirvientes del supremo monarca y aquellos considerados como gente inútil: malnacidos, enanos, enfermos mentales y minusválidos. De igual forma aquellos que habían nacido en los cinco días intercalares de cada año, llamados nemontemi (aciagos e infelices), predestinados para morir de esta manera. Los reyes y señores de todos los pueblos que llegaron a las exequias llevaron esclavos en forma de obsequio, que también terminarían en la hoguera.

Finalmente llegó el momento de lanzar el cuerpo del rey tepaneca al fuego. Todos observaban en silencio. Los sacerdotes abrieron el pecho a las personas destinadas al sacrificio, para sacarles el corazón antes de quemarlos; a otros simplemente los lanzaban vivos al fuego.

Mientras los gritos de los que arrojaban en la hoguera estremecían al numeroso concurso en el funeral, el príncipe Nezahualcóyotl —cuyo único objetivo al asistir fue corroborar la muerte del tirano Tezozómoc— salía del lugar sin que nadie lo detuviera. A pesar de que el difunto monarca había ordenado que asesinaran al Coyote sediento ese mismo día, Maxtla convenció al heredero para que lo dejara con vida, con el argumento de que no era justo opacar las exequias de su padre con un homicidio, y que habría tiempo para llevar a cabo aquel mandato. Maxtla tenía la certeza de que si se llevaban a cabo las órdenes de su padre, los pueblos obedecerían al nuevo monarca, y sería para él mucho más difícil levantarse en armas y recuperar lo que consideraba suyo.

Las ceremonias luctuosas duraron toda la noche. Al día siguiente, Tlacateotzin, rey de Tlatelolco, dijo a los ministros y consejeros reunidos en el palacio, que era necesario llevar a cabo la jura de Tayatzin como legítimo sucesor del imperio.

Enfurecido y con la certeza de cuántos gobernantes le darían su apoyo, Maxtla declaró frente a todos los presentes sus intenciones:

—Si callé en presencia de mi padre fue solamente por respeto, por no darle disgusto, viéndole tan cercano a la muerte; mas no porque me conformase con su disposición —los ministros, senadores, consejeros y reyes de los pueblos aliados se miraron entre sí—. Sepan todos ustedes que no pienso renunciar al derecho que me dio la naturaleza.

Tayatzin se encontraba a un lado de Chimalpopoca, tercer tlahtoani de México-Tenochtitlan. Ambos sabían que algo así ocurriría. Por ello habían preguntado en privado a cada uno de los aliados si estarían dispuestos a apoyarlos en caso de que Maxtla se revelara contra el mandato de Tezozómoc. La mayoría había prometido lealtad a Tayatzin, pero conscientes de que al final terminarían del lado del que se inclinara la balanza. Pues les resultaba más conveniente obedecer a un dictador que luchar contra él. Sabían perfectamente que, de comenzar otra guerra, Tayatzin se rendiría fácilmente y que con ello Maxtlaton cobraría venganza contra aquellos que le negaran su voto.

—Su pretexto fue mi altivez y severidad —continuó Maxtla caminando de un lado a otro por el centro del palacio—. Pero estoy seguro de que tengo la lealtad de mi gente en el reino de Coyohuacan y la de Azcapotzalco. Sé que defenderán mi causa contra los traidores que intentarán usurparme la corona —dirigió la mirada hacia Tlacateotzin, Chimalpopoca y Tayatzin—. Por ello quiero que me juren como supremo monarca de toda la Tierra. Si se rehúsan, con el poder de mi brazo, con el auxilio de los príncipes que me siguen y con el valor de los más esforzados capitanes del reino, que bien saben, están a mi devoción, entraré arrasando y destruyendo a fuego y sangre por las tierras de los rebeldes, hasta dejarlas desoladas.

Hubo una gran conmoción en el palacio. Los que se declaraban a favor de Tayatzin levantaron la voz; los que seguían a Maxtla dieron sus razones. Los reyes de Tlatelolco y México-Tenochtitlan se mostraron a favor del hermano menor, pues bien sabían que, de tomar el poder, Maxtla les quitaría los privilegios recibidos por Tezozómoc, los cuales se habían incrementado desde la muerte de Ixtlilxóchitl. Sin embargo, el número de partidarios a favor del hijo primogénito era mucho mayor.

—¡Hay que impedirlo! —dijo uno de los senadores—. No debemos dejarlo llegar al trono. Será nuestra desgracia. El fin de todos nosotros.

—Maxtla nos ha prometido tierras, riquezas, mejores privilegios. Es tiempo de quitarles a estos tlatelolcas y tenochcas tantos indultos —dijo otro más, refiriéndose a los impuestos que Tezozómoc les había perdonado a partir de que sus hijas se habían casado con los reyes de Tlatelolco y Tenochtitlan.

Cuando otro consejero les pidió esperar para tomar una decisión, la respuesta de Maxtla fue tajante:

—No esperaremos. Ustedes lo han dicho: han pasado las celebraciones fúnebres de mi padre. No se puede quedar el imperio sin supremo monarca.

La discusión perduró varias horas, hasta que los seguidores de Tayatzin, temerosos de otra guerra, cedieron.

—Siendo pues, que la gran mayoría le favorece a usted —dijo uno de los ministros—, no encontramos razón para dilatar su jura.

Maxtla sonrió, se puso de pie, alzó los brazos y añadió:

—Que sea entonces esta misma tarde en que se lleve a cabo mi jura como supremo tecuhtli de toda la Tierra.

Los reyes de Tlatelolco y México-Tenochtitlan comprendieron que ese día era el principio de su fin. La venganza de Maxtla los aplastaría.

—¿Qué recibirá entonces su hermano Tayatzin? —preguntó Chimalpopoca.

Maxtla lo miró de reojo, hizo una mueca alzando el pómulo izquierdo y fingió una sonrisa. A diferencia de su padre, Maxtla era un pésimo actor: cada pensamiento, cada sentimiento, cada reacción lo delataba. Para todos fue evidente su inconformidad con la pregunta que le hacían.

—Le concedo el privilegio de ser uno de mis ministros y dueño de algunos territorios —respondió sin quitar su falsa sonrisa.

Tayatzin bajó la cabeza y asintió una y otra vez como niño castigado, aceptando lo que le ofreció su hermano; pero ni él ni el tlahtoani Chimalpopoca se sintieron complacidos. Ambos tenían resentimientos suficientes.

Tayatzin, por su parte, fue siempre humillado por su hermano mayor. Años atrás, cuando Tezozómoc cedió el señorío de Coyohuacan a Tayatzin, Maxtla ardió en cólera e hizo tal berrinche frente a su padre, que Tezozómoc revirtió su decisión: Maxtla quedó como señor de Coyohuacan. Maxtla jamás permitió que su hermano menor fuera a la guerra, arguyendo que no estaba lo suficientemente ejercitado en las armas, como para llevar las riendas de las tropas. En realidad lo hacía para evitar que Tayatzin se hiciera de victorias.

Asimismo, Chimalpopoca tenía sus propias razones para odiar al nuevo monarca: lo había insultado y humillado frente los ministros y consejeros de Tezozómoc, le había entorpecido sus proyectos para la creación de un acueducto que iría de Chapultepec a la ciudad isla de Tenochtitlan. Pero todos sus desencuentros políticos no fueron suficientes para que germinara el deseo de venganza, como lo fue el agravio que Maxtla le hizo a Matlalatzin, esposa de Chimalpopoca. La joven reina de México-Tenochtitlan recién había cumplido los doce años de edad al contraer matrimonio con Chimalpopoca. Al conocerla, Maxtla se sintió hechizado por su belleza y esperó un par de años. Cuando Matlalatzin, hija del rey de Tlatelolco, era ya una mujer, la engañó: envió a algunas de sus mujeres a Tenochtitlan para que la invitaran. Llevada a la corte de Coyohuacan, Maxtla intentó seducirla.

—Señor —dijo la reina mexica—, yo soy la mujer de Chimalpopoca.

—Abandónalo —respondió Maxtla con una sonrisa cínica—, vente a vivir conmigo.

Matlalatzin se dispuso a volver en ese mismo instante a la ciudad isla, pero Maxtla la interceptó sagazmente, la abrazó e intentó besarla. La reina de México-Tenochtitlan respondió con una bofetada, lo que provocó la ira del señor de Coyohuacan, quien la derrumbó con un golpe certero en el rostro. Se quitó el penacho, los brazaletes, los collares de oro y las vestiduras. La reina lamentó haber ido a la ciudad de Coyohuacan. Intentó salir una vez más, pero Maxtla la prendió por la espalda y la llevó cargando hasta su cama, la acostó bocabajo y le levantó el huipil.

Lloraba a gritos mientras era penetrada por Maxtla que, tras satisfacer su brutal apetito, la dejó libre. Ella volvió a México-Tenochtitlan ahogada en llanto. Al verla, Chimalpopoca tuvo un presentimiento.

—¿Qué te ocurre? —preguntó deseoso de que se tratara de algo trivial.

—Ya no soy digna de ser la reina de México-Tenochtitlan.

Chimalpopoca no respondió. Salió del palacio por varias horas. Al volver no hizo demostración de sentimiento alguno. Matlalatzin supo esa misma noche que Chimalpopoca no había reclamado a Maxtla ni se había quejado con Tezozómoc. Y peor aún, no manifestó querer vengarle de algún modo.

Si bien Chimalpopoca no dijo una sola palabra ese día, fue porque en su interior comenzó la imprecisa cuenta regresiva rumbo al día en que llevaría a cabo su venganza, la cual no podría ocurrir sino hasta después de muerto Tezozómoc. Si hubiera agredido a Maxtla cuando aún vivía su padre, perdería todos los beneficios que recibían los tenochcas del reino tepaneca.

—¿Qué importa tu reino? —le dijo Matlalatzin con furia—. ¡Tu mujer ha sido usurpada!

—¿Tú crees que no me importa? —Chimalpopoca caminó hacia ella—. ¡Mírame! —puso su rostro a unos cuantos centímetros del de ella.

—¡Denúncialo con el supremo monarca Tezozómoc!

—¡Es su hijo! ¿Qué quieres que haga? ¿Que lo mande matar? No lo va a hacer. Hay muchas cosas que tú no sabes. Maxtla mató al hijo primogénito de nuestro anterior tlahtoani, Huitzilihuitl. Todos lo sabíamos, incluyendo a Tezozómoc, y no lo castigó.

Chimalpopoca sabía bien que cualquier arranque beligerante traería peores consecuencias. El vulgo bien podía vengar la deshonra con pleitos callejeros, pero un rey no podía proceder de esa manera.

—Hay muchas vidas de por medio —continuó Chimalpopoca—. La libertad de México-Tenochtitlan ha costado mucho y no se puede arrojar al río por una venganza personal. ¡Claro que ganas no me faltan para ir a cortarle la cabeza a Maxtla! ¡Por supuesto que he perdido el sueño! Me atormenta tu dolor. Me indigna saberme deshonrado. Es insoportable encontrarme con Maxtla cuando nos manda a llamar el rey Tezozómoc. Me hiere su cinismo. Siento sus miradas burlonas. Me muerdo los labios para no gritar frente a todos que él ha violentado a mi esposa. Pero sé que Maxtla logrará convencer a su padre, llorando, si es necesario.

"Cuántos problemas me habría ahorrado si lo hubiera matado", pensó Chimalpopoca tiempo después. Comenzó a maquilar ideas, y cuando Tezozómoc nombró a Tayatzin como sucesor, el tlahtoani de México-Tenochtitlan pensó que dar muerte a Maxtla sería aun más fácil; así que sus planes se derrumbaron cuando los ministros, consejeros, señores y reyes aprobaron la jura de Maxtla.

"¡No es posible! —pensó Chimalpopoca—. ¡Si Tezozómoc era un tirano, éste se multiplicará! ¡Impídanlo! ¡Deténganlo! Terrible será el futuro de esta tierra si él nos gobierna. No podemos quedarnos así. Debemos buscar la manera de destituir del imperio a este despiadado."

Tayatzin y Chimalpopoca sabían que aquello no era más que el camino directo a un yugo impostergable. Semanas más tarde Chimalpopoca aconsejó a Tayatzin:

—Dile a tu hermano que te es imposible habitar el palacio de tu difunto padre ya que el duelo no te lo permite; y que por lo tanto quieres construir otro palacio para tu residencia.

—¿Construir un palacio?

—Sí. En el barrio de Atompan en Azcapotzalco.

Chimalpopoca expuso detalladamente sus motivos y, tras escucharlo con atención, Tayatzin decidió seguir sus consejos.

—Debo confesar algo —dijo Tayatzin en una de esas constantes visitas al palacio de México-Tenochtitlan—. He tenido sueños terribles.

Chimalpopoca lo observó con cautela, sabiendo lo que podían pronosticar las turbias pesadillas, según los brujos. Y temeroso a sugestionarse, le impidió a Tayatzin que las contara.

—Debes recuperar el reino que tu padre te ha heredado —dijo Chimalpopoca—. No le tengas miedo a tu hermano. Tezozómoc fue un gran estratega, mientras que Maxtla es un imbécil arrebatado, un hombre de temperamento violento, sin ninguna de las astucias de tu padre, pero con la capacidad infalible para hacerse de enemigos y perder aliados.

Tayatzin claudicó en responder, tartamudeó, se llevó las manos a la cara y dejó escapar un par de lágrimas.

—¡No! —insistió el tlahtoani—. ¡No te dejes derrotar! ¡Lucha!

Ni Chimalpopoca ni Tayatzin se percataron de que un enano se hallaba oculto detrás de una de las columnas. Había permanecido ahí un par de horas, esperando a que entrara el tlahtoani. El líquido en su vejiga reclamaba libertad. Su respiración jadeante amenazaba con delatarlo. Estuvo a punto de abandonar su misión para complacer a las necesidades del cuerpo, pero era tal su temor de ser descubierto que no se atrevió a asomar siquiera una pestaña. Y por si no fuera suficiente, un insecto comenzó a taladrarle la espalda. Intentó inútilmente espantarlo, pero su mano no logró rodear su cuerpecillo regordete. Apretó los dientes y aguantó el ataque del bicho mientras escuchaba con atención, grabando en su memoria cada palabra, cada nombre, cada fecha, cada advertencia. No podía ni debía olvidar detalle alguno: la vida de su amo Maxtla se encontraba en peligro y en sus manos estaba evitarlo.

En cuanto la conversación llegó a su fin y abandonaron el recinto, el enano, llamado Tlatolton, salió del palacio sin que nadie advirtiera su presencia; no obstante, prefirió no arriesgarse al salir por las calles principales y se encaminó al lago por la parte más solitaria de la ciudad isla, México-Tenochtitlan, atravesando entre matorrales que le barrían al pecho y áspera hierba. Al saber que nadie lo observaba, se detuvo por un momento y orinó, exhalando lentamente, disparando las pupilas al cielo y dibujando un gesto placentero en su rostro. Liberado de aquel tormento continuó su camino. Sus pasos apresurados hacían crujir las ramas y hojas secas. Sus manos gordas arrancaban la maleza que le obstaculizaba el camino. Para su suerte, lo que a muchos les impedía el paso para él solo representaba un ligero roce en la cabeza. Poco antes de llegar a la orilla del lago, pisó otras ramas secas que lo delataron; alguien notó su presencia. Sólo tuvo que agacharse un poco y engañar a quien lo buscaba ligeramente con la mirada.

Esperó unos minutos. En el momento adecuado, caminó sigiloso a su canoa y cruzó el lago de Tezcoco rumbo a la ciudad de Azcapotzalco. Al llegar a la orilla, ató su canoa a uno de los troncos que se utilizaban como ancladeros y siguió rumbo al palacio, cuya entrada estaba resguardada por los malencarados soldados de la corte. Pese a que el enano era bien conocido por todos, se le impidió el ingreso.

—Ya es tarde —dijo uno de los soldados apuntando con su lanza—. El tecuhtli ya está descansando.

—Traigo importantes noticias para mi amo —la voz del enano era tan aguda que casi nadie lo tomaba en serio.

Los soldados se miraron con sonrisas entre sí.

—¿Qué noticias? —preguntó uno de ellos exagerando el tono grave de su voz.

—¡Eso a ti no te importa! —gritó el enano enfurecido—. ¡Si no le avisas a mi amo que le traigo noticias en este momento, te aseguro que mañana él mismo ordenará tu muerte!

Aunque la voz del enano era un detonador de risas, el tono en que se dirigió al soldado fue suficiente para enviarlo al rincón de los temores; tanto que le dio la espalda y entró al palacio antorcha en mano sin fijar su atención a las imágenes que el difunto Tezozómoc había mandado pintar años atrás en aquellos muros. Eran las representaciones de las guerras ganadas por los tepanecas. A mano derecha se podía ver la llegada de las siete tribus nahuatlacas y el reino de Xólotl. Más adelante las pinturas representaban a los guerreros vestidos de águilas y jaguares dando muerte al rey Ixtlilxóchitl. Por el lado izquierdo se encontraba pintada la coronación de Tezozómoc. Adelante había un espacio reservado, en la cual Maxtla pretendía pintar la muerte del Coyote ayunado y su coronación como gran tecuhtli de toda la Tierra.

Al llegar a la habitación del monarca, el soldado se detuvo frente a una cortina fabricada de algodón en la entrada. Bajó la mirada y solicitó permiso para entrar.

—¡Ordené que no me interrumpieran! —gritó Maxtla.

—El enano Tlatolton insiste en verlo —respondió el soldado.

Hubo un silencio por algunos segundos.

—¡Dile que pase!

El soldado volvió a la entrada principal, donde se encontraba Tlatolton.

—Puedes entrar —dijo tragándose la rabieta que le provocaba el hecho de que el tecuhtli lo recibiera a esas horas.

El enano levantó la cara, sonrió, le empujó la pierna al soldado con desdén y caminó al interior del palacio. Los vigías observaron sus brazos y piernas regordetas que se movían en un vaivén que rozaba la comicidad. Aún no lograban comprender el afecto del tecuhtli hacia él, siendo que por costumbre los enanos eran considerados gente inútil y entregados en sacrificio durante las celebraciones.

Tiempo atrás, el enano iba a ser sacrificado, pero se las ingenió para llegar ante Maxtla, entonces señor de Coyohuacan. Lo hizo de la forma más inusual: la tarde en que el anciano Tezozómoc anunció que el heredero del imperio no sería su hijo primogénito, sino Tayatzin, Maxtla llegó enfurecido por la noticia a su palacio en Coyohuacan, entró a su habitación y comenzó a destrozar lo que encontró en su camino. Al levantar una mesa descubrió al enano Tlatolton; lo miró por unos instantes, bajó la mesa y lo levantó del cuello con una sola mano.

—¿Qué haces ahí? —cuestionó afilando los dientes.

—Vine a verlo, mi amo —Tlatolton se colgó de lo que para él eran las gigantescas manos de Maxtla.

—¿Qué quieres? —alzó el pómulo derecho.

—Ofrecerle mi vida —dijo haciendo palanca con sus pequeñas manos sobre las del rey de Coyohuacan.

—¿Y a mí para qué me sirve tu persona? ¡Eres un enano!

—A eso vine —pataleaba ligeramente como si con aquellos movimientos lograse subir un par de centímetros—: a demostrarle que no soy inútil. Puedo servirle de espía.

—¿Tú? —respondió Maxtla apretándole el cuello.

El enano comenzó a asfixiarse.

—¿Có… —jaló aire con dificultad— mo… entré… —se colgó fuertemente de las manos de Maxtla— a… quí…?

Maxtla guardó silencio por un instante y se preguntó lo mismo. ¿Cómo había entrado a su palacio? ¿De qué servía toda su guardia? Sonrió y soltó al enano, quien cayó de nalgas en el piso. Tosía llevándose las manos a la garganta para darse un ligero masaje. Al incorporarse descubrió que Maxtla era mucho más alto que la mayoría. Su espalda ancha y su cara parecían aun más enormes desde su perspectiva.

—¿Cómo entraste aquí?

El enano tragó saliva, carraspeó y respondió:

—Ésa es mi virtud. Entré aquí para demostrarle que no soy una persona inútil. Dentro de poco seré sacrificado, pero si usted, mi amo, ordena lo contrario yo podría servirle de espía. Puedo entrar en cualquier lugar sin que nadie me vea; incluso al palacio de su padre Tezozómoc.

—Demuéstramelo —respondió Maxtla y se quitó el penacho—. Quiero que mañana entres a la habitación de mi padre y me digas exactamente lo que ocurra. Y si descubro que me has mentido, yo mismo te daré muerte.

Tlatolton cumplió las órdenes del señor de Coyohuacan, logrando así salvar su vida. A partir de entonces se convirtió en su espía más eficiente. Maxtla dejó de preguntarse cómo lograba el enano introducirse en los palacios del valle, que eran los lugares más protegidos. Fue informado sobre todos los sucesos hasta el día de la muerte de Tezozómoc, lo que le sirvió para saber quiénes estarían en su partido y quiénes lo traicionarían.

Luego de haber sido jurado como supremo monarca, Maxtla le ordenó a Tlatolton que espiara a su hermano Tayatzin y al tlahtoani Chimalpopoca.

—Espero que traigas buenas noticias —dijo Maxtla al recibir al enano.

—No, mi amo, no son buenas —respondió el enano y sus ojos se inflaron al ver a las tres mujeres que se levantaron desnudas de la cama de Maxtla para retirarse a otra habitación.

—¡Habla! —exigió Maxtlaton.

—Su hermano ha estado asistiendo al palacio de Chimalpopoca.

—Eso ya lo sé. Dime lo que escuchaste.

—Quieren darle muerte.

—¿Cómo? —Maxtla se tapó con una manta y se puso de pie.

Tlatolton empezó a narrarle todo lo que escuchó. Maxtla sonrió, caminó al enano y bajó la cabeza para preguntarle:

—¿Qué es precisamente lo que pretenden hacer?

—Invitarlo a la inauguración de su palacio en el barrio de Atompan. Entonces, en cuanto usted entre a una de las habitaciones más retiradas, su hermano tendrá listo un collar de flores para ponerlo al cuello como obsequio y ahorcarlo. Chimalpopoca se ofreció a fabricarlo y a darle gente que trabaje en la obra del palacio, y puedan concluir con mayor brevedad.

—Que sea entonces de esa manera —dijo el tecuhtli y le pidió que volviera a la ciudad isla.

El enano no cabía en sí de asombro.

Aquella noche el tecuhtli Maxtla se mantuvo despierto en su habitación real, cavilando en sus planes a seguir. Para su sorpresa, días más tarde llegó una embajada en nombre de Tayatzin, a la cual Maxtla recibió con prontitud. El embajador se puso de rodillas frente a él para hablarle, bajó la cabeza y las plumas de su penacho ondearon.

—Mi amo y señor me ha enviado para solicitarle su permiso, quiere que un grupo de vasallos construya un palacio en el barrio de Atompan.

Maxtla agachó la cabeza, se rascó la frente con el dedo índice y replicó:

—Bien amado es mi hermano —hizo con el pómulo izquierdo una mueca que era característica en él— y si su deseo es construir un palacio, háganle saber cuán grande es mi alegría —y poniéndose de pie agregó—: Daré la orden para que se le triplique el número de obreros, así la construcción de este palacio se llevará a cabo con mayor brevedad.

Pese a que los embajadores ignoraban los planes de Tayatzin, se sorprendieron al escuchar la respuesta de Maxtlaton, quien no escatimó en sonrisas.

En cinco meses se edificó el pequeño palacio. Maxtla mandó decir a su hermano que el festejo que había de hacerse correría por su cuenta. Dio orden a sus criados de que prepararan un gran banquete para el día señalado, e invitó a muchos señores de la nobleza, tanto de su corte como de México-Tenochtitlan y Tlatelolco.

Llegado el día de la fiesta, Maxtla se preparó desde el amanecer: se aseguró de que todos los alimentos para el festín estuviesen listos, se ocupó de los soldados y de los bailes que ahí se habían de llevar a cabo. Sonrió todo el tiempo, provocando gran asombro entre sus ministros y consejeros. Al salir de su palacio hizo que sus esposas e hijos caminaran detrás de él. La pomposidad del tecuhtli excedía los límites de la arrogancia. Sólo él estaba enterado de los acontecimientos de ese día. Al llegar al palacio de su hermano Tayatzin lo abrazó como jamás lo había hecho. Pronto la gente fue acomodada en sus respectivos asientos; el banquete fue servido con magnificencia: tamales, tortillas, guisados, atole y chocolate. Los invitados platicaban sonrientes. Por fin la paz había llegado, los hermanos se mostraban afecto entre sí, todo era risas y regocijos. Aquello parecía indicar que el usurpador no era tan cruel como lo mostraban los antecedentes.

¿Dónde estaban los reyes de México-Tenochtitlan y Tlatelolco? Tayatzin los buscaba por doquier. Llegó a pensar que Maxtla les había impedido la llegada. ¿Sabría algo el usurpador? ¿Cómo? ¿Lo habrían traicionado sus amigos? ¿Sería capaz Tayatzin de llevar a cabo aquel homicidio? ¡Él no era como su hermano! Tayatzin estaba temeroso de cumplir los planes.

—Hermano, quiero que veas el palacio —insistió Tayatzin.

—Después del banquete, después, querido hermano —respondió en repetidas ocasiones el tecuhtli. Sonreía y continuaba con sus pláticas en compañía de los ministros y aliados. En ningún momento mostró sospechas ni recelo.

Aquel atentado tenía a Tayatzin en un ir y venir de pensamientos. ¿Qué ocurriría después de su crimen? ¿Lo aceptarían como tecuhtli? Él no pretendía llegar al gobierno de esa manera. Pero su padre le había heredado el imperio. ¿Por qué no hacerlo? ¿No era justa su causa? Ante sus propios ojos, no lo era. A fin de cuentas él no ambicionaba ser supremo monarca. Ya tenía su palacio con sirvientes. Con eso podría vivir feliz el resto de su vida. Concluyó entonces no llevar a cabo su crimen. ¡No! Él no era un criminal.

"Que se quede con el imperio —pensó al ver a su hermano sonriente frente a todos los invitados—. No lo quiero. Así soy feliz. Puedo vivir de esta manera."

En ese instante Maxtla se puso de pie y dijo mirando a todos con una gran sonrisa:

—He aquí a un buen hermano, que con cordura supo obedecer las leyes de la naturaleza —caminó hacia Tayatzin; la gente lo seguía con la mirada—, y ha aceptado lo que la vida le otorga.

Frente a su hermano, Maxtla se detuvo, le puso la mano en el hombro, miró a la concurrencia, sonrió y le ofreció un abrazo. Tayatzin se alegró. Eso era lo que necesitaban él y el imperio: paz. Qué importaba quién era el tecuhtli, lo que era menester era llevar a cabo la reconstrucción de las ciudades, el progreso, garantizar el alimento de los vasallos.

—¡Hermano! —Tayatzin alzó los brazos.

Maxtla sacó un cuchillo que llevaba escondido y sin darle tiempo a su hermano le perforó el vientre. Tayatzin abrió los ojos con enorme asombro y dolor.

Sacó el cuchillo lleno de sangre y lo volvió a enterrar. Sus rostros se encontraban a un centímetro de distancia. Maxtla se alejó un poco para levantar su mano y volver a enterrar el cuchillo en uno de los pulmones.

—¡Muere, traidor! —dijo mirándolo a los ojos y enterrando el cuchillo en el corazón.

Tayatzin dejó de respirar. Él, que había desistido de un crimen, murió en manos de su hermano, que no tuvo reparos para llevar a cabo su homicidio. Al punto cayó a los pies de Maxtla, quien volviéndose con semblante airado y furioso al grupo de espectadores, dijo:

—Así castiga mi justicia la traición de un hermano, que se atrevió a pensar en quitarme la vida. Si esto hice con él,

¿qué haré con los demás que yo descubra cómplices en su delito?

Como un gigantesco manto el silencio cubrió aquella sala. Ninguno de los presentes movió un dedo para impedir aquel asesinato. Maxtla observó en varias direcciones, percibió su temor, concluyó que ninguno de los presentes lo traicionaría, pero también sabía que para mantenerse en el imperio era necesario matar a Chimalpopoca, Tlacateotzin y Nezahualcóyotl.

3. Yei

Año 13 caña (1427)

La canoa se bamboleaba dócilmente en tanto dos hombres remaban con apuro en medio del lago de Tezcoco, en cuyas orillas crecían sauces y ahuehuetes escoltados por arbustos y hierbas. El príncipe Nezahualcóyotl iba de pie, al frente, con su larga cabellera que ondeaba con el viento, mientras observaba el horizonte y cavilaba en el sueño que había tenido la noche anterior. Había despertado sudando y temblando. Aquellos sueños no hacían más que llenarle la cabeza de preocupaciones. Dormir era, más que un gozo, un martirio. Preguntas, críticas, ataques verbales, dudas, rencores, penas. Olvidar no era fácil; perdonar tampoco.

Ya no era el mismo adolescente que había acompañado a su padre al campo de batalla frente a las tropas tepanecas. El joven príncipe había muerto con su padre y en su lugar ahora se encontraba un coyote hambriento, sediento, ansioso, vehemente de justicia.

¿Justicia? Después de los agravios, luego de un crimen despiadado, tras el despojo y la persecución, ¿qué? ¿Cómo se da alivio al corazón? ¿Cómo se recupera la dignidad? ¿Cómo se curan las heridas?

El príncipe chichimeca buscaba venganza. Nada más que venganza. Ya no podía esperar a que se hiciera justicia, pues durante mucho tiempo soportó la vileza de sus enemigos. Ya habían sido demasiado justos sus ancestros con

41

los reyes tepanecas. Ese odio ancestral no hacía más que incrementarse con cada perdón recibido, cual si en lugar de favorecerlos con el perdón, los humillasen.

Incluso Nezahualcóyotl había errado al perdonar a Tezozómoc, dándole tiempo para morir. Ahora su hijo Maxtla buscaba llevar a cabo aquella tarea inconclusa: dar muerte de una vez por todas al heredero del reino chichimeca. Ese reino que había fundado Xólotl tras la desaparición del reino tolteca.

Mientras la canoa de Nezahualcóyotl avanzaba en medio del lago, el joven príncipe recordó las enseñanzas de su maestro, el viejo Huitzilihuitzin, aquel que lo había acompañado en su huida tras la muerte de su padre, Ixtlilxóchitl, el gran chichimecatecuhtli.

En ese momento, de pie en aquella canoa, comprendía cuán sabia había sido la resolución de su padre. Pero entenderlo fue un largo proceso, tuvo que hacer honor a su nombre "Coyote ayunado" permaneciendo en una cueva escondido tras la muerte de Ixtlilxóchitl, para evitar ser apresado por las tropas de Tezozómoc. Largas noches pasó a oscuras escuchando a su mentor Huitzilihuitzin, quien tras el infortunio se mantuvo firme al lado del joven príncipe.

—Coyote ayunado, Coyote sediento, Coyote hambriento, príncipe acolhua, heredero chichimeca, rey sin corona, escucha lo que voy a decirte, aprende del pasado, de tus ancestros para que el día que recuperes tu reino no cometas los mismos errores.

„Esto que te voy a contar —dijo el mentor frotándose las manos para eludir el frío de la noche— es de gran importancia, y debes aprenderlo para que tus acciones al recuperar el imperio sean justas. Pues no debe guiarte tu instinto de venganza, sino la cordura. Recuperar el imperio no es sólo adueñarte de un reino ni de riquezas, por el contrario, Coyote, no debes aspirar a ello. Si has de buscar justicia que sea para salvar a los chichimecas de la tiranía tepaneca; no para saciar tu sed de venganza.

"Es cierto que por órdenes de Tezozómoc fue asesinado tu padre, bien comprendo tu pena, no en vano he estado a tu lado desde tal desgracia, he sido testigo de tu llanto y tus noches de insomnio en esta cueva oscura y fría.

"Debes saber, Coyote sediento, que fue durante el reinado de Quinatzin que comenzaron los conflictos con Azcapotzalco. Tu bisabuelo decidió construir un palacio en Tezcoco para irse a vivir ahí. Entonces dejó Tenayuca, donde se ubicaba el reino que había fundado Xólotl. Pero sabía que no podía dejar aquel poblado sin un señorío, así que designó a su tío Tenancacaltzin, quien sin más ni menos declaró a los cuatro vientos que Quinatzin había abandonado el palacio de Tenayuca y que renunciaba a la monarquía. Pronto mandó embajadores a todos los pueblos para que fueran a reconocerlo como supremo monarca.

"Comenzó la guerra. Entonces Quinatzin decidió rendirse y permanecer en su palacio de Tezcoco. Escucha esto, Coyote hambriento: tu bisabuelo no se dio por vencido, ni actuó como un cobarde; todo su actuar lo guiaba una estrategia. Sabía que sin aliados no valía la pena desgastar a su ejército. Así que esperó. Pronosticó que su tío, a quien conocía tan bien, no podría mantener la monarquía por mucho tiempo. Sus palabras se cumplieron en un abrir y cerrar de ojos: Acolhuatzin, rey de Azcapotzalco y padre de Tezozómoc, alegó que Tenancacaltzin no tenía ni las facultades ni el linaje suficiente para estar al mando del imperio. Así que se levantó en armas. En poco tiempo, Tenancacaltzin renunció a la corona, abandonó a sus tropas y huyó cobardemente. Acolhuatzin se proclamó gran chichimecatecuhtli.

"La ambición crea espejismos y la derrota los desvanece. Los pueblos que se habían aliado a Tenancacaltzin decidieron volver con Quinatzin antes de estar bajo el yugo de

Azcapotzalco. Acolhuatzin —que buscaba salvar su reino, sus tierras y su vida— optó por renunciar a la corona del imperio chichimeca sin que Quinatzin declarara la guerra. Fue entonces que germinó el rencor de Tezozómoc, que se había imaginado ya como sucesor del imperio.

„Tu bisabuelo era un hombre benigno, Coyote, tanto que le perdonó la vida al usurpador y le dejó su reino, que era lo que el cobarde Acolhuatzin buscaba. Tezozómoc jamás le perdonó a su padre aquella cobardía y juró recuperar el reino que, aseguraba, le pertenecía por derecho. No hubo conflictos entre Tezcoco y Azcapotzalco hasta que murieron Quinatzin y Acolhuatzin. Tezozómoc heredó el reino de su padre en el año 7 caña (1343). Y Techotlala, hijo de Quinatzin, fue jurado como supremo monarca en el año 8 casas (1357).

„Ya desde entonces, Tezozómoc —de treinta y siete años de edad— tenía el objetivo de declararle la guerra a Techotlala; pero sabía que no era tiempo aún. Aceptó asistir a las celebraciones que se hicieron para reconocer al nuevo monarca, con el sólo objetivo de mostrarse insolente, distante, soberbio y autoritario.

„Techotlala aprendió a tratarlo. Jamás le declaró la guerra ni le hizo enojar. Era una guerra de inteligencias. Pues no hay que negar que desde su juventud, Tezozómoc fue un hombre muy astuto. Y más luego de convertirse en el rey de Azcapotzalco. Tenía un proyecto en mente: engrandecer sus territorios y sus ejércitos. Los años siguientes envió a sus tropas, las de los mexicas y los tlatelolcas a que conquistasen otros pueblos: Cuauhnáhuac, Xochimilco, Mizquic y Cuitlahuac, entre varios más.

„El trato entre Azcapotzalco y Acolhuacan era apenas diplomático. Tu abuelo Techotlala sabía que lo que Tezozómoc buscaba era la monarquía, algo que no iba a cederle. Creyó entonces que una manera de darle ese sentido de pertenencia al imperio sería que tu padre se casara con la hija del rey tepaneca.

„Y no se equivocó tu abuelo, Coyote. En cuanto Tezozómoc recibió la embajada que le solicitaba una de sus hijas para casarla con el príncipe heredero Ixtlilxóchitl, cambió su actitud por completo. Le envió a su hija Tecpatlxóchitl. Tezozómoc pudo haber sido tu abuelo. Y quizá todo hubiera sido muy distinto.

„Tu padre y Tecpatlxochitl se casaron en una gran ceremonia en la que por primera vez Techotlala y Tezozómoc se trataron como buenos vecinos. Al terminar aquellas celebraciones, la pareja permaneció cuatro días en una habitación sin salir, sólo haciendo oración a los dioses. Como bien sabes, Coyote, en la última noche debe consumarse el matrimonio y a la mañana siguiente —luego de lavarse con sumo recato, con el agua que un sacerdote debe llevarles, vestirse con sus ropas nuevas: ella usando plumas blancas en la cabeza y plumas rojas en los pies y manos— hay que llevar a los dioses la sábana con la muestra de la virginidad de la mujer.

„La gente habla sin saber, Coyote. Dos semanas más tarde, Ixtlilxóchitl dijo a su padre que el genio y modales de la infanta no le agradaban ni se conformaban con los suyos; y que así había de permitirle que la devolviese a sus padres, puesto que aún era doncella, sin que hubiese llegado a ella. Al principio lo rechazó el tecuhtli; pero finalmente tuvo que condescender.

„Entonces tu abuelo envió una embajada a Azcapotzalco para hacerle saber al rey tepaneca que deseaba anular el matrimonio. Tezozómoc enfureció y agredió al embajador, zarandeándolo por toda la sala principal. "¡Mi hija no es cualquier mujer pública a la que pueden pedir un día y devolver al día siguiente!"

„¿Ahora entiendes los motivos del rey tepaneca para matar a tu padre? No tengo la virtud para decidir quién dijo la verdad. Lo que sí te puedo decir es que ahora, tú eres su próxima presa. Cuídate de Tezozómoc.

Una manta de nubarrones cubrió el cielo justo antes de que la canoa de Nezahualcóyotl encallara. Bajó con prontitud y se dirigió con sus dos acompañantes al palacio real de Chimalpopoca. En el camino encontró gran alboroto: la gente hablaba en voz alta, algunos hombres sostenían sus macuahuitles en mano, las mujeres lloraban abrazando a sus hijos, los soldados intentaban mantener el orden. Era evidente el dolor del pueblo mexica tras los acontecimientos de ese día. Comenzaba a oscurecer cuando Nezahualcóyotl entró al palacio y encontró reunidos a sus tíos, tías y primos, entre los que se hallaba el príncipe Izcóatl. Tras hacer las reverencias acostumbradas —ponerse de rodillas ante sus mayores y saludar con la cabeza agachada—, el Coyote ayunado se puso de pie y escuchó el primero de los lamentos.

—¡Se lo han llevado! —dijo una de las esposas del tlahtoani.

—¿A quién?

—¡A tu tío, a Chimalpopoca!

Nezahualcóyotl no supo responder por un instante.

—¡Maxtla ha mandado arrestar a Chimalpopoca! Hoy se lo llevaron los soldados tepanecas.

El Coyote sediento cobijó entre sus brazos a la mujer empapada en llanto. Izcóatl lo miró con recelo. Hacía ya varios años que las espinas de la envidia le nublaban la vista. Desde la muerte de Ixtlilxóchitl, para aquellas mujeres —tías de Nezahualcóyotl— no había personaje que recolectara tanta atención en aquella ciudad. Izcóatl, que ya era un fruto maduro, no se desprendía de la esperanza de ser nombrado tlahtoani algún día. De ser así, no cabía en su futuro darle tanto crédito y privilegios al joven heredero de Tezcoco, que ya no era el mismo joven que sufrió la muerte de su padre, había recibido ya muchas mercedes; corrió con la suerte de tener el amparo de muchos reyes y señores, sin que lograra recuperar su reino. "¿En verdad tendrá intenciones? ¿O es que acaso pretende vivir prometiendo justicia toda la vida?"

—Comparto su gran pena, tío —dijo Nezahualcóyotl al dirigirse a Izcóatl.

—Lo sé —respondió Izcóatl y cerró los ojos.

Los infantes Moctezuma y Tlacaélel también se encontraban presentes. Eran tan parecidos entre sí que incluso sus familiares llegaban a confundirlos. Quienes no los habían visto juntos especulaban que eran una misma persona y le llamaban Moctezuma-Tlacaélel.

—Nos hemos enterado de que Tlacateotzin ha salido de su reino de Tlatelolco —dijo Moctezuma a su primo Nezahualcóyotl.

Tlacateotzin, hombre de edad avanzada y de una vida muy bien aprovechada, había recibido de su abuelo Tezozómoc el reino de Tlatelolco. Su gratitud y lealtad hacia Azcapotzalco fue siempre su carta de presentación. Pese a sus inconvenientes al llevar la guerra a Tezcoco, obedeció firmemente, por ello fue nombrado capitán de las tropas de Tezozómoc, provocando en Maxtla una rabia creciente que se desbordaría como un río tras la muerte del monarca tepaneca. Pues aunque Maxtla lo culpó de haber sido cómplice en el ardid de Tayatzin y Chimalpopoca, no hubo jamás evidencia de ello. Tlacateotzin no tenía razones para sentirse culpable; pero bien conocía al despiadado tecuhtli y supo que sus días estaban contados cuando las tropas tepanecas arrestaron a Chimalpopoca.

"Un día —le dijo Maxtla enardecido, señalándolo con el dedo a los ojos, cuando años atrás Tezozómoc le dio el cargo de capitán de las tropas a Tlacateotzin— yo seré el causante de tu muerte, no lo olvides."

—A decir de muchos —continuó Moctezuma—, Tlaca-teotzin salió corriendo de su palacio temeroso de ser arres-tado por los soldados de Maxtla.

—Según nuestros informantes —agregó Tlacaélel—, también llevaba consigo todas sus riquezas.

—¿Qué pretende? ¿Abandonar su reino por siempre? —preguntó Nezahualcóyotl.

—Hay monarcas cobardes —agregó Izcóatl—. Incapa-ces de defender su reino.

En ese momento llegó un soldado tenochca informando que un hombre solicitaba una audiencia.

—¿Quién es? —preguntó Izcóatl tomando el mando, como si ya hubiese sido electo gran huey tlahtoani.

—Un pescador —respondió el soldado.

—Un plebeyo —dijo en voz baja Izcóatl olvidando que él también era descendiente de una criada tepaneca con la que su padre Acamapichtli solía holgarse, y que ni siquiera era una de sus concubinas—. ¿Y qué quiere?

—Dice que vio a los soldados tepanecas dar muerte al rey Tlacateotzin.

—¡Háganlo pasar! —dijo la esposa de Chimalpopoca e Izcóatl volteó la mirada hacia ella inmediatamente con eno-jo. Caminó al frente y esperó a que el soldado llegara con el pescador. Los demás se mantuvieron en silencio en cuanto vieron al humilde hombre entrar descalzo y vestido con un taparrabo.

—Mi señora reina —dijo el hombre poniéndose de ro-dillas e ignorando la presencia de Izcóatl al frente—. Andaba yo pescando, como todos los días, lejos, casi por rumbos de Tezcoco, cuando vi unas canoas bien cargadas. No sabía bien quién era, pero divisé varias personas. Luego comenzó a soplar mucho el viento.

—¡Eso no nos importa! —lo interrumpió Izcóatl—. ¿Qué pasó con el rey de Tlatelolco?

—Pues le decía que el cielo se comenzó a nublar. Y en eso se escuchó el cantar del tecolote. Y usted sabe que cuando el tecolote canta, alguien va a morir. Pronto se acercaron otras canoas que eran de los soldados tepanecas y le cerraron el camino a las canoas que ya había visto antes. Sin más mataron con sus macuahuitles a varios de los que acompañaban al señor de Tlatelolco.

—¿Cómo sabes que era el señor de Tlatelolco? —preguntó Nezahualcóyotl.

—Pues de esto le voy a contar: pronto se dio entre ellos un encuentro cuerpo a cuerpo con sus macuahuitles; las cosas que cargaban en las canoas luego se cayeron al lago. Muchos de ellos también caían al agua, pero veloces volvían a sus canoas, hasta que finalmente dieron muerte a todos los que yo había visto primero. Levantaron el cuerpo del rey y se dirigieron de vuelta por donde habían llegado. Pero en ese momento me vieron. Yo tuve miedo de que me quisieran alcanzar y comencé a remar en dirección contraria. Luego me dieron alcance, pues eran ellos más ejercitados en los remos.

—¿Qué ocurrió cuando te alcanzaron?

—Me tiré al agua y comencé a nadar, fuerte, muy fuerte —decía el pescador moviendo los brazos cual si con ello comprobara lo que decía—. Y ellos también se lanzaron al agua y me apresaron. Ya en su canoa, me tuvieron sujeto varios de ellos. El que era su capitán me preguntó quién era yo. Y respondí que sólo era un pescador. No sabiendo qué buscaban tuve temor de decir de dónde venía. Me dieron un golpe y otro y otro. "Ya, no me peguen —les dije—, yo no soy espía. Soy de México-Tenochtitlan." "¿Eres tenochca?", me preguntaron. Y creí que en ese momento me darían muerte. "¿Conoces a este hombre?", dijo el capitán señalando al cadáver que tenían en la canoa que estaba pegada a la que estábamos. "¡No lo conozco!" Entonces me dijo el capitán: "Ve a tu ciudad y dales a todos la noticia de que el rey de Tlatelolco ha muerto por órdenes del gran tecuhtli Maxtla." Y eso hice, mi señora reina.

Todos los presentes en el palacio de la ciudad isla se mantuvieron en silencio, observando al pescador que narraba la trágica muerte del tercer rey de los tlatelolcas.

—Vuelve a tu casa, buen pescador —dijo la reina de México-Tenochtitlan e Izcóatl la miró de reojo.

Nezahualcóyotl se mantuvo en silencio, observando todo el entorno. Sentía un deseo de hablar frente a todos, compartir con ellos cada uno de los pensamientos que se iban acumulando en su mente. Había pasado ya varios años en soledad, cavilando en los futuros cambios para el reino acolhua. Pero, ¿cómo arengar si aún no lograba recuperar el reino que su padre le había heredado? ¿Sería aquello un balbuceo de ingenuidad? ¿Se puede hacer alarde cuando aún no se ha alcanzado la gloria? Para dictaminar, enjuiciar, jactarse, no era necesario ser rey, cualquiera podía hacerlo; y el Coyote en ayunas supo ser prudente. Se despidió de sus parientes y salió del palacio.

En el camino a la orilla del lago, toda la belleza azteca se encarnó en una mujer. Una joven de luminosa silueta se aproximaba en el camino con algunos enseres entre los brazos. La insaciable sed del Coyote ayunado por la esencia femenina le hizo detenerse un instante para alimentar sus ojos. Los dos soldados que lo habían acompañado hasta la isla se percataron de que el príncipe no avanzaba a su lado, voltearon la mirada y lo encontraron en medio del camino, a la espera de la doncella de piel canela. Sabiendo al dedillo la debilidad de Nezahualcóyotl, decidieron alejarse sin quitar la mirada de su señor, quien se apuró a interferir en el paso de la doncella.

—¿Tendrás algo de agua para este humilde peregrino? —dijo Nezahualcóyotl caminando a su lado.

La joven de pies descalzos siguió su camino con indiferencia. Una incomodidad la invadió en su andar. Ese Coyote que sólo las mujeres conocían la siguió, empecinado en atrapar su atención.

—¿Cómo te llamas? —la interceptó postrándose frente a ella.

Con un ágil giro de tobillos la joven esquivó el planeado encuentro de miradas.

Sin responder, la joven, llamada Miracpil, siguió por la vereda, obedeciendo a las enseñanzas que todas las niñas recibían de sus madres.

"Por donde quiera que vayas ve con mucho recato y mesura, no apresurando el paso ni riéndote con los que encuentres, ni mirando de lado, ni fijando la vista en los que vinieron hacia ti, sino ve tu camino, especialmente si vas acompañada: de esta manera alcanzarás mucha estimación y buen nombre. A los que te saluden o pregunten algo, responde cortésmente, porque si callas te tendrán por necia. Si vas en la calle, te encuentra algún joven atrevido y se ríe contigo, no le correspondas; pasa adelante. Si te dice algo, no le contestes ni atiendas a sus palabras; y si te sigue no vuelvas a verle, para que no le enciendas más la pasión. Si así lo haces él se cansará y te dejará en paz. No entres sin causa justa en alguna casa, para que no te levanten calumnias, y lo padezca tu honor; pero si entras en casa de tus parientes salúdalos con respeto y no te estés mano sobre mano, sino toma luego el huso para hilar y ayúdales en lo que se ofrezca."

—¿Dónde vives? —preguntó Nezahualcóyotl.

Miracpil continuó indiferente su camino.

—¿Estás casada o comprometida? —la interrogó sin detener el paso.

—No. Y no me interesa.

—Un día tendrá que interesarte.

—¿Por qué? ¿Porque así son las leyes? —se detuvo fríamente y miró a Nezahualcóyotl con ojos desafiantes.

Un incontrolable deseo por probar el sabor de los labios de aquella joven hermosa recorrió todo el cuerpo del Coyote sediento. "Por lo menos para llevármelo en el recuerdo", pensó e intentó llevar a cabo su atrevimiento; pero una bofetada le zanjó el camino. Nezahualcóyotl agitó la cabeza y su larga cabellera se zarandeó tras su espalda; luego respondió con una sonrisa; miró por arriba del hombro y se encontró con sus dos soldados esperando tras unos árboles, apenas visibles. Sin justificarse u ofrecer disculpas se dio media vuelta y se marchó. La joven lo vio partir sin entrar a su casa. En ese momento salió su madre.

—¿Quién es él?

La joven disparó las cejas.

El príncipe acolhua siguió su camino hasta el palacio de Cilan. Justo al llegar encontró a una de sus concubinas en la entrada cargando a uno de los tres hijos que había tenido con ella cuando él, aún joven, se encontraba en Tlaxcala y Huexotzinco huyendo de la persecución de Tezozómoc. Se acercó a ellos y los saludó. Vio al más pequeño, le tocó la cabeza y siguió su recorrido por el palacio.

Al llegar a una habitación se encontró con menos de una docena de mujeres haciendo labores del hogar, todas. ellas concubinas de Nezahualcóyotl, a las que decía amar por igual. En el fondo, él sabía que no había encontrado aún a la mujer que lo enloqueciera.

El papel de la mujer era de suma importancia en el imperio. Ellas eran quienes sostenían la casa. No obstante eran tomadas por puñados, sin importar su individualidad. Había muchas en la misma casa y todas debían compartir al mismo hombre. Y si entre ellas no había afinidad, sólo podían callar, ése era su ineludible destino, ser concubinas.

Al verlas a todas trabajar, Nezahualcóyotl se mantuvo por un instante en la entrada; dirigió su atención a una de ellas, llamada Xóchitl, y sonrió. La llamó con un ligero movimiento en la cabeza y la concubina, asumiendo su responsabilidad, se levantó para salir de la habitación. Las demás la miraron de reojo y continuaron sus tareas.

Ambos caminaron juntos hasta la habitación del príncipe. Xóchitl, sin decir palabra alguna, se quitó su cueitl, un manto sin costura, fijado a la cintura con una faja, y su huipilli, una camisa sin mangas hecha de dos tiras de tela. Al encontrarse desnuda por completo se recostó en el pepechtli (cama) y esperó a que el príncipe se desvistiera. El Coyote sediento bebió todo el sudor que encontró en los senderos carnosos de Xóchitl, la barnizó con su lengua hasta quedarse sin saliva; luego la penetró pese a la ausencia de humedad. Los oscuros senderos del corazón de Xóchitl no daban luz de su sentir. Era una concubina, ella no lo había decidido; había sido entregada por su padre como regalo. No era siquiera un trofeo al que Nezahualcóyotl había aspirado, sino un simple cuerpo más en su puñado de mujeres.

Finalmente ella acudió al auxilio de sus dedos que lubricaron el camino para que el taimado se satisficiera. Con una generosa actuación (no para ella), logró salir por la tangente, una vez más. Luego de aquel desencuentro sexual, sobre ella cayó un diluvio de emociones: tristeza, enojo, dolor… "¿A esto estoy sentenciada? Ah, calla, mujer, que éste es tu destino…"

En sus pensamientos, condenó una vez más a su padre al cadalso del rencor. "Te odio, cuántas veces te pedí que no me entregaras como concubina." Y una telaraña de memorias la envolvió, llevándola a ese día en que el príncipe llegó a su casa solicitando auxilio, un pedazo de alimento, algo para saciar su sed. Era todo lo que él buscaba, no iba solicitando mujer.

—¡No! ¡No, amado padre! —dijo en voz baja para que el Coyote sediento no escuchara su conversación en la otra habitación. Se le colgó del cuello, un hilo de lágrimas escurrió por su mejilla, le abrazó como una loca, se hincó, se amarró a sus piernas—: Yo aquí soy feliz, aquí soy muy dichosa, quiero cuidarte, amado padre.

Sus ojos rojos y sus mejillas empapadas denunciaban a la niña indócil al matrimonio; una joven a quien una pena indómita le estrangulaba el corazón.

—No dejes que me lleve —se puso de pie, le tocó el rostro a su padre y lloró.

—Llora mi niña, llora, que hoy es el día para que agradezcas a los dioses por haberte elegido como concubina del gran príncipe heredero del reino chichimeca.

—¡No! ¡Te lo ruego, padre mío! —buscó auxilio en los brazos de su madre, empatía en los labios de sus hermanas, solidaridad en sus hermanos, misericordia en la mirada del padre, que le ordenó obedecer. Y como un fruto exquisito fue arrancada del árbol familiar para nunca más volver.

De aquella tarde sólo le quedaba a la joven concubina un ramillete de reclamos: "A ti, padre mío, indiferente al llanto y aferrado al rigor de las leyes chichimecas; a ti, madre que te consuelas con el recuerdo de un pasado sólo tuyo; a ti, hermana sorda, obediente de las baratas costumbres; a ti hermano ciego, convenenciero; a ti, vecino indiferente; a todos ustedes, que venden a una de sus hijas, hermanas, sobrinas, vecinas, por un poco de riquezas, les dejo mi repudio. ¿Qué somos para ustedes sino mercancía, un salvavidas en medio de estas guerras interminables, un objeto con el que compran el perdón?"

Recordó justo en ese momento lo que su madre le decía en su educación: "Cuando te cases ten respeto a tu marido, obedécele con alegría y ejecuta con diligencia lo que te ordene; no lo enojes ni le vuelvas el rostro, ni te muestres desdeñosa o airada, sino amorosamente en tu regazo, aunque viva, por ser pobre, a tus expensas. Si tu marido te da algún pesar, no le manifiestes tu desazón al tiempo de ordenarte alguna cosa, sino disimula por entonces y después dile mansamente lo que sientes, para que con tu mansedumbre se ablande y excuse el mortificarte. No te afrentes delante de otros, porque tú también quedarás afrentada. Si alguno entrase en tu casa a visitar a tu marido, muéstrate agradecida a la visita y obséquialo en lo que pudieres. Si tu marido fuere necio, sé tú discreta; si yerra en la administración de la hacienda, adviértele los yerros para que los enmiende; pero si lo reconoces inepto para manejarlas, encárgate de ella y de la plaga de los que en ella trabajen; cuida que no se pierda alguna cosa por tu descuido."

Si bien algunas de las enseñanzas de su madre le parecían asertivas, había también un cúmulo de percepciones con los que Xóchitl no estaba de acuerdo: la mujer no debía, en primera, estar atenida a que un día debía casarse; tampoco podía aceptar que, en el matrimonio, debían ser totalmente sumisas. Y aunque el corazón dictaba rebelarse ante las instrucciones de su madre, no encontró más que seguir el sendero de la obediencia y partir aquella tarde opaca con Nezahualcóyotl, el hombre con quien debería pasar el resto de su vida, el desconocido con quien perdió dolorosamente su virginidad sin siquiera sentir un parvo de deseo.

4. Nahui

Las largas y sucias uñas de los dedos de los pies del tecuhtli Maxtla fue lo primero que vio Chimalpopoca al
recobrar el conocimiento. Se llevó la mano izquierda
a la boca y comprobó que los dolores en todo su cuerpo no
eran parte de un sueño desquiciado.

En medio de la borrosa imagen que sus magullados ojos
le permitían percibir, distinguió la aproximación de las uñas
mugrosas a su rostro. En ese momento se le tronaron los
huesos nasales y un fuerte chorro de sangre salpicó el piso.
Quedó inconsciente por un rato.

Al abrir los ojos nuevamente se encontró con el rostro
de Maxtla.

—¿Creíste que podrías matarme? —dijo el tecuhtli,
mientras le daba otro puntapié en el rostro.

Los soldados permanecieron a la defensiva, con sus
lanzas en las manos, a pesar de que Chimalpopoca ya no
podía ponerse de pie. Llevaba ocho horas detenido, ocho
interminables horas torturado por los soldados de Maxtla,
quien no contento con lo maltratado que se veía el rey de
México-Tenochtitlan, lo siguió pateando una y otra vez.

—¿Quién más los apoyaba en su ardid? ¡Confiesa!

Chimalpopoca no respondía.

Cuando un cautivo niega su atentado, ¿es un acto de
cobardía o de valor? ¿Y si lo admite? ¿Acaso es mejor morir
en silencio? Si bien confesar no le salvaría la vida a Chimalpopoca, callar por lo menos atormentaría aun más al

despiadado Maxtla, que no tenía la certeza de cuántos buscaban su muerte. Evidentemente eran muchos, pero lo que él necesitaba eran nombres.

—¡Te ordeno que me digas quiénes son tus aliados! — gritó Maxtla mientras le enterraba el pie en el abdomen a Chimalpopoca, que seguía sumergido en su mutismo.

El despiadado Maxtla se cansó de golpear al tlahtoani y ordenó que lo encerraran en la cárcel, que era en sí una jaula de madera. Justo cuando los soldados se preparaban para cargar al rey de la ciudad isla, Maxtla los detuvo en el instante; observó detenidamente y sonrió:

—Llévenlo a rastras —dijo—, pero primero muéstrenselo a todo el pueblo. Vayan a todos los rincones de Azcapotzalco. Y digan a la gente que eso es lo que le ocurre a los que pretenden traicionarme.

Los soldados tomaron de los pies a Chimalpopoca y lo jalaron fuera del palacio dejando un lienzo de sangre en el piso. Cuando estuvieron en las calles, los pobladores de la ciudad tepaneca quedaron boquiabiertos al comprender la barbarie en la que había caído el reino con el nuevo tecuhtli. Inevitablemente un atadero de infortunios se divisaba en el futuro de Azcapotzalco. Aquella humillación al pueblo tenochca no quedaría en el olvido.

Las mujeres, aunque fieles a Azcapotzalco, comenzaron a llorar al ver el cuerpo del rey tenochca remolcado por las calles, lleno de grumos de sangre y tierra, mientras los soldados gritaban: "¡El tecuhtli Maxtla les manda decir que esto es lo que les pasa a los traidores!". La cabeza de Chimalpopoca rebotaba con las piedras que le rasgaban la espalda para salir de su camino. Un grupo de mexicas que se encontraba en la ciudad vio con profunda pena el borrascoso final de su rey. Intentar rescatarlo sólo los llevaría a una muerte segura.

Luego de recorrer las calles principales de Azcapotzalco, los soldados cansados de aquel macabro teatro volvieron al palacio; no por compasión al rey Chimalpopoca, sino por el hartazgo de arrastrarlo y la urgente necesidad de refrescarse. Sin más lo dejaron en el interior de la celda y dieron rigurosas instrucciones a los guardias de darle sólo una pequeña porción de agua y alimento al día, so pena de muerte al que desobedeciera.

Asumiendo que ésa sería su última asignatura del día, los soldados volvieron al palacio de Maxtla para informar que sus órdenes habían sido cumplidas con precisión.

—Bien —sonrió el despiadado tecuhtli. Hizo una mueca con el pómulo izquierdo, miró en varias direcciones, se llevó la mano a la barbilla, pensó por unos minutos y agregó—: Ahora quiero que vayan por el anciano Chichincatl.

Los cuatro soldados bajaron los párpados, un gesto imperceptible que escondía su inconformidad, pues el hombre al que debían ir a buscar vivía en Tlatelolco. De haber sido Tezozómoc el que hubiese dado lo orden se habría percatado del sentimiento de los soldados; pero Maxtla era torpe en el descubrimiento de las emociones ajenas. Su ira lo cegaba por completo, llevaba a cabo planes pueriles, métodos que de haber sido llevados a cabo en la guerra contra Ixtlilxóchitl, habrían guiado a los tepanecas a un fracaso inevitable, si no es que una muerte segura. No en vano Tezozómoc le había negado el mando de las tropas.

Tras escuchar la arenga de Maxtla, los soldados se encaminaron a la casa del anciano Chichincatl, a quien encontraron meditando con los ojos cerrados.

—Chichincatl —dijo un soldado sin respeto a la edad del sabio hombre—, el tepantecuhtli quiere verlo en su palacio.

El anciano no respondió.

—Es una orden —espetó el soldado, sosteniendo su macuahuitl con fuerza, creyendo que el anciano respondería con amenazas.

—Tu soberbia ha de llevarte a la muerte pronta —dijo Chichincatl.

El otro soldado abrió los ojos atemorizado y miró a su compañero, pues era sabido por muchos que Chichincatl solía hacer agüeros precisos cuando la muerte rondaba.

—¡Vamos! —exigió el soldado.

—Nada podrá evitar tu pronta muerte —continuó Chichincatl.

El soldado salió enfurecido de la casa para dar órdenes a los otros dos soldados de que entraran por Chichincatl y lo llevaran a la fuerza; pero no los encontró donde los había dejado: el lugar parecía abandonado. El otro soldado permaneció en el interior de la casa observando a Chichincatl que seguía con los ojos cerrados. De pronto escuchó un grito, se asomó y vio cómo un jaguar se le había ido encima a su compañero, destrozándole el rostro con los colmillos. Los soldados que los acompañaban se encontraban en las copas de unos árboles apuntando con sus arcos, temerosos de dar con sus flechas en el cuerpo de su compañero. Poco pudo hacer el soldado para defender su vida. Tardíamente los otros dos lanzaron sus flechas, que se incrustaron en la espalda del hombre, ayudando así al jaguar a llevar a cabo su cacería.

Aunque tenían suficientes flechas y lanzas para llevar a cabo su venganza, se abstuvieron de agredir al felino, que echado sobre el cadáver le arrancaba enormes trozos de carne. El jaguar, siendo uno de las fieras más temidas en aquellas tierras era además reverenciado. E intentar darle muerte mientras comía era considerado una maldición; incluso una garantía de perder ellos mismos la vida, pues aunque se encontraran en las copas de los árboles, el felino bien podía subir por ellos.

Chichincatl continuaba con los ojos cerrados en el interior de su casa. El otro soldado se mantuvo de pie con las piernas temblorosas, observando a la fiera por un largo rato, que luego de haber saciado su hambre, arrastró los restos del cadáver y desapareció entre los matorrales.

—Es una felina —dijo Chichincatl—. Hace algunos años unos mexicas la trajeron de tierras lejanas del sur como ofrenda para Chimalpopoca. Pero se les escapó. A pesar de que intentaron cazarla nadie pudo verla tan cerca como su compañero. Podemos irnos —el anciano abrió los ojos—. Bebe un poco de agua —señaló un pocillo sobre una mesa.

El soldado se asomó temeroso por la entrada y salió con su lanza a la defensiva.

—Ya no hay qué temer. Baja eso —dijo Chichincatl y con la mano empujó el arma del soldado—. Ya pueden salir de su escondite —dijo a los otros, quienes asustados bajaron de los árboles.

En el camino los soldados se mantuvieron en silencio, observando con asombro al anciano Chichincatl, hombre de larga y canosa cabellera. Vestía un humilde tilmatli de algodón y unas sandalias de cuero. Las venas se marcaban con aumento en sus manos recias y enclenques. Su rostro se definía por sus delgadas mejillas y pómulos marcados. Los ojos eran pequeños y sumidos. Su nariz tenía un pequeño borde.

Llegaron al palacio al caer la noche y fueron recibidos sin obstáculo alguno. Maxtla notó la ausencia de uno de los soldados. Los miró a los ojos irritado, suponiendo que el soldado se había tomado la libertad de irse a descansar sin autorización.

—¿Dónde está su compañero? —preguntó el tecuhtli.

—Fue atacado por un jaguar —respondió Chichincatl con serenidad.

—¿Tú lo viste? —preguntó Maxtla poniéndose de pie y caminando al anciano.

—Lo vi antes de que muriera.

—¿Al soldado?

—Su muerte.

—¿Dime qué ves? —preguntó Maxtla esperando oír que pronto moriría Nezahualcóyotl.

—Veo la muerte de Chimalpopoca.

—Eso ya lo sé —le dio la espalda al anciano y volvió a su asiento real—. Necesito que vayas a México-Tenochtitlan y Tlatelolco. Deberás juntar a toda la población para decirles que los tributos que mi padre les había perdonado volverán a ser obligatorios. Yo no tengo ningún deber con ellos y no veo por qué darles tantos privilegios. Luego, quiero que vayas a Tezcoco a buscar a Nezahualcóyotl para decirle que quiero hablar con él sobre el gobierno acolhua.

Responder a las palabras huecas de aquel bruto con poder era entablar ingenuamente una charla de sordos. Así que, sin decir nada, Chichincatl salió del palacio —acompañado de los mismos soldados que habían ido por él— y se dirigió a ejecutar los mandatos del testarudo tecuhtli.

Llegaron a Tlatelolco en la madrugada y esperaron varias horas a que la población iniciara sus actividades matutinas.

Convocó a la nobleza de ambas ciudades para notificarles en voz alta la orden del tecuhtli y de las graves penas que impuso a los desobedientes. Todos quedaron confusos, presas del miedo y nadie se atrevió a responder.

5. Macuilli

Un irresistible devaneo de ideas tenía al príncipe Nezahualcóyotl en el límite de lo ilusorio y lo real. Los telones de sus ojos bajaban perezosamente y subían cual avecillas espantadas. Veía el techo de la habitación y de pronto se le desvanecía la imagen. Sabía dónde estaba, pero en segundos, lo invadía aquella cesación intemporal. Un hormigueo recorría su piel esparciendo microscópicas gotas de sedante. Quedó totalmente dormido.

Al despertar, Xóchitl se encontraba acostada a su lado, conteniendo una lágrima. Hacía tiempo que la faena había llegado a su fin. El Coyote ayunado intentó en vano mantenerse despierto.

La joven concubina observó en varias ocasiones cómo el príncipe sufriendo de espasmos trataba esforzadamente de recuperar la respiración; luego lo veía volver a su sueño con estridentes ronquidos.

Pese a que un apetito irrefrenable por escapar de aquella habitación la zarandeaba, la pequeña Xóchitl permaneció acostada junto a Nezahualcóyotl. Nunca había intentado salir después del acto sexual sin el permiso del príncipe. Ninguna otra lo había hecho. ¿Estaba prohibido? No. Era simplemente una costumbre esperar a que él las despidiera. Una dependencia comunitaria. ¿Dependencia? Si ella salía también podría tomarse como una humillación a su persona. Era una concubina, no una mujer pública a la que utilizaban para el coito. ¿No era lo mismo? Las concubinas convivían con él después del acto sexual, se divertían, solían pasar toda una noche a su lado, lo agasajaban, lo entretenían, lo querían.¿Cuál era entonces la diferencia entre una concubina y una mujer pública? La concubina permanecía con él toda su vida; la mujer pública era sólo un objeto en alquiler.

Una rabieta interna le provocó una batalla entre ella y la otra Xóchitl, la encarcelada, la feroz mujer ansiosa de gritar un secreto. O más bien, miles de secretos.

Su salvación temporal llegó en ese instante: otra de las concubinas entró a la habitación para informar al Coyote sediento que se solicitaba su presencia en la sala principal. Lo encontró desnudo, acostado y roncando profundamente.

—Mi señor —dijo Xóchitl empujándole el hombro—, mi señor, le buscan.

Nezahualcóyotl despertó con sensación de aturdimiento, torpeza y sequedad en la boca. Se tapó con la manta y se puso de pie.

—Mi señor —dijo la otra concubina agachando la cabeza—, el anciano Chichincatl solicita una audiencia.

El príncipe chichimeca mandó llamar a dos de sus concubinas para que le ayudaran a vestirse. Le pusieron una túnica de algodón, brazaletes, collares de oro y un penacho enorme fabricado con las plumas más finas que había en el valle. Luego salió para la sala principal, donde encontró al anciano Chichincatl de pie.

—Gran heredero del reino acolhua —dijo el anciano luego de saludar al príncipe—, Maxtla me ha enviado para hacer de su conocimiento que se le solicita en su palacio de Azcapotzalco, para discutir sobre el gobierno de Cilan, el cual se le dio por parte de nuestro difunto Tezozómoc.

—No te creo Chichincatl —respondió caminando alrededor del mensajero, con la mirada ardiendo—. ¿Acaso tú crees esa farsa?

—Definitivamente no lo creo —dijo Chichincatl—, y

además comprendo que ya la vida le ha arrebatado la gracia de la confianza.

—La confianza no es una gracia —respondió el Coyote sediento al detenerse frente al anciano—, es un defecto de ingenuos. Mi padre confió en Tezozómoc y en muchos otros reyes que lo traicionaron.

—Usted está enojado con la vida.

—Sí, estoy muy enfadado con la vida, con la injusticia, con la gente, con nuestro tiempo. ¿Cómo me pide que tenga confianza cuando todo ha surgido en mi contra? ¿Cómo debo sanar todas estas heridas que he recibido? ¿Cómo he de sonreír si la vida no me sonríe? Mi llanto nadie lo ha secado. He tenido que huir como un coyote entre los montes, buscando alimento como un maleante, matando para salvar mi vida. Y ahora pide que tenga confianza en Maxtla.

—Yo no he pedido que tenga confianza en Maxtla —interrumpió el anciano—. He dicho que comprendo que haya perdido la confianza.

—Dime entonces, Chichincatl —caminó Nezahualcóyotl sin mirar al hombre—. ¿Qué puedo esperar al ir frente a Maxtla? ¿Que me encarcele como lo ha hecho con Chimalpopoca, o que me dé muerte en medio del lago?

—Que dé la cara a lo que le ha tocado vivir. Si está en su agüero morir, no debe ocultarse, ya que de cualquier forma ha de ocurrir; de lo contrario, con mayor razón habría de acudir al llamado del monarca. A las personas como él les intimida la indiferencia de sus enemigos.

No era nada nuevo escuchar aquello. Muchos de sus ancestros ya habían adoptado tal pensamiento. Su padre mismo lo había hecho al acudir a la guerra con la certeza de que ése sería su último día. Pero, ¿era acaso oportuno ir en busca de la muerte? ¿Qué tan ciertos eran los presagios? ¿De qué servía entonces una profecía, sino para limitar el camino y las decisiones? ¿No estaban ellos mismos delineando sus destinos al creer de una forma absoluta aquellos augurios? ¿Y cuál era el anuncio de su futuro? Chichincatl, a decir de todos, era un agorero de la muerte. Era lo único que podía ver en sus momentos de meditación. ¿Estaba el anciano consciente del porvenir del Coyote en ayunas? ¿Tenía, por ello, razones para decir al príncipe acolhua que asistiera al llamado de Maxtla? ¿Para qué? ¿Para que muriera o para burlar al despiadado tecuhtli?

—Podría usted solicitar clemencia por la vida de Chimalpopoca —agregó el anciano manteniendo la cordura.

—¿Solicitar clemencia?

—Sí, ése ha sido mi único objetivo para llevar a cabo la demanda del supremo monarca.

—¿Quieres decir que si yo solicito clemencia por su vida, Maxtla le dejará libre? —Nezahualcóyotl abandonó su postura defensiva.

—No —respondió el anciano—. Pero creo que usted podría evitar que lo sigan maltratando. Debe usted saber que luego de haberlo hecho preso, Maxtla lo golpeó hasta el hartazgo y más tarde lo mandó arrastrar por toda la ciudad. Yo personalmente le ruego que no tire al olvido todas las mercedes que él, sus hermanas y hermanos hicieron por su persona cuando Tezozómoc había ordenado que se le buscara por toda la Tierra para capturarlo vivo o muerto.

Si bien era cierto que Chimalpopoca le había dado albergue en aquellos tiempos, también era verdad que él y su gente habían sido partidarios de la muerte del difunto tecuhtli Ixtlilxóchitl. La ambición por el poder territorial los había hechizado a todos, sin distingo.

—¿Entonces?

Hubo un largo silencio.

—Usted decida.

La mirada del chichimeca yacía en la nada. El conflicto emocional en el que se encontraba Nezahualcóyotl nublaba cada una de sus ideas. Estaba hambriento de venganza, sediento de sangre, ansioso de cumplir con lo prometido a su padre: recobrar el imperio. Indudablemente el rencor le envenenaba la sangre. ¿Cómo evitarlo, si los últimos años de su vida los había pasado en el exilio, huyendo de sus enemigos, rogando por auxilio?

—Vamos —respondió.

El anciano Chichincatl dejó escapar una casi invisible sonrisa.

—Ordenaré que se te dé alimento mientras preparo algunos menesteres —dijo el heredero chichimeca y dio instrucciones a uno de sus hombres de confianza para que lo llevaran al comedor y le trataran con respeto y agasajo.

Si bien el Coyote ayunado tenía la posesión del palacio y unas cuantas tierras, no tenía reino ni señorío, así que carecía de ministros. Para deliberar sobre asuntos legales o de suprema importancia se hacía aconsejar por aliados y amigos de su padre, que pese a su pobreza se habían mantenido leales al reino chichimeca, a quienes mandó llamar para darles a conocer sus pretensiones.

—Mi señor —dijo uno de ellos—, no debe usted asistir a ese encuentro. Es una trampa. Lo encerrarán o, peor, Maxtla le dará muerte.

El Coyote sediento pensaba que tenían razón, pero también comprendía que de no acudir a Azcapotzalco, la persecución jamás iba a dar fin. Además, sentía un impulso por confrontar a Maxtla.

—Así, mi señor —continuó uno de los consejeros—, hemos pedido a los agoreros para que nos den por su ciencia y estudio de los astros una respuesta digna. Y de ellos nos hemos enterado que sobre usted caen muchas amenazas de muerte. Difícilmente salvará la vida si continúa retando a sus adversarios.

—Todo lo contrario pienso yo —dijo entonces el príncipe—; porque si su ciencia no los engaña, ya me amenazan ciertamente las estrellas. Ni por buscarlos yo han de ser mayores, ni por evadirlos he de dejar de pasar por ellos; iré al encuentro para salir de esta zozobra. Si perezco, con la vida se acaban los trabajos; y si los venzo, más pronto triunfaré sobre mis enemigos.

Una hora más tarde, entre los centenares de canoas que transportaban pescado o mercaban en el lago de Tezcoco, avanzaban un par de embarcaciones al que nadie puso atención: en una canoa viajaba Chichincatl con dos acompañantes y en la otra Nezahualcóyotl con otros dos que iban remando y su medio hermano, llamado Tzontecohuatl. La larga cabellera del Coyote ayunado le barría la espalda, mientras éste, de pie, al frente, observaba el paisaje: a la derecha se encontraban los cerros de Tepeyac y Tenayocan; a la izquierda las costas de Chapultepec; y al frente la ciudad de Azcapotzalco.

El príncipe chichimeca fue convenciéndose en el trayecto de que una vez más se salvaría. Al llegar a la orilla, se encaminaron a la morada de otro anciano llamado Chachaton, en quien Maxtla tenía mucha confianza.

Comenzaba a anochecer cuando el anciano los recibió en su casa. Afuera había encendido una fogata y juntó algunos asientos alrededor. Se apresuró a preparar algo de alimento para recibirlos.

—Mi señor —dijo el anciano arrodillándose frente a Nezahualcóyotl, que inmediatamente lo detuvo y lo incitó a que se pusiera de pie, pues aunque era común que la gente se hincara frente al príncipe, éste no admitía que los ancianos llevasen a cabo esta reverencia. Si bien era cierto que ante los ojos de muchos el Coyote hambriento era de temperamento arrebatado, también era por todos sabido que en el fondo tenía mucha sensibilidad hacia los ancianos, niños, mujeres y gente desvalida.

—He venido a ver al tecuhtli —dijo el príncipe sin corona mientras el anciano se apresuró a darles unos pocillos con agua. El medio hermano del Coyote hambriento, Tzontecohuatl se encontraba a su lado.

—Mi señor —respondió Chachaton—, no debería estar por estos rumbos…

—Sé muy bien que el fin de Maxtla en llamarme es quitarme la vida. Por eso vengo a verle.

—¿De qué forma puedo yo serle útil?

—Quiero que, usted, que se ha ganado la confianza del tecuhtli con su sabiduría, logre convencerle de que hablemos sin sus ministros y consejeros. Solo así será factible solicitarle que me permita ver al rey Chimalpopoca.

Chachaton intentaba disuadir al Coyote sediento, aconsejándole que huyese para que no pudieran arrestarlo; pero viendo que nada era suficiente para convencerlo, aceptó lo que Nezahualcóyotl le pedía y le dijo que se fuera a dormir, hablarían al amanecer.

El príncipe acolhua y su hermano se dirigieron a la casa de unos aliados que le tenían mucha estima. A la mañana siguiente volvieron a la casa de Chachaton, quien los guió al palacio de Maxtla, donde fueron recibidos por los soldados. Tzontecohuatl permaneció afuera del palacio.

—Venimos a una audiencia con el tecuhtli.

—¿Quién lo busca? —dijo el soldado con ignorancia.

—El príncipe Nezahualcóyotl y Chachaton —dijo el anciano mostrando humildad, consciente de la impunidad de los soldados, que desde la llegada de Maxtla al trono se habían corrompido.

—¿Quién? —preguntó el soldado haciendo evidente su indiferencia a la nobleza del Coyote ayunado.

—El príncipe Nezahualcóyotl.

Con un arranque de altivez el soldado dio la espalda y entró al palacio. Luego de un largo rato salió con el anuncio:

—El tecuhtli Maxtlaton los espera.

—Solo entraré yo —dijo Chachaton.

El anciano y el Coyote hambriento compartieron una mirada cómplice, mientras el par de soldados abrían paso para que Chachaton entrase al palacio. Ya frente al tecuhtli se hincó con reverencia.

—¿Dónde está el Coyote ayunado? —preguntó Maxtla desde su asiento real.

—El joven príncipe —respondió Chachaton sin levantar la mirada— se encuentra afuera, pero yo le hice esperar para poder dialogar con su alteza.

—¿Y de qué quieres hablar? —preguntó el tecuhtli alzando el pómulo izquierdo.

—Quiero rogarle que tenga usted benignidad al oírle. Sé muy bien que puede no tener importancia lo que este pobre anciano diga, pero aprovechando la edad que me acredita, me atrevo a decir algo que le puede ser útil.

—Bien sabes que te tengo en estima, Chachaton —Maxtla sonrió—. Y lo que digas será bien escuchado en este palacio. Puedes levantarte.

—La tierra está revuelta —continuó el anciano y se puso de pie—. Su gobierno yace en una pendiente. Sé muy bien que su rigor lo inclina a limitar a sus enemigos para eludir futuros peligros, mas no por ello encuentro conveniente llevar a cabo el encarcelamiento del hijo de Ixtlilxóchitl. Ya se han cumplido dos de sus órdenes: hacer preso a Chimalpopoca y acabar con la vida de Tlacateotzin. Los pueblos de Tlatelolco y Tenochtitlan se encuentran dolidos. Arrestar a Nezahualcóyotl provocaría en Tezcoco otra pena. No querrá usted que estos tres, unidos por sus quejas y rencores, decidan crear una alianza para arrancarse el yugo. Lo conveniente sería esperar mejores coyunturas y permitir que el joven chichimeca visite a su tío, vaya a la ciudad isla, y diga a los tenochcas que su rey aún se encuentra con vida, para que se calmen las aguas.

La recomendación de Chachaton convenció de tal forma al crédulo y ambicioso Maxtla que inmediatamente respondió con halagos.

—Tiene usted razón, sabio Chachaton, así lo haremos, que manden llamar a Nezahualcóyotl.

Minutos más tarde los soldados le avisaron al Coyote ayunado que el supremo monarca lo esperaba en la sala principal del palacio. En su andar por los pasillos el joven chichimeca experimentó un ligero reconcomio. ¿Qué pasaría si lo encerraban o asesinaban? Se sintió más solo que nunca. Tenía concubinas, hijos, aliados, conocidos, pero estaba inmensamente solo. Su madre y su padre habían muerto años atrás. Y la soledad se había convertido en su inseparable acompañante todo ese tiempo.

Los pasillos del palacio le hacían recordar los pocos años en que, al ignorar lo que realmente ocurría en el imperio, el muchacho, el ingenuo Nezahualcóyotl fue verdaderamente feliz viendo a su padre en el palacio de Tezcoco. No dejaba de admirar a los ministros y consejeros, menos aún a su padre, sentado en el asiento real.

"Oh, padre mío", susurró antes de entrar a la sala principal. Jaló aire, se talló los ojos y cruzó la entrada, dispuesto a asumir lo que fuese.

Maxtla lo recibió desde su asiento real con una sonrisa mal fingida. Chachaton se mantuvo en silencio, de pie frente al tepantecuhtli. Nezahualcóyotl caminó por el centro de la enorme sala, se puso de rodillas y bajó la cabeza.

—Muy alto y poderoso señor —dijo e inevitablemente llegaron a su mente las remembranzas de los últimos encuentros entre ambos.

—Puedes ponerte de pie —dijo el desquiciado Maxtla.

—Vengo a verle obedeciendo su mandato a pesar de los temores que me asaltan. Y al mismo tiempo para implorar su clemencia para mi tío, el rey Chimalpopoca, a quien tiene preso, esperando por instantes su muerte. Afloje, señor la mano, y como rey piadoso, eche en olvido la venganza, ponga solamente los ojos en un triste y miserable hombre

71

que, según me han dicho, ya es un retrato de la muerte —Nezahualcóyotl dejó de hablar por un instante—. También me han dicho que quiere usted quitarme la vida, si es cierto aquí me tiene, quítemela luego con sus manos, que así quedará satisfecha su indignación.

—¿Qué te parece, Chachaton? —dijo el tecuhtli sonriente—. ¿No te parece una maravilla que un joven que ha vivido tan poco solicite con tanto empeño su muerte? Tú, cuyas canas autorizan tus consejos, tú en quien he depositado toda mi confianza, sugiéreme lo que debo hacer en este caso.

Y sin dar tiempo a Chachaton para que respondiera, el despiadado Maxtla continuó con su arenga.

—Te mandé llamar para decirte que aunque he dado orden de que nadie vea ni hable al rey Chimalpopoca, ésta no se entiende contigo. Lo arresté por los alborotos que estaba forjando y el mal ejemplo que dio a la gente, pero ve a verle y consuélale, que yo te ofrezco ponerle en libertad... Pero después de verlo, no vayas a Tezcoco, ven aquí a darme razón de él. Chachaton te acompañará y por medio de él sabrán los guardias que tienes mi permiso y que de ningún modo se podrá interferir en su plática.

Apenas salió el Coyote ayunado de la sala en compañía del anciano Chachaton, el enano Tlatolton emergió de su escondite.

—Ya escuchaste —dijo Maxtla sin moverse—, ahora ya sabes lo que debes hacer.

—Sí, mi amo —respondió Tlatolton y se fue columpiando sus brazos regordetes.

6. Chicuace

Dónde estoy? —preguntó Chimalpopoca acostado bocabajo dentro de una jaula de madera. Por más que se esforzó en abrir ambos párpados, le era imposible levantar el izquierdo, el cual se encontraba hecho una enorme burbuja de sangre cuajada. Quiso reconocer al hombre que se había arrodillado para hablarle y verle a los ojos, pero la escena se desvaneció. Nuevamente se encontraba sumergido en la oscuridad.

—Tío, tío, ¿me escucha? Tío...

El gobernante tenochca carraspeó y jaló aire con profundo sufrimiento. "Es verdad", pensó, o quiso decir, "todo esto es cierto", y un punzante dolor en su ojo izquierdo le comprobó que la golpiza recibida no había ocurrido en los recónditos calabozos de sus pesadillas.

—Soy su sobrino, Nezahualcóyotl.

Giró con dificultad su maltratado cuerpo para acostarse bocarriba. Abrió el ojo derecho y encontró al Coyote ayunado tras una cortina roja. No lo reconoció. No podría reconocer a nadie debido a la opacidad de las imágenes que vagaban como espejismos frente a él. Se llevó una mano a su ojo derecho y se talló con suavidad para quitar la telilla de sangre que le nublaba la visión. Intentó enfocar con trabajos y logró registrar la silueta del joven chichimeca. A un lado se encontraba Tzontecohuatl.

—He pedido al tecuhtli que le dé libertad.

—Eso... ya no es... posible... —dijo con mucha dificultad Chimalpopoca.

Era indiscutible que el tlahtoani se encontraba en el umbral de la muerte y, aunque el joven príncipe lograra liberarlo, difícilmente salvaría la vida. Nezahualcóyotl sintió un maremoto de rabia e impotencia al verlo tan vapuleado, debilitado, sediento y hambriento. Enfurecido, se puso de pie y se dirigió a los guardias de la celda.

—¿Cuándo le dieron de beber? —preguntó clavando los ojos en los del soldado.

—En la mañana, por órdenes del supremo monarca.

—¡Tráiganle agua! —ordenó.

—El tepantecuhtli dijo que sólo se le diera de beber dos veces al día. Y aún no es tiempo de su segunda porción.

Con un ágil e inesperado movimiento el Coyote hambriento apresó al soldado de la yugular, oprimiendo fuertemente con los dedos hasta cerrarle la entrada de aire y empujándolo hasta los palos de madera que formaban aquella cárcel.

—¡No te atrevas a retarme! —la ardiente mirada del príncipe chichimeca intimidó al soldado que, inhabilitado para defenderse, comenzó a enrojecer. El otro guardia, Tzontecohuatl, y Chachaton se apresuraron a detener al príncipe chichimeca.

—¡Mi señor! ¡Escuche! ¡No haga esto! —le jalaron el brazo y el soldado cayó al suelo abatido por una intensa tos.

—Traigan agua para el rey mexica —dijo Chachaton con humildad a los soldados.

—Pero…

—Si ha de haber castigo por esto, yo me haré responsable frente al supremo monarca.

El soldado dio la orden a uno de los sirvientes para que llevara agua a la celda. Luego que se le dio de beber al rey Chimalpopoca, el Coyote ayunado le limpió las heridas con el agua sobrante.

—Príncipe mío —dijo Chimalpopoca, acostado bocarriba, esforzándose cuanto pudo—. ¿Qué atrevimiento es el tuyo en exponer tu persona a tanto riesgo? Guárdalo para recobrar tu imperio —el tlahtoani cerró el ojo derecho y respiró profundo—. Poco se pierde en el resto de vida que me queda; pero en la tuya estriba la esperanza, no sólo de tus vasallos, sino de todos los príncipes del imperio —Chimalpopoca hizo un doloroso gesto. Intentó levantar la cabeza y se llevó la mano a su ojo izquierdo, totalmente inflamado—. Lo que te suplico y encargo es que te unas estrechamente con tu tío Izcóatl y con tus primos Moctezuma y Tlacaélel. Juntos lograrán triunfar sobre sus enemigos.

—Tío, tío…

—No tiene fuerzas —intervino Chachaton—, dejémoslo dormir.

—Aquí me voy a quedar —dijo el príncipe acolhua—, voy a cuidarlo.

Chachaton y Tzontecohuatl se sentaron en una orilla de la celda y Nezahualcóyotl los miró con sorpresa. Pues al decir que pensaba quedarse no pretendía que así lo hicieren el anciano y su hermano. Los tres permanecieron sentados en silencio por un largo rato, mientras los soldados se mantenían de pie, temerosos de que hubiera algún plan para liberar al rey tenochca.

Chachaton suspiró y bajó la mirada.

—¿Se siente usted cansado? —preguntó Nezahualcóyotl a Chachaton sin quitar la mirada del rey Chimalpopoca que seguía tendido.

—Un poco —el viejo se enderezó y miró a los soldados afuera de la celda.

Mientras la noche transcurría lentamente Nezahualcóyotl escuchó los grillos, las aves noctámbulas; observó el interior de la celda; a los soldados que en ocasiones parecían estar dormidos de pie y pensó en las leyes que debería regir toda la Tierra. Estaba convencido de que las dictadas por sus ancestros eran insuficientes.

"¿A dónde iremos si la muerte no existe? —pensó—. ¿Por esto viviré llorando? Aquí nadie vivirá para siempre. Aun los príncipes a morir vinieron."

—Estaba pensando en las leyes que instituyeron mis abuelos —dijo Nezahualcóyotl.

Chachaton comenzó a hablar sobre las leyes que habían establecido los reyes chichimecas. Como muchas otras veces, Nezahualcóyotl escuchó una versión de sus ancestros: cada ciudad, cada generación, cada escuela, cada tlacuilo tenía su propia interpretación. Por supuesto, los chichimecas eran quienes tenían más para contar, pues los pueblos solían enfocarse en el estudio de su propio reino, relegando a un tercer plano la historia general. Por ello, Nezahualcóyotl pretendía en el futuro reformar las escuelas con un sistema de instituciones culturales que fomentaran especialmente las actividades de los cronistas de los libros pintados, filósofos, artistas, poetas, cantores, constructores y artesanos.

Con un gemido jadeante, el tlahtoani Chimalpopoca se despertó; el príncipe tezcocano se apresuró a atenderlo.

—Tío, ¿qué necesita?

—Si pudieras traerme un poco de alimento —dijo con mucha dificultad—, podría sentirme un poco mejor.

El joven heredero dirigió la mirada al anciano Chachaton y respiró profundo. Sabía que a esas horas los soldados no le permitirían llevarle de comer al rey mexica, pues de acuerdo con las órdenes de Maxtla sólo debía ser alimentado una vez al día y de la forma más limitada.

—Vamos —dijo Nezahualcóyotl poniéndose de pie.

—¿A dónde? —preguntó Chachaton.

—¡Abran! —gritó Nezahualcóyotl golpeando los palos de madera de la celda.

Los guardias obedecieron y el Coyote sediento, su hermano Tzontecohuatl y Chachaton salieron.

—Volveremos más tarde —dijo mirando de forma amenazante a los soldados.

El objetivo del príncipe heredero era ir en busca de un conocido para que les diera alimento, el cual pretendía llevar escondido hasta la celda y dárselo al rey Chimalpopoca. Recién habían salido los tres hombres, llegó ante los soldados Tlatolton.

—El supremo monarca quiere verlos —dijo levantando la cara.

Los guardias dirigieron los ojos al preso y luego se observaron entre sí. No dudaron de la palabra del enano, pues era ya por todos sabido que era el criado de confianza de Maxtlaton.

—¿Y el rey Chimalpopoca? —preguntó uno de ellos.

—Yo me quedaré a cuidarlo.

—Pero... —los guardias bajaron la mirada y con un gesto pusieron en tela de juicio su capacidad para hacer guardia.

—¿Dudan de que pueda hacerme cargo?

Sin responder, los soldados se encaminaron al palacio de Maxtla, preguntándose el motivo para que los llamara a esa hora de la noche. ¿Sería acaso que no tenía Nezahualcóyotl permiso de ver a Chimalpopoca? ¿Los mandaría a castigar? ¿Por qué no esperar hasta el amanecer? Y augurando lo peor, los dos hombres decidieron no ir en presencia del tecuhtli, sino darse a la fuga.

En cuanto el enano se encontró sólo, corrió a unos arbustos que se encontraban a unos cuantos metros; sacó una soga fabricada de hilo de maguey y entró a la celda. Chimalpopoca yacía dormido en el piso, bocarriba, respirando con dificultad, cuando de pronto unas manos lo despertaron cargándole la cabeza; abrió su ojo derecho y distinguió la silueta del enano que le ponía la soga en el cuello; intentó quitársela, pero era tan desfavorable su estado físico que sólo pudo palparla por un instante. El enano apretó la soga, caminó a la orilla de la celda, escaló sosteniendo la cuerda entre los dientes, llegó a los troncos horizontales, y colgándose se tambaleó hasta el centro de la celda, pasó la soga por arriba de la viga central, la jaló lo suficiente para tensarla, se la enredó entre las manos y se dejó caer. El cuello del rey Chimalpopoca se elevó unos cuantos centímetros mientras el enano se columpiaba en círculos. El tlahtoani carraspeó por unos minutos, intentó jalar aire. No pudo hacerlo, menos aún ponerse de pie, con lo cual se habría liberado con facilidad. Tlatolton disfrutó tremendamente mientras brincaba una y otra vez para ejercer mayor presión en el cuello del rey mexica, que perdió la vida muy lentamente.

Cuando por fin supo que su tarea había sido llevada a cabo tal cual lo había ordenado Maxtla, el enano se desamarró la soga de las manos y se dejó caer sobre el cadáver de Chimalpopoca. Se sentó sobre el pecho del rey, pasando sus cortas piernas por arriba de los hombros y le miró un largo rato. Luego se puso de pie y caminó alrededor del difunto, tocó sus brazos y sus piernas largas. Debido a su diminuta estatura las piernas era lo que veía y admiraba con envidia. "Qué hermosas", dijo al pasar sus dedos por uno de los muslos. Se detuvo por un santiamén y dirigió la mirada en varias direcciones; luego volvió su atención a las piernas del cadáver; levantó las vestimentas del rey, observó el falo caído y sin claudicar se lo llevó a la boca.

El enano le llegaba a la cintura a la mayoría de los hombres; e ineludiblemente sus ojos siempre terminaban enfocándose en aquellos bultos, con los cuales infinidad de veces estuvo a punto de chocar. En la juventud, nunca faltó el que se burlara de él jalándole la cabeza. Tlatolton respondía con insultos y golpes en los testículos de los agresores, para no ser denigrado en público. Hasta ese momento nunca había tenido sexo ni con hombres ni con mujeres. No sabía siquiera si lo que acababa de hacer respondía a un deseo auténtico. Aquel impulso no tenía precedentes.

Tapó de nuevo al difunto, le quitó la soga y se marchó directo al palacio de Maxtla, a quien dio un informe completo.

—¿Y los guardias? —preguntó Maxtlaton.

—Les dije que vinieran a verlo —respondió el enano.

El tecuhtli envió a otro par de soldados a buscarlos y a otros dos a que hicieran guardia en la cárcel, para que llegado el momento dijeran a todos que el rey Chimalpopoca había muerto en la madrugada.

Horas más tarde, llegaron Nezahualcóyotl, Chachaton y Tzontecohuatl. Lo primero que notaron fue el cambio de guardias, quienes les permitieron entrar, como se les había ordenado. Poco fue lo que permanecieron en el interior para descubrir que Chimalpopoca había muerto. Nezahualcóyotl, salió de la celda enfurecido:

—¿Qué le han hecho al rey mexica?

—No sé —respondió el guardia y el otro se puso en defensa.

—¡Coyote hambriento! —dijo su hermano—. ¡No los provoques!

Volvieron a su mente las órdenes de Maxtla al permitirle ver a Chimalpopoca: volver al palacio para darle cuentas. Y aunque en sus planes no estaba regresar, decidió acudir ante el tecuhtli, no para anunciar sino para informarse, pues estaba seguro de que la muerte del rey tenochca no había sido natural. Salieron así de la celda y se encaminaron a la orilla del lago donde seguían esperando los hombres con quienes habían llegado en las canoas a Azcapotzalco. Les dio instrucciones de que siguieran esperando, pero que estuvieran cuidadosos de cualquier emergencia.

Llegaron al amanecer y Chachaton volvió a advertirle que Maxtla tenía todo listo para hacerlo preso; Nezahualcóyotl agradeció al anciano y siguió su camino rumbo al palacio.

—Te voy a pedir otra merced, Chachaton —dijo el príncipe acolhua—. Que en cuanto lleguemos des tú mismo a Maxtla la noticia de mi regreso. De esta manera no sentirá que lo has traicionado.

—Yo jamás lo he traicionado —agregó Chachaton—. No se puede traicionar a quien no se le tiene lealtad. Y yo en ningún momento he tenido sentimientos afectivos hacia el tecuhtli. Es mi obligación obedecerle y callar. Si él es tan ciego y sordo que no se percata de quiénes son sus aliados y sus enemigos, yo no puedo más que dejarlo en sus tinieblas.

De esa manera se llevó a cabo su entrada al palacio. Maxtla, sonriente, recibió a Chachaton.

—Debo confesarte, anciano que he quedado muy complacido con la precisión con la que has cumplido con tu encomienda. Nadie más habría logrado llevar y traer al príncipe como lo has hecho tú. Puedes ahora volver a tu casa, con tu gente y descansar, que pronto te haré llegar tus premios.

—Eso no es necesario —respondió Chachaton con gran humildad y se retiró mostrando reverencia.

Maxtla mandó llamar a Nezahualcóyotl; mientras tanto salió de la sala principal y se dirigió a su habitación, donde se encontraba su esposa con dos concubinas que le había arrebatado al difunto rey de México-Tenochtitlan. Las mujeres, al verlo entrar, bajaron la mirada con sumisión.

—Acompáñenme —ordenó y volvió a la sala.

La entrada de las concubinas de Chimalpopoca a la sala desconcertó al príncipe tezcocano de tal manera que no encontró en su haber palabras para saludar. El tecuhtli entró sin dirigir la mirada al Coyote sediento ni a su hermano, y tomó su asiento real. Hubo un largo silencio en el que las mujeres permanecieron de pie con las miradas al piso. El joven príncipe intentó elaborar mentalmente una frase, un verso, un pensamiento, algo, algo, para hacer mención de la muerte de Chimalpopoca.

"Ha muerto el rey tenochca." "¡No, no ha muerto, lo han asesinado!" ¿Lo culparía? Decir que Maxtla era el responsable podía hacerle merecedor de un castigo. Respiró profundamente y cerró los ojos.

—Vengo de la celda… —dijo el príncipe sin corona.

—Ya me han informado mis soldados —interrumpió Maxtla moviendo la cabeza de izquierda a derecha—. Los mismos mexicanos le dieron muerte para castigar su cobardía.

Hubo nuevamente un largo silencio. El Coyote ayunado y las mujeres evitaron los encuentros visuales, taladrando sus mentes con decenas de preguntas que finalmente nadie se atrevió a espetar. Minutos más tarde, Maxtla dijo que se sentía indispuesto, alegando que la noticia de la muerte del rey mexica le había dolido, pero que quería hablar con él, por ello le invitó a esperarlo en los jardines mientras se recuperaba.

Tras dirigir su mirada a las mujeres, Nezahualcóyotl se despidió con reverencia y salió acompañado de su hermano. Al llegar a los jardines uno de los sirvientes les indicó que esperaran en un jacal de carrizos para que el sol no los irritara, y sin despedirse se dio la espalda y se marchó.

—Esto es un ardid —dijo Tzontecohuatl.

—No lo creo —respondió Nezahualcóyotl observando detenidamente el interior del jacal—. ¿Para qué nos enviaría a los jardines si quería arrestarnos? ¿Por qué no hacerlo cuando nos tenía en la sala principal del palacio?

—Porque es un cobarde.

—Cierto, Maxtla es un cobarde. Tuvo miedo de que lo confrontarnos, incluso de perder la vida en ese momento —el Coyote hambriento se asomó a los jardines y notó la presencia de una tropa que se encaminaba al jacal.

—Ahí vienen unos soldados.

Sin decir más, Tzontecohuatl caminó a la parte posterior del jacal, sacó su macuahuitl y comenzó a romper los carrizos de la pared. El Coyote ayunado se apresuró a ayudarle. Luego de abrir un hueco, Tzontecohuatl dijo a su hermano que se fuese corriendo.

—¿Cómo? —respondió alterado—. ¡No!

—Si ambos huimos irán tras nosotros —explicó Tzontecohuatl—, lo más adecuado es que yo me quede y los entretenga. Los distraeré. Lograré que te den tiempo de llegar a la orilla del lago.

—¡No!

—¡Entiende, Coyote! Si salimos los dos nos alcanzarán y nos darán muerte como a Chimalpopoca, Tlacateotzin y Tayatzin.

Era evidente que de no llevar a cabo aquel plan el príncipe chichimeca perdería la vida ese mismo día, y la prueba estuvo en que, apenas salió por el boquete, irrumpieron belicosamente los soldados en el jacal.

—¿Dónde está Nezahualcóyotl? —gritó el capitán—: ¡Vayan a buscarlo!

Para engañar a los soldados, Tzontecohuatl había tapado el hueco con todos los objetos posibles que encontró dentro del jacal antes de que llegaran, pero el capitán dio con prontitud la orden de que inspeccionaran y uno de los soldados descubrió el boquete.

—¡Mi capitán! —gritó señalando el hueco.

—¡Te vas a arrepentir! —exclamó con furia el capitán y golpeó a Tzontecohuatl en el rostro—. ¡Vayan tras Nezahualcóyotl!

La persecución se dio por toda la ciudad de Azcapotzalco. Los soldados gritaban: "¡Muerte a Nezahualcóyotl! ¡Atrapen a Nezahualcóyotl! ¡Que no escape!"

Los pobladores observaban desconcertados. Nezahualcóyotl corrió hasta llegar a la orilla del lago. Los hombres que lo esperaban, al verlo correr, se apresuraron a meter las canoas al lago y comenzaron a remar. El príncipe heredero llegó a la orilla y avanzó varios metros dentro del agua para alcanzarlos. Nadó aguantando la respiración lo más que pudo, se quitó las prendas que lo distinguían como príncipe y salió casi desnudo. Los gritos se escuchaban a lo lejos. Buscó la canoa de sus hombres y al hallarla jaló aire, se sumergió y nadó hacia ellos. Al volver a la superficie sus hombres lo jalaron de los brazos y lo subieron. Cuando llegaron los soldados, Nezahualcóyotl y sus hombres ya se habían perdido entre los centenares de canoas que transitaban ahí todos los días.

Camino a Tezcoco, el heredero chichimeca se mantuvo en silencio. Le turbaba la incertidumbre. Tenía grabado en su recuerdo el rostro de Tzontecohuatl en el momento en que arriesgaba su vida por él. Estuvo tentado a volver a Azcapotzalco y retar a Maxtla con tal de salvar a su hermano, pero algo inesperado le cambió el semblante: escuchó su nombre a lo lejos. Buscó en todas direcciones en medio del lago y encontró a Tzontecohuatl en una canoa agitando los brazos. Pronto las canoas se encontraron y Nezahualcóyotl brincó a la otra para abrazar a su hermano, quien le contó que para salvar la vida tuvo que dar muerte al capitán tepaneca, que se quedó solo con él mientras la tropa iba en persecución del príncipe acolhua.

7. Chicome

La muerte de Chimalpopoca fue recibida con tanto dolor y enojo en México-Tenochtitlan que los principales capitanes decidieron levantarse en armas en contra de Azcapotzalco, de tal forma que horas después de haberse enterado del asesinato de su gobernante, una tropa se reunió en la plaza principal. La noticia se esparció por todos los rincones de la ciudad isla, hubo entonces gran movimiento, la gente iba y venía enardecida. Todo parecía indicar que nada ni nadie los podría detener. Hasta que un anciano se dirigió a los capitanes y les habló serenamente:

—Oh, mexicanos, miren que las cosas sin consideración no van bien ordenadas, repriman la pena considerando que aunque nuestro tlahtoani está muerto, no se acaba con él la generación y descendencia de los grandes señores. Tenemos hijos de los reyes pasados que sucedan en el reino con cuyo amparo harán mejor lo que ustedes pretenden. ¿Qué caudillo, a qué cabeza tienen que en su determinación los guíe? No vayan a ciegas, calmen sus corazones y elijan primero a un tlahtoani que los guíe, esfuerce, anime, y ampare contra sus enemigos. Y mientras esto sucede, actúen con cordura, y hagan las ceremonias pertinentes a su tlahtoani muerto. Después habrá mejor coyuntura y lugar para la venganza.

Si algo lograba calmar los ánimos de la gente era la palabra sabia de un anciano. Ignorarlo era presagio de fracaso, la historia lo había comprobado, muchos señores habían perdido tierras, gente, reinos por no dar oídos a los viejos que comúnmente permanecían en silencio, observando, escuchando, cavilando para asombrar a todos con un par de pensamientos bien elaborados llegado el momento.

Los capitanes bajaron sus armas, se quitaron los penachos y se arrodillaron frente al anciano. Luego de solicitar mayores consejos salieron a tranquilizar al pueblo frenético.

—¡Tenochcas! —dijo Tlacaélel frente la multitud—. ¡Hemos recibido los sabios consejos de uno de nuestros ancianos! ¡Y obedeciendo la costumbre de dar mayor valor a la palabra sabia que a los impulsos del corazón encontramos más cuerdo llevar a cabo las ceremonias fúnebres de nuestro difunto Chimalpopoca, aunque no tengamos su cuerpo presente! ¡Como ustedes, me siento enojado por la forma cruel en que se le dio muerte a nuestro tlahtoani, pero también comprendo que es prudente disimular, para luego, como es recomendación del anciano, elegir a un nuevo tlahtoani!

Con la firme aprobación de los integrantes de la sociedad mexica se cumplieron las ceremonias en honor al difunto Chimalpopoca. Luego de varios días de luto se juntaron los ministros y consejeros para deliberar sobre los candidatos a la elección. Finalmente decidieron nombrar tlahtoani al hermano de Chimalpopoca, Izcóatl —hijo de Acamapichtli y una de sus esclavas tepanecas—, hombre sabio y valeroso que hasta aquel punto había sido capitán general.

Le dieron a Izcóatl la noticia de su elección y se le pidió que aceptara el nombramiento, a lo cual respondió gustoso, pues aunque no lo había mencionado, ése era su más grande anhelo. Pronto se le notificó de esto al pueblo, que alegremente aplaudió aquel acontecimiento.

Debido a los conflictivos momentos decidieron llevar a cabo la jura y coronación al día siguiente. Le pusieron las vestiduras reales, lo colocaron en la silla real y le prometieron obediencia y fidelidad.

Un anciano se levantó y le habló de esta manera:

—Hijo nuestro, señor y rey, ten ánimo valeroso y mantente con fortaleza y firmeza, no desmaye tu corazón ni pierda el brío necesario para el cargo real que te es encomendado. ¿Quién piensas, si tú desmayas, que ha de venir a animarte y a ponerte fuerzas en lo que conviene al gobierno y defensa de tu reino? Ánimo, valeroso príncipe. Hijo mío, no temas el trabajo ni te entristezcas, que el dios Huitzilopochtli estará en tu favor.

Con gran atención escuchó el nuevo tlahtoani Izcóatl las palabras del anciano, que respondió con gratitud, prometiendo trabajar arduamente por su pueblo.

A esta celebración fueron invitados muy pocos reyes y señores, entre los cuales se encontraba el príncipe Nezahualcóyotl y Cuauhtlatohuatzin, quien por ser hijo de Tlacateotzin había sido nombrado rey de los tlatelolcas esa misma semana.

Disfrutaron de los juegos de pelota y danzas que se llevaron a cabo hasta la madrugada. A la mañana siguiente, terminadas las fiestas, el Coyote ayunado decidió volver a su palacio de Cilan.

En el caminó recordó a Miracpil, la joven que había conocido en su última visita a la ciudad isla. Sin pensarlo dos veces se dirigió a la casa de ella, quien lo vio llegar de lejos. Lamentó no haberse desviado en el camino aquel remoto día, para que el príncipe no supiera dónde vivía. Una cascada de temores le escurrió por los senderos de la piel. Caminaba hacia su casa, ahí venía. "¡Detente! ¡No sigas, cambia el curso!" Como si estuviera poseída, salió por la parte trasera de su casa, corrió, tenía que salir de ahí, esconderse. Llegó hasta la orilla del lago, se detuvo exhausta, tratando de recuperar la respiración, observó el agua, las canoas que transitaban, las aves que se bañaban o flotaban como pequeñas bolas de algodón; y comenzó a lanzar piedras, llena de ira; las aves se alejaron volando. Lanzó piedras hasta derribarse en llanto.

Tras un largo rato se puso de pie, observó un árbol y lo abrazó fuertemente.

Consciente de su inevitable destino, volvió a casa con pasos lerdos, arrancando ramilletes de los arbustos conforme avanzaba, y dejando a su paso una larga retahíla de hojas que marcaban su impostergable salida del seno familiar.

No lograba apartar de su mente la tarde en que por curiosidad se había detenido en el jacal de la vieja Tliyamanitzin. Recién había cumplido los doce años cuando la conoció personalmente, sin cruzar palabra alguna. Temerosa de lo que había escuchado acerca de ella, se quedó muda e inmóvil frente a la anciana de largas canas y arrugas interminables.

De Tliyamanitzin se murmuraba cantidades: que era curandera, agorera y bruja. Los niños solían decir que había muerto cien años atrás pero que gracias a su brujería había logrado resucitar una semana después. Sólo los adultos la visitaban: unos para solicitar bebedizos que embrutecían a las mujeres que querían conquistar; otros para sanar las enfermedades que ni los mejores chamanes curaban. Entre los muchos mitos que corrían de voz en voz había uno de una mujer que, sedienta de venganza hacia el hombre que la había violentado, le pidió a la anciana Tliyamanitzin que le embrujara de tal forma que le doliera en su mayor orgullo. Cumpliéndole el deseo, aquel hombre salía en las noches dormido de su casa con ropas de mujer y se dejaba hacer lo que fuera por otros hombres; al amanecer, despertaba desnudo en las calles. La gente se mofaba por actos que él no recordaba.

Al cumplir los trece años, la pequeña Miracpil —pensando que lo que ella experimentaba no era más que una enfermedad, o quizá, los efectos de algún hechizo que alguien le habría preparado— decidió detenerse frente al jacal de la anciana Tliyamanitzin. Con las cuerdas vocales hechas un nudo llamó a la entrada sin atreverse a pasar.

—¿Quién te manda? —preguntó la anciana sin dejar de atender lo que estaba haciendo.

—Nadie.

Tliyamanitzin caminaba de un lado a otro en el interior de su pequeño jacal. Miracpil introdujo temerosamente la mano entre los hilos que hacían de cortina en la entrada y vio cautelosa a la mujer que servía agua de un pocillo en una olla de barro. Pronto, la pequeña imaginó que estaba preparando algún hechizo.

—¿Qué quieres? —la anciana arrastró los pies para llegar al otro lado del jacal sin mirar a la niña en la entrada.

—Pedirle…

—Pasa —se detuvo frente a la entrada con un par de yerbas en la mano.

—Yo… —titubeó— No sé si deba…

—Si vienes a hacer las mismas preguntas que hacen todos los niños, lárgate.

—¡No!

—Mírame —dijo la anciana postrando su rostro frente a la niña—, ¿te parece que tengo doscientos años?

—No, lo que pasa es que…

—Sí, los críos.

La anciana caminó a la olla e introdujo las yerbas que tenía en la mano.

—¿Qué hace?

—Comida. ¿En tu casa no cocinan?

—¿Qué hace?

—Ya te dije.

—No —corrigió Miracpil—. Pregunto qué hace usted de su vida.

—Soy curandera y agorera. Pero no soy nada de eso que cuenta la gente.

—¿Me puede curar?

La anciana se detuvo frente a la olla, cerró los ojos y se llevó una mano al pecho; se dio media vuelta y caminó hacia la niña:

—Yo no te puedo curar de eso que sientes. Eso no se cura, mi niña.

—¿Cómo lo sabe? —Miracpil observó las incontables arrugas en el rostro de la mujer, que con un ligero gesto de complicidad le sonrió y le acarició el cabello.

—Lo sé, eso es lo que importa. Y también sé que un día, conocerás a un joven y te pedirá por concubina, luego encontrarás tu felicidad.

—¡No!

—Está en tu agüero.

—¿Cuándo será eso?

—Después de la muerte del tlahtoani Chimalpopoca.

—¿Va a morir?

—Todos vamos a morir.

Justo cuando se dio la noticia de la muerte del rey mexica, Miracpil sufrió de insomnio, miedo, abulia y pena. Las palabras de la anciana se volvían cada vez más presentes. "No, no quiero eso, no." ¿Y si era cierto lo que había dicho Tliyamanitzin.? ¿Estaría ahí la felicidad? No era posible. Miracpil quería una flor, pero el jardín estaba seco.

Entró a casa con el corazón devastado, y respirando profundamente saludó a sus padres, a sus hermanos y al desconocido, que ya la esperaba.

—Hija, mía —dijo su padre con una gran sonrisa—, los dioses te han enviado un regalo único. El príncipe Nezahual-cóyotl te ha elegido por concubina, y ha venido a pedirte.

Estrangulando sus deseos por salir de ahí, Miracpil forzó una sonrisa. El Coyote ayunado caminó hacia ella y se presentó con dulzura. Se hizo una comida para festejar aquella unión, en la cual su madre habló:

"Hija mía, yo te parí con dolor, te crié con mis pechos, he procurado educarte con el mayor cuidado, y tu padre te ha pulido como una esmeralda para que parezcas a los ojos de los hombres como una joya engastada de virtudes. Trata de ser buena, porque si no, ¿quién te querrá por mujer? Serás el desecho de todos. La vida es trabajosa y es menester consumir nuestras fuerzas para alcanzar los bienes que los dioses nos envían; por tanto no seas perezosa y descuidada sino muy diligente en todo.

„Sé limpia y trabaja en tener bien concertada la casa; sirve el agua en las manos de tu marido y haz el pan para la familia. No te des demasiado al sueño y al descanso, porque la pereza enseña otros vicios.

„Si eres llamada por tu esposo, no esperes a que te llame dos veces; acude pronto. Oye bien lo que te manda y ejecútalo diligentemente. No des malas respuestas ni muestres repugnancia; si no puedes hacer lo que se ordena, excúsate con humildad.

„Nunca prometas hacer lo que no puedes; de nadie te burles ni engañes, pues te están viendo los dioses. Vive en paz con todos para que seas amada. No seas codiciosa. No interpretes mal lo que veas dar a otros, ni lo envidies; porque los dioses, dueños de todos los bienes, los reparten como quieren. A nadie des motivo de enojo, porque si lo das a otro, tú también lo recibirás.”

Luego de un par de horas llegó el momento de partir. Obedeciendo los reglamentos y las enseñanzas de su madre, Miracpil se despidió de todos con falsos agradecimientos por la decisión tomada y se encaminó con el príncipe Nezahualcóyotl rumbo a su nueva vida.

Al llegar al palacio de Cilan, el heredero chichimeca le presentó a las otras once concubinas reunidas en la habitación principal.

—Me llamo Papalotl (Mariposa) —dijo una de ellas y le entregó un brazalete de oro.

De la misma forma fueron pasando al frente las demás concubinas para otorgarle en regalo algo personal, en significado de que estaban dispuestas a compartir incluso lo más íntimo. Ayonectli (Agua de miel) le regaló un arete; Citlalli (Estrella) le brindó un arreglo de plumas para el cabello; Ameyaltzin (Pequeño manantial) le otorgó piedras preciosas para la ropa; Cihuapipiltzin (Mujer honrada) le regaló un pendiente de oro; Hiuhtonal (Luz preciosa), Yohualtzin (Nochecita), Zyanya (Eterna), Huitzillin (Colibrí) e Imacatlezohtzin (La que ofrece mucho cariño) le dieron vestiduras; Xóchitl (Flor), haciendo honor a su nombre, le regaló tres lirios rojos salpicados de puntos blancos.

Cumplidas las presentaciones, Nezahualcóyotl salió de la habitación y las dejó a todas juntas para que orientaran a la nueva concubina, le mostraran su habitación y le instruyeran en sus futuras obligaciones. Cual prisionera, Miracpil observaba a las demás con tristeza, se preguntaba cómo había llegado cada una de ellas hasta ese lugar. Se cuestionaba cuántas eran verdaderamente felices. Y como si hubiese hecho la pregunta en voz alta, la respuesta llegó a sus oídos, justo cuando todas volvieron a sus rutinas.

—Ésa que ves ahí —dijo una voz—, Zyanya, es la más ambiciosa. No ama a nuestro príncipe, pero busca en todo momento ser la elegida para llegar a ser la única esposa. Pues has de saber que nuestro amado príncipe aún no ha elegido esposa. Imacatlezohtzin es cursi e infantil. Ella acepta todo lo que ordené nuestro señor.

Miracpil dirigió su mirada a la mujer que le hablaba al oído y se encontró con Xóchitl.

—Ayonectili también se desvive por el amor de Nezahualcóyotl, pero es calumniadora; Citlalli, llora por todo; Ameyaltzin miente todo el tiempo; a Cihuapipiltzin no le importa nada, pero hace lo que se le ordena; Hiuhtonal es la más vanidosa; Yohualtzin, por el contrario, se siente la mujer más fea sobre la tierra; a Huitzillin le vuelve loca regocijarse, incluso con los sirvientes; Papalotl es soñadora e ingenua. Casi todas, como te darás cuenta, son felices con esta vida.

—¿Y tú? —preguntó Miracpil.

—Estoy empezando a ser feliz —sonrió Xóchitl.

8. Chicueyi

Una sonrisa pueril se dibujó en el rostro de Maxtla al ver al enano Tlatolton caminando frente de la sala principal. Con cada paso se ladeaba abultadamente de izquierda a derecha. Usaba penachos con plumas pequeñas y adornos menos ostentosos que generalmente eran fabricados para los pequeños. Maxtla recordó los enanos que Tezozómoc tenía para su entretenimiento cuando él era niño. En aquella época, los hijos de la nobleza eran invitados con frecuencia a estas diversiones. Maxtla, de escasos seis años, aún no comprendía que los enanos eran adultos, utilizados solamente para recreo de los reyes y para sacrificios. En su memoria seguía palpitante aquella risa de su padre al ver cómo el enano corría de un lado para otro en medio de la sala principal del palacio tepaneca, perseguido por un perro que intentaba morderle el trasero.

—Mi amo y señor —dijo Tlatolton y Maxtla reaccionó con dilación—, los mexicas han desobedecido sus órdenes de recibir al administrador que usted les envió; y con apuro han llevado a cabo la jura de Izcóatl, hermano de Chimalpopoca.

La mirada del tecuhtli enardeció al escuchar la noticia. Caviló en los pasos a seguir: declararles la guerra era aún muy aventurado con el príncipe Nezahualcóyotl rondando por el valle. Sabía perfectamente que el enojo de los tenochcas, tlatelolcas y tezcocanos podía llevarlos a una unión desastrosa para Azcapotzalco. Asimismo comprendió que haber ordenado que les cerraran los caminos y el comercio a los mexicas era ya una afrenta. Si el Coyote ayunado lograba llevarlos a su partido, sería muy peligroso. Él era su principal enemigo. Se volvía aún más necesario acabar con el hijo de Ixtlilxóchitl. Si los tlatelolcas y los mexicas se sentían desamparados del cobijo chichimeca volverían a ser los mismos súbditos obedientes que tuvo Tezozómoc.

—Mi señor… —Tlatolton interrumpió las cavilaciones de su amo.

—Te ordeno que vayas a Tezcoco —dijo Maxtlaton esforzándose por controlar su ira—. Sin que nadie te vea, busca a Tlilmatzin, el hermano bastardo de Nezahualcóyotl y dile que venga con prontitud.

Con la mirada hacia arriba, el enano Tlatolton intentó descifrar los pensamientos de su amo. ¿Para qué quería hablar con el hermano del Coyote sediento? ¿Para encerrarlo como a Chimalpopoca y obligar a Nezahualcóyotl a que volviera a Azcapotzalco?

—¡Largo! —gritó el tecuhtli.

En cuanto el enano salió de la sala principal, Maxtla mandó llamar a uno de sus soldados, para exigirle que juntara a toda la tropa afuera del palacio, orden que se cumplió de inmediato. Mientras tanto, el hijo de Tezozómoc se dirigió a su habitación y mandó llamar a las concubinas que le había robado a Chimalpopoca. Las dos mujeres entraron con indiscutible sumisión; encontraron al supremo monarca acostado en su cama acariciándose el falo; al comprender el motivo del llamado, sin decir palabra alguna, se quitaron la vestimenta y se dirigieron al tecuhtli. Y con caricias y gemidos bien actuados lograron salvar sus vidas.

Poco después uno de los guardias —sin entrar a la habitación, pero observando las siluetas de las mujeres desnudas tras la cortina de la entrada— le anunció a Maxtla que sus tropas estaban listas afuera del palacio.

—Ordena que los soldados que permitieron la huida de Nezahualcóyotl se formen al frente —dijo el tecuhtli.

Tras la cortina, el soldado notó que las dos mujeres se pusieron de pie y comenzaron a vestirse.

—Así lo haré, mi amo —respondió el guardia y fingió retirarse, para seguir con la mirada a las mujeres que minutos atrás habían satisfecho el apetito sexual del tepantecuhtli.

Una hora más tarde los soldados seguían de pie frente al palacio, soportando los estragos del clima, el aburrimiento y el hambre. En cuanto se anunció la aparición de Maxtla frente a las tropas todos se arrodillaron y bajaron las cabezas, hasta que el supremo monarca les permitió ponerse de pie. Caminó de un lado a otro observando con enfado a los guardias que habían perseguido a Nezahualcóyotl. Se dirigió a uno de los capitanes y le quitó el macuahuitl; luego se detuvo frente a uno de los soldados.

—¿Tú perseguiste al hijo de Ixtlilxóchitl? —preguntó mirándolo a los ojos.

—Sí, mi amo.

Tras jalar aire, Maxtla, le ordenó al soldado que diera un paso al frente y dejara caer su arma; y sin titubear levantó el macuahuitl con las dos manos y lo enterró en el cuello del joven soldado, sin lograr decapitarlo. Cualquiera que se ejercitase en las armas era capaz de cortar cabezas con un solo golpe, no hacerlo era causa de vergüenza. El hombre se derrumbó en el piso con el arma incrustada en el cogote, convulsionando mientras la sangre se le fugaba poco a poco. Nadie se atrevió a proporcionarle auxilio, ni siquiera para apresurar su muerte.

—Bien podía yo haber cortado la cabeza de este inútil —dijo justificando su incapacidad en el uso de las armas y señaló al soldado que pataleaba en el piso—, pero he querido provocarle mayor sufrimiento por su ineptitud. No es posible que entre tantos no hayan podido dar alcance a un solo hombre.

El joven soldado dejó de agitarse, comenzó a respirar cada vez con mayor dificultad, mientras sus ojos se perdían en dirección de los tobillos del déspota; se quitó el macuahuitl del cuello e intentó vengar su pronta muerte enterrando el arma en una de las piernas del tecuhtli que le daba la espalda, pero el corazón le dejó de retumbar justo en el intento: su brazo cayó débilmente en el piso con el macuahuitl en la mano.

—Estos soldados no me sirven —continuó Maxtla mirando a las tropas y señalando a los hombres que habían fracasado en la persecución de Nezahualcóyotl—, ya no puedo confiar en ellos. ¿Cómo sé yo que no son aliados del Coyote ayunado? ¿Cómo puedo tener la certeza de que mañana no me traicionarán? ¿Cómo estar seguro de que protegerán mi reino? ¿Cómo saber que ustedes lo harán? Sin castigo no hay obediencia. Sin temor no hay esfuerzo. Sin hambre no hay búsqueda de alimento. Estos traidores morirán hoy, para que ustedes vivan mañana. Su muerte será el detonador de su presteza para la guerra. Sólo así habrá victoria tepaneca.

Tras decir estas palabras el tecuhtli dio la orden a uno de los capitanes para que ahí mismo degollaran a todos los soldados que permitieron la huida de Nezahualcóyotl. Uno a uno fueron pasando al frente para recibir la muerte injusta a la que Maxtla los había condenado. Algunos con llanto en el rostro, otros con la mirada al frente, indiferentes a su perentorio destino. Sólo uno intentó huir, pero fue alcanzado por una lanza que le perforó la espalda.

Terminada aquella masacre, Maxtlaton dio la orden de que sus soldados bloquearan la isla de los tenochcas.

—¡Nadie puede entrar ni salir de Tenochtitlan! —gritó, les dio la espalda y se dirigió a su habitación, donde permaneció el resto del día sin hablar con nadie.

Maxtla solía dormir en exceso y cuando estaba despierto se ocupaba poco en las tareas del gobierno, delegándolas a sus ministros y consejeros.

A la mañana siguiente llegó el enano Tlatolton con el hermano del Coyote hambriento. Tuvo que esperar un par de horas a Maxtla, quien, al liberarse de la holgazanería que lo abatía cada mañana, salió a la sala principal.

—Te he mandado llamar —le dijo a Tlilmatzin con una pésima imitación de alegría— porque sé muy bien que entre todos tus hermanos eres el menos agraciado. Tu padre te ignoró al elaborar su herencia, poniendo siempre por delante a Nezahualcóyotl. Pero no veo por qué desheredar a un hijo bastardo. Disculpa, no lo digo para ofender, pero debes saber que en México-Tenochtitlan han jurado por tlahtoani a Izcóatl, el hijo bastardo de Acamapichtli. Si él que es de una raza que proviene del vulgo se convirtió en rey, ¿porque tú, hijo de Ixtlilxóchitl, no puedes ser gobernador de Tezcoco?

Con una desbordada muestra de gratitud, Tlilmatzin se arrodilló frente a Maxtla y le prometió lealtad hasta el fin de sus días.

—Bien debes saber que tu hermano, ambicioso y envidioso, no se mostrará enojado por tu nombramiento como tecuhtli de Tezcoco, pero no debes olvidar que buscará levantarse en armas para derrocar mi imperio, y si logra su objetivo volcará sobre ti todo su enfado.

La mente de Tlilmatzin dio un giro al pasado y le hizo ver que desde su infancia había sido relegado, ignorado y en muchas ocasiones olvidado por su padre. El aplaudido, el venerado, el querido, el seguido, era Nezahualcóyotl, siempre él, ese hermano que todo lo tenía. ¿Ahora? ¿Qué más podía esperar de la vida? Todo lo que podía anhelar se lo estaba ofreciendo Maxtla.

—Lo que usted pida señor —dijo poniéndose nuevamente de rodillas.

Por fin, después de mucho tiempo, la falsedad en la sonrisa de Maxtla se desvaneció. Tenía en Tlilmatzin un aliado
a su medida.

—Lo que te voy a pedir te pone en una situación muy
complicada. Quiero que mañana vayas a Tezcoco con mis
embajadores para que den el anuncio a toda la ciudad de
que has sido nombrado gobernador; en ese momento se te
debe jurar y reconocer; luego quiero que prepares una fiesta
e invites a tu hermano.

—¿Con qué motivo?

—Para acabar con él —respondió Maxtla con un gesto
con el cual intentaba ningunear a Tlilmatzin.

—No, mi señor; pregunto el motivo de la fiesta.

—Hazle sentir que te ha alegrado que haya logrado huir
de mis tropas.

Ambos sonrieron, asintieron mientras se miraban con
gusto. El plan parecía perfecto.

—Enviaré disfrazado a uno de mis capitanes más ejercitados para que ahí mismo le dé muerte. Sólo así lograrás
mantenerte en el reino que te pertenece.

—Así lo cumpliré, mi señor —dijo Tlilmatzin poniéndose de rodillas sin percatarse de que sus gestos rebasaban
el límite del protocolo.

—Eso espero —Maxtlaton se rascó la frente y arrugó
las cejas—. Anda, no esperes más.

Y obedeciendo con puntualidad, Tlilmatzin marchó a
Tezcoco, donde al día siguiente, sin dilación, convocó a su
gente. Pronto se reunieron ministros, consejeros, miembros
de la nobleza y el vulgo en general.

—El supremo monarca de toda la Tierra —dijo el embajador de Azcapotzalco en voz alta sobre una tarima— nos ha
enviado a darles la noticia de que ustedes, como tezcocanos,

merecen ser gobernados por alguien de su linaje, no como ocurrió en otros tiempos. Por ello ha decidido nombrar a Tlilmatzin gobernador de la ciudad de Tezcoco.

Hubo un silencio repentino, la gente se miraba entre sí; luego los asistentes comenzaron a murmurar, comprendiendo que no había forma de oponerse. Con la creencia de que sería mejor tener en su gobierno al hermano bastardo que a un administrador tepaneca expusieron su beneplácito. Tlilmatzin fue reconocido por gobernador frente a toda la población. Debido a lo inesperado del evento no hubo invitados de otras poblaciones ni fiestas.

Ese mismo día Nezahualcóyotl se encontraba en su palacio de Cilan cuando llegaron unos embajadores.

—Mi señor —dijo tras las reverencias acostumbradas—, su hermano nos ha enviado a informarle que Maxtla lo ha nombrado gobernador de Tezcoco, por lo cual lo espera en el palacio para que sea testigo de su jura y reconocimiento como chichimecatecuhtli.

—Díganle que ahí estaré —respondió con la mirada ausente.

El Coyote ayunado permaneció pensativo en la sala principal de su pequeño palacio, preguntándose las razones por las cuales Maxtla había decidido nombrar a Tlilmatzin gobernador de Tezcoco, y por qué su hermano había aceptado, si el objetivo familiar era destituir a Maxtla del imperio, no aliarse a él. Concluyó a la sazón que todo aquello era una traición y que, sin titubear, su hermano vendería su cabeza para complacer a su nuevo aliado. Decidió entonces no asistir a la jura y permanecer en su palacio de Cilan.

Al día siguiente llegó su hermano acompañado de su nueva guardia. El Coyote hambriento caviló en huir en ese mismo instante, pero un par de emociones le ganó la partida: optó por confrontarlo, verlo a los ojos, escuchar de su voz que se había aliado al enemigo, que para él la sangre no era importante, sólo el poder y las riquezas. Al entrar a la sala donde esperaba Tlil-matzin, caminó sin temores hacia él y lo miró a los ojos.

—Me congratulo por tu nombramiento —dijo con falsa indiferencia aunque bien sabía que la ingenuidad de su hermano era demasiada como para percatarse.

—Hermano —se mostró ufano—, he venido a compartir esta dicha contigo.

—¿Qué te pidió Maxtla a cambio del poder? —el príncipe sin corona caminaba de un lado a otro con el pecho inflado, y los puños firmes.

—Nada —Tlilmatzin se acomodó el penacho.

—Entonces, ¿a qué vienes?

—A decirte que sigues teniendo en mí a uno de tus más leales aliados, hermano. Y para muestra he pensado hacer una fiesta en tu honor. Quiero celebrar que hace unos días lograste huir de los soldados de Maxtla.

—¿Quieres celebrar tú? ¿Qué has recibido el gobierno de Tezcoco? ¿Por qué debería creerte?

—Porque he aceptado el gobierno de Tezcoco para que tengamos mayor libertad en nuestra ciudad. De otro modo Maxtla habría puesto un administrador tepaneca, el cual nos habría limitado nuestras labores en la recuperación del imperio. Sólo por eso, hermano. Maxtla quiere que me una a su bando, pero yo no pienso traicionarte. Le hice creer que en efecto obedecería sus órdenes, pero créeme, hermano, yo soy chichimeca, estoy con Tezcoco y contigo.

El Coyote ayunado sabía que debía aprender a dialogar sin evidenciar sus emociones, incluso a fingir como todos ellos, al fin y al cabo, así eran los juegos del poder.

—Ofrezco mis más sinceras muestras de arrepentimiento por enjuiciarte antes de escuchar tu versión —hubo entre ellos una correspondencia de miradas incrédulas y sonrisas simuladas—. Cuenta con mi presencia en aquel festín que tienes preparado.

En cuanto el hermano volvió a su nuevo palacio de Tezcoco, el príncipe acolhua mandó llamar a sus amigos y aliados para deliberar sobre el asunto. Igual que en tiempos de Ixtlilxóchitl, hubo quienes insistieron en que debía levantarse en armas contra su hermano; otros sugirieron que le declarara la guerra al hijo de Tezozómoc directamente. Huitzilihuitzin, el mentor de Nezahualcóyotl, se levantó, caminó con pasos lerdos, se detuvo frente al príncipe, y al ver que se preparaba para hablar todos callaron.

—Yo sé de un campesino que es muy parecido a nuestro príncipe —el anciano hablaba moviendo sus manos temblorosas hacia el frente—. Podemos mandarlo llamar y hacerle pasar por el Coyote.

Hubo reacciones de incredulidad, algunas de burla, otras de enojo. "¿Engañar al hermano de Nezahualcóyotl?", "Este viejo ya está desvariando", "Ya basta de huir, vayamos al ataque, dejémonos de cobardías".

—¿Qué tanto es el parecido? —preguntó uno de los aliados del príncipe.

—Mucho. Y si lo enviamos a la fiesta vestido con las ropas de nuestro príncipe heredero, ni su hermano encontrará las diferencias.

—¿Cómo es que está seguro?

—Porque yo mismo me confundí por un instante al verlo por primera vez. Luego encontré las diferencias, pero yo conozco bien a mi aprendiz. Por otra parte no hay que olvidar que la fiesta será en la noche y la oscuridad será nuestra aliada, haciendo mucho más sencillo engañar a nuestros enemigos.

El debate se prolongó por un rato hasta que llegaron a la conclusión de que era la única posibilidad.

—Antes que nada —dijo uno de los consejeros— debemos comprobar qué tanto se parece este hombre a nuestro príncipe.

—Sea, pues de esa manera —dijo Nezahualcóyotl.

Finalizada aquella conversación, salieron algunos embajadores en su búsqueda y lo encontraron afuera de su casa trabajando la tierra. Desde el momento en que lo vieron de lejos notaron la enorme similitud entre ambos.

—¿Te llamas Azcatl? —preguntaron.

El joven asintió con la cabeza y puso su herramienta de trabajo a un lado para recibirlos, tal cual era su costumbre.

—Nos ha enviado el príncipe Nezahualcóyotl. ¿Lo conoces?

—No, jamás lo he visto.

Los embajadores experimentaron una sensación extraña al hablar con el mancebo; por momentos sentían que le estaban faltando al respeto al dirigirse a él sin las reverencias que se le hacían al príncipe. Pero pronto comprendieron que era tan solo una persona con un parecido extraordinario al heredero chichimeca. ¿Acaso el joven era algún hijo bastardo de Ixtlilxóchitl? Comprobarlo sería muy complicado, e intentarlo significaría aplazar la salvación del Coyote ayunado.

—El príncipe chichimeca nos ha enviado para solicitar tu ayuda.

—¿Mi ayuda? —Azcatl arqueó las cejas y abrió la boca.

El hombre era un pobre campesino que jamás se había ejercitado en las armas. Tenía cuatro hijos y una sola esposa. Vivía de lo que producía en una modesta tierra heredada de sus padres. Difícilmente recordaba la guerra entre Tezozómoc e Ixtlilxóchitl, pues él aún era un niño cuando sucedieron aquellas batallas, y donde él y su familia vivían no habían ocurrido grandes estragos, sólo en una ocasión pasaron las tropas tepanecas rumbo a Tezcoco, destruyendo algunas casas para robar alimento. Caviló entonces que se le había ido a buscar para que se incorporara a las tropas chichimecas. Pensó en su esposa y sus críos. ¿Quién se haría cargo de ellos? Él no era un guerrero, no tenía intenciones de serlo, no lo había imaginado jamás. Pero también estaba consciente de las penurias que había en Tezcoco desde que Tezozómoc se había hecho jurar como gran tecuhtli de toda la Tierra. Y si en algo podía garantizarles a sus hijos un mejor futuro estaba dispuesto a ejercitarse en las armas.

—Si mi señor Nezahualcóyotl me ha mandado llamar, entonces iré.

Los embajadores decidieron no darle noticia de los motivos por los que lo habían ido a buscar, para evitar que Azcatl claudicara. La tarea que le tenían asignada era una garantía de muerte, una injusta asignación a quien jamás había hecho daño alguno: un joven labrador, pacífico, honesto, leal a sus convicciones.

Sin hacer esperar a los embajadores, entró a su casa y dio noticia a su esposa de los acontecimientos. La mujer se quedó atónita con la noticia. Lloró sin control. Al igual que él, la mujer creyó que lo mandaron llamar para que se uniera a las tropas de Nezahualcóyotl. Sabía que las posibilidades de que su esposo volviera vivo de la guerra eran pocas. Y aunque tenía deseos de arrodillarse y rogarle que no fuera, sabía que las órdenes de un príncipe eran irrefutables. Luego de un triste adiós, Azcatl salió rumbo al palacio de Cilan, giró la cabeza y observó por arriba del hombro a sus hijos despidiéndole, con la incertidumbre sobre si algún día volvería a verlos.

En el camino intentó averiguar más sobre los preceptos del príncipe Nezahualcóyotl, pero los embajadores no cedieron y llegó sin información al palacio. Al entrar levantó la mirada y observó con detenido asombro todo el lugar. Jamás había estado en un palacio, ni siquiera a uno tan pequeño como el de Cilan. Los aliados y consejeros de Nezahualcóyotl también se encontraban asombrados con el parecido entre el joven y el heredero de Ixtlilxóchitl.

Azcatl esperó lleno de inquietud a que el príncipe chichimeca apareciera. Al verlo entrar sintió que una cascada de confusiones le empapaba por completo. Era increíble verse a sí mismo en el rostro del Coyote ayunado, quien de igual manera caminó hacia él y, sin decir palabra alguna, le tocó una mejilla. Nezahualcóyotl pensó: "Tú eres yo, yo soy tú, somos, ¿quiénes somos? ¿Un reflejo en los espejos del lago? Sólo en las aguas serenas he podido ver una copia de mi persona. Sólo así. Somos... tan... pero tan... similares."

—Yo soy Nezahualcóyotl, príncipe heredero del reino chichimeca.

Azcatl no pudo responder. Los aliados y consejeros también permanecieron en silencio.

—El motivo por el que te he hecho venir es muy delicado —explicó el Coyote sediento, que en ese momento cerró los ojos, inhaló pausadamente y exhaló de golpe—. Me informaron que eras muy parecido a mí y quise comprobarlo.

El silencio seguía apoderándose del lugar. Nezahualcóyotl sintió una vergüenza irreprimible al intentar explicar sus verdaderos motivos. Y para postergar sus intenciones pidió al joven Azcatl que le hablara de sí.

"No, sería una crueldad, un acto inhumano, Coyote —pensaron los amigos y aliados del príncipe chichimeca—, no lo escuches, simplemente dale instrucciones. Saber de él te suavizará el corazón, te hará cambiar de opinión. Salva tu reino, mándalo a la fiesta de tu hermano, sólo así lograrás preservar tu vida, nuestras vidas. Es la única manera. Es inevitable que se sacrifiquen otros por el reino. No lo escuches."

Luego de enterarse de la pobreza en que vivía y de la humilde personalidad del joven, el Coyote hambriento se sintió como un tirano. ¿Cómo pedirle que se hiciera pasar por él? Si sólo era un humilde campesino, un joven trabajador. No le parecía justo que él, que no buscaba la muerte, fuese condenado injustamente. Todos los presentes lo sabían, estaban convencidos de que en la fiesta le intentarían asesinar o en su defecto, lo llevarían arrestado ante Maxtla, quien finalmente lo torturaría y acabaría con su vida.

"¡No! ¡No puedo hacer esto! —pensó el Coyote sediento—. ¡Yo no soy un tirano! No le puedo pedir que camine a ciegas al cadalso."

Las miradas de sus aliados le taladraban. Y retractarse lo hundiría. Sabía bien que si no actuaba como ellos esperaban, pronto lo traicionarían como había ocurrido con su padre tras perdonarle la vida a Tezozómoc. Incluso temía que en cualquier momento alguno de ellos le arrancara la vida.

—La razón por la que se te ha mandado llamar —hizo un silencio y trago saliva— es para pedirte que acudas a un festín en mi nombre. Es decir que te hagas pasar por mí.

—¿Yo? —sonrió Azcatl.

—Pero debo decirte que tu vida corre mucho peligro —al mencionar esto se detuvo titubeante—. El tecuhtli Maxtla pretende darme muerte y, para ello, le ha pedido a mi hermano que me traicione durante una fiesta. Si tú vas en mi lugar, lo más probable es que corras con esa tortuosa suerte.

Azcatl bajó la mirada y se mantuvo en silencio. Todos los presentes se miraron entre sí. Cavilaron que el hombre se negaría. ¿Por qué tendría él que morir de esa manera? ¿Quién lo haría? Sólo alguien verdaderamente leal a la causa. ¿Había gente así? Suicidas que daban todo por el reino y por los dioses. Miles eran sacrificados cada año. Esto significaba un gran honor.

"Soy peor que Maxtla", pensó el Coyote.

—Ahora que… —intentó decir Nezahualcóyotl, pero el hombre lo interrumpió.

—Si ése es mi designio así lo he de cumplir.

El príncipe acolhua abrió los ojos. Los presentes sonrieron y Azcatl se percató de ello.

—Sí —continuó con la frente en alto y el pecho inflado—. Debe estar en mi agüero. Y si es así, de esa manera lo cumpliré. Aún más si con esto puedo contribuir a la salvación del imperio. Sólo le pido que se encargue de mi esposa e hijos, que aún son unos niños.

El labio inferior del príncipe chichimeca comenzó a tiritar, sus ojos enrojecieron, sus cejas se arrugaron y presintió que ése sería uno de los actos de los cuales se arrepentiría siempre.

—Te prometo que así lo haré —respondió con una pena incontenible.

—No se diga más —intervino uno de los que se encontraban presentes—, hay que instruir a nuestro héroe en lo que ha de hacer para engañar a nuestros enemigos.

Azcatl sonrió al escuchar que se le denominaba héroe.

—Anda —dijo Nezahualcóyotl—, que te lleven a bañarte y vestirte.

Un grupo de sirvientes lo guió hasta los temaxcalli para que se bañara y le dieron trato de rey; lo vistieron con un fino traje del príncipe acolhua, le pusieron mancuernillas y collares de oro y plata, le acomodaron el más bello penacho que había en el palacio. El joven sonreía al saberse vestido como un príncipe, con aquellas enormes plumas rojas en la cabeza y las joyas de la realeza; le hacía sentirse orgulloso de lo que hacía, aunque con ello perdiera la vida. Experimentó unas ansias desmedidas de que sus amigos y parientes lo hubieran visto. "Míralo, está dando su vida por el príncipe Nezahualcóyotl. Ahí está un héroe, para reconocer por siempre."

Luego lo llevaron ante el Coyote hambriento quien, al verlo con sus propios atuendos, quedó aun más asombrado. Tanto para él como para los demás, la similitud entre ambos era inverosímil; Azcatl y él eran idénticos, como Tlacaélel y Moctezuma Ilhuicamina.

—Ven aquí —dijo uno de los aliados de Nezahualcóyotl—, ahora debemos instruirte sobre lo que debes decir y hacer.

—¿De qué? —preguntó el joven.

—Para engañarlos es necesario que sepas nombres de sus familiares, fechas y detalles de la realeza. No puedes ir si ignoras esto.

Aquella tarde le aleccionaron en las acciones, palabras y demás porte que había de observar. El joven mostró una memoria increíble para aprender todo lo que le decían. Era lamentable que estuviera condenado a la muerte. Bien les habría servido en muchas otras ocasiones.

Finalmente, con las ropas del príncipe y acompañado de algunos de sus criados, fue al festín al anochecer, haciendo tan diestramente su papel que logró engañarlos a todos.

Nezahualcóyotl permaneció a solas en su habitación, sintiéndose el más desalmado de los gobernantes que había sobre la Tierra. Si bien anhelaba cobrar venganza, ése no era precisamente el camino que había pretendido forjar. Pasó toda la noche en vela, hasta la madrugada, cuando llegó uno de los hombres que habían acompañado al joven Azcatl.

—Mi señor —dijo y Nezahualcóyotl se puso de pie augurando la peor de las noticias—. Lamento decirle que lo han matado.

Apretando los párpados fuertemente, el Coyote sediento escuchó el resto del informe.

—Llegamos a la fiesta y nadie notó la diferencia. Lo recibieron y lo trataron como si en verdad fuera usted. Le llenaron de lisonjas, le dieron de comer y beber, más tarde lo invitaron a que se incorporara a una de las danzas. Azcatl sonreía, creo que fue el día más feliz de su vida, o por lo menos eso nos hizo creer a todos, pues con gran alegría se incorporó al baile. Y mientras tañían los tambores, Azcatl se movía como los demás danzantes. Hasta que, de pronto, uno de los soldados tepanecas, disfrazado de chichimeca, sacó su macuahuitl, y cuando lo tuvo cerca... —sin poder evitarlo, el príncipe chichimeca derramó una lágrima— le dio tan fiero golpe que le cortó la cabeza. Ni su hermano Tlilmatzin ni sus invitados respondieron al ataque. El soldado tepaneca recogió la cabeza del piso, la guardó en un morral y partió sin detenerse a Azcapotzalco a presentarla al tirano.

9. Chicnahui

Miracpil buscaba una flor, pero el jardín estaba seco. Tenía apenas dos semanas en el palacio de Cilan, dos semanas que le parecieron eternas, catorce días con el alma hecha moronas. De la primera noche con el príncipe sólo le quedaba el recuerdo de un dolor en la entrepierna; de la segunda, un intento fallido por aprender a deleitarse con aquellos empellones; de la tercera ya no guardó recuerdo, sólo se ocupó en embrutecerlo con caricias para dar pronto fin al coito. Para su suerte, la cuarta noche el príncipe optó por holgarse con otra de sus concubinas.

La mayor parte del tiempo lo pasaba a solas, cumpliendo con las labores que se le habían asignado, añorando los tiempos de aquella infancia llena de libertad.

Miracpil era la novena de doce hijos. A Ohtonqui, su padre, lo conoció derrotado y acabado. Había ido a todas las guerras —en que Tezozómoc enviaba a los tenochcas—, no tanto por obediencia o lealtad a las tropas sino por el desquiciado goce de desafiar a la muerte. Por ser perteneciente al vulgo, jamás fue reconocido, como él aseguraba debía ser. En todas las batallas había salido prácticamente ileso, si acaso con uno que otro rasguño. Volvía a casa por un par de semanas o días para dar justo en el blanco con su lanza y engendrar un hijo más; luego partía de nuevo. Llegado el octavo integrante de su descendencia se jactó de su puntería: ocho soldados. Tenía con esto dos razones para presumir con sus compañeros de batalla: ni una sola herida o hija, para él eran lo mismo. La novena ocasión en que su mujer quedó encinta se llenó la boca haciéndole saber a todos sus amigos que ya casi estaba completa la tropa. Tardó cuatro años en volver a casa, el tiempo que duró la guerra entre Tezozómoc e Ixtlilxóchitl, cuatro años presumiendo que ya pronto iría a conocer a su noveno varón.

Ese año se le despeñó la vida: una flecha dio certera en el corazón cuando un soldado le contó que su esposa le había mentido todo ese tiempo pues había dado a luz a una hija. Para sacarse la daga del pecho, ese día inolvidable se bebió una enorme jícara de pulque, salió completamente ebrio a la batalla y estuvo a punto de perder la vida al enfrentarse a dos soldados enemigos a la vez. Uno de ellos le destrozó la pierna y el otro le rebanó la espalda con su macuahuitl. Estaban a punto de cercenarle la cabeza cuando llegaron en su auxilio cinco de sus compinches para vengar la derrota del invicto Ohtonqui.

Tras aquella dolorosa batalla buscó incansablemente la forma de postergar su vuelta a casa, demorar aquel encuentro con su familia y amigos que lo verían demolido con una pierna inservible, una espalda rota y una hija inesperada. Con la atormentada seguridad de que su vida estaba al borde de la dependencia, llegó a adoptar la posibilidad de un suicidio fugitivo, pero el capitán de la tropa lo empapó con regaños, le lavó de la cabeza aquellas dolencias y le ofreció un nuevo oficio: fabricar cabezas de madera con formas de serpientes, águilas y jaguares para los guerreros.

Al llegar a casa lo primero que se le cruzó en el camino fue una niña desnuda, con una rama frondosa entre las manos, corriendo detrás de un perro. Los guajolotes se esponjaron y se sacudieron luego de saberse liberados del acoso del xoloitzcuintle de pecho blanco que diariamente los correteaba para arrancarles un par de plumas, quizá envidioso de verlos tan bien vestidos mientras él sólo podía presumir un manojo de pelos en el hocico y la frente.

Cumplida su labor de rescatar a las aves espantadas, la niña regresó a darles de comer, mientras el xoloitzcuintle observaba sentado con la lengua colgante y las orejas erectas. Con la mirada fija en los guajolotes, el perro planeaba un ataque que habría resultado certero, de no haber sido por la llegada de un forastero que le arrebató su atención. Con una retahíla de ladridos y un par de pasos apresurados se acercó al intruso; luego retrocedió al verse vulnerable. Miracpil dirigió su atención al hombre que caminaba con un palo bajo la axila que le servía de muleta y corrió al interior de la casa.

—¡Mamá, hay un hombre allá fuera!

La llegada de Ohtonqui a casa no hizo más que desvanecer la felicidad en la que se encontraba la familia que hacía años se había acostumbrado tanto a su ausencia. Mientras comía esa tarde, la madre de Miracpil le contó a Ohtonqui que los meses en que estuvo preñada de la niña la cosecha dio el maíz más grande y rico que se hubiese visto por aquellos lugares, y que la tarde en que nació, a una hora en que ya debía ser de noche, Tonatiuh, el sol, seguía dando luz.

La predicción de la abuela fue que esa niña alumbraría de noche. A los pocos meses de nacida ya superaba en actitud a la mayoría de los niños de su edad. Cuando Miracpil enfermaba, la cosecha se secaba. A los tres años poseía la cordura de una niña mayor, suficiente para percibir en los ojos de su padre un desdén al cual también respondió con indiferencia.

Inconforme con el destino que le prometía su madre, rompió casi todas las reglas de su educación, empezando por crear una cuadrilla de niñas con la que planeaba fugarse al llegar la adolescencia. Nadie le cumplió la promesa, todas fueron entregadas en matrimonio llegados los trece y catorce años. Inevitablemente a ella también le tocó el mismo destino.

Apenas si se había conformado a la infelicidad de su nueva vida como concubina, cuando los presagios de la vieja Tliyamanitzin se cumplieron: llegó la felicidad. Se anunció en el palacio que al príncipe lo habían matado. Pero ése no fue el motivo para que diera inicio a los años más alegres de su existencia, sino que quien le dio la noticia tenía los ojos más hermosos que había visto en su vida.

—¿Cómo que lo han matado? Anoche estaba aquí —preguntó Miracpil.

—Pues al amanecer ya no lo encontramos. Al parecer ayer lo invitaron a una fiesta en el palacio de Tezcoco. Había planeado no ir, pero decidió partir de último momento. Todos dicen que le cortaron la cabeza y que se la llevaron al tecuhtli Maxtla. Ha venido mucha gente a comprobar su muerte y al no encontrarle se han marchado con terror y espanto, sabiéndose destituidos de su protección.

Nunca fue tan largo y tan fúnebre un atardecer en el palacio de Cilan como aquel en que las concubinas del Coyote sediento deambulaban ahogadas en una lloradera incontenible por todos los rincones. Citlalli se desmoronó en lágrimas sin que nadie lograra contenerla; Ayonectili culpó a las demás por no haber cuidado de él toda la noche; Ameyaltzin para robar atención inventó en ese momento que estaba preñada; Hiuhtonal se apresuró a buscar las prendas más elegantes para verse hermosa en los funerales del príncipe; Yohualtzin lamentó tanto la muerte que no quiso salir de su habitación; Huitzillin se preguntaba si en el futuro, al contraer matrimonio con alguien más, disfrutaría del coito tanto como lo hacía con el príncipe; Papalotl sufría tanto que creyó que sin Nezahualcóyotl jamás volvería a ser feliz; Zyanya lamentó enormemente no haber podido lograr su objetivo de ser la esposa del difunto príncipe chichimeca.

—¿Y tú? ¿Cómo te sientes? —preguntó Xóchitl a Miracpil.

—Sólo lo conocí unas semanas —respondió sin saber qué decir.

Y con un inesperado abrazo Xóchitl abrigó a la joven concubina y alimentó con su aroma sus deseos más recónditos. Llegada la noche, cuando ya nadie asistía al palacio para corroborar la noticia de la muerte del príncipe, el anciano Huitzilihuitzin las reunió a todas en una habitación y les anunció que todo era parte de una farsa para engañar a Maxtla. Los regocijos no se hicieron esperar, todas se abrazaron entre sí. Xóchitl se apresuró a llevarse a los brazos a Miracpil, que indiferente a la noticia sonrió para no levantar sospechas.

—Así —continuó el aciano Huitzilihuitzin moviendo sus manos temblorosas—, les ruego no comenten esto con nadie. De lo contrario los planes de nuestro príncipe se verán frustrados.

En cuanto cumplió con su encomienda, el anciano salió de la habitación con pasos lerdos y se dirigió a la ciudad isla. Llegó de madrugada al palacio del rey Izcóatl y, sin demora fue guiado a la habitación donde se encontraba escondido Nezahualcóyotl.

—Mi señor —dijo—, nuestros espías me han informado que el soldado que dio muerte al pobre labrador se llama Xochicalcatl, y que muy ufano de su acción se dirigió acuciosamente para mostrar la cabeza cercenada al tecuhtli Maxtla, que sin ocultar su alegría ha mandado al mismo soldado para que la muestre a los reyes de Tlatelolco y México-Tenochtitlan.

Con una intuición exacta de los planes del usurpador, el Coyote sediento pensó con tranquilidad en la manera de responderle. Primero caviló en engañarle por mucho tiempo, para poder aparecérsele inesperadamente, pero concluyó que tarde o temprano Maxtla lograría arrestarlo; luego creyó que huir por los montes lo conduciría al colapso; decidió esperar a los enviados que llegarían con la cabeza del humilde campesino.

Al mediodía, se le anunció al rey Izcóatl que un grupo de tepanecas había llegado a darle evidencia de la muerte de Nezahualcóyotl, a quien tenía de pie en el salón principal.

—¿Estás seguro de que esto es lo que quieres hacer? —preguntó Izcóatl al joven heredero.

—Sí —respondió con serenidad y se fue por una de las entradas que daba a la habitación principal del rey tenochca.

Sin más por discutir, Izcóatl permitió que entraran los soldados tepanecas, quienes pomposos marcharon con la cabeza cubierta en una sábana hasta la sala principal donde encontraron de pie al tlahtoani con sus ministros. Sin mostrar reverencia ni respeto por la investidura de Izcóatl, los soldados inflados de soberbia se prepararon para quitar la sábana que cubría la cabeza del campesino, seguros de que los tenochcas se apresurarían a enviar súplicas de perdón al tecuhtli al enterarse de la muerte del heredero acolhua. En ese inesperado santiamén entró el príncipe Nezahualcóyotl.

Los soldados tepanecas quedaron asombrados al verlo vivo. El capitán tepaneca caviló por un instante que se trataba de una ilusión, un espejismo, una pesadilla. "¡Lo estoy soñando! ¡Yo le di muerte! ¡Aquí traigo la cabeza del príncipe chichimeca!"

—¿Cuál es tu embajada? —preguntó Izcóatl reprimiendo sus deseos de burla.

Y sintiendo un arrollador terremoto en su interior, el soldado llamado Xochicalcatl dejó caer la cabeza del campesino sobre el piso.

—¿Cuál es tu asunto? —insistió Izcóatl, dirigiendo la mirada a la cabeza morada y putrefacta sobre el piso.

—Yo... —tartamudeó el soldado—. He, ve... ve... nido... a... a...

Con una carcajada soberbia, el Coyote en ayunas se dirigió a Xochicalcatl, quien en ese momento comenzó a sudar de miedo. Le resultaba imposible verlo vivo. Tenía la seguridad de haberlo asesinado. La gloria se le había esfumado en segundos. ¿Y ahora qué ocurriría? ¿Cómo volvería al palacio de Maxtla? La vergüenza era uno de los peores castigos.

—¡No! ¡No es posible! Yo... yo te maté... Sí... Lo sé... Tú estás muerto...

El Coyote ayunado sonrió postrándose frente a él. El soldado no pudo responder. Los presentes estaban expectantes.

Nezahualcóyotl dirigió la mirada a la cabeza en el piso y sintió una tristeza irreprimible. Por un instante estuvo a punto de claudicar, pero sabía que hacerlo lo llevaría a una derrota impostergable.

—Le dirás a Maxtla que estoy enterado de sus intenciones; pero que tenga entendido que no podrá lograr su propósito. No lograrán matarme —dijo Nezahualcóyotl caminando gallardo sin dejar de ver al soldado tepaneca—, porque yo soy inmortal.

Al escuchar aquellas palabras, los soldados tepanecas salieron apresurados rumbo a Azcapotzalco para dar informe a Maxtla. Mientras cruzaban fueron augurando su destino. Creían que el tirano les daría muerte y por un instante pensaron en la posibilidad de fugarse.

—Nos encontrará —dijo uno de los soldados.

—Yo no soy ningún cobarde —finalizó Xochicalcatl—. Cumplí con la orden de mi amo, y si él considera que por mi culpa el príncipe sigue vivo, aceptaré mi castigo. Y yo soy el capitán, así que les ordeno seguir hasta el palacio. Si no lo cumplen, aquí mismo les daré su castigo en nombre del supremo monarca.

Los soldados sabían bien que Xochicalcatl no lanzaba amenazas al aire sin dar en el blanco. Ya también entendían que por él había algunas posibilidades de salvar sus vidas ante Maxtla. Así que obedecieron y siguieron su camino con desazón.

Encontraron a Maxtla sonriente, ansioso de enterarse de las reacciones de los reyes de Tlatelolco y Tenochtitlan.

—Hablen —exigió al verlos con los gestos apagados.

—Le traemos malas noticias, mi amo...

—¿Se han revelado los mexicas? —apretó los puños.

—No —respondió el capitán y sus labios tiritaron de miedo.

—¿Acaso no los recibieron? —se puso de pie—. ¡Digan qué ocurrió!

—¡Oh, mi amo y señor! —se arrodilló uno de los soldados con exagerada aclamación— ¡Nos engañaron!

—¿Quiénes?

—Nezahualcóyotl —respondió Xochicalcatl cerrando los ojos esperando la ofensiva de Maxtla—. El Coyote ayunado envió a un hombre muy parecido a él para que tomara su lugar en la fiesta. La cabeza que le trajimos no era la del príncipe chichimeca.

Contrario a sus habituales reacciones, Maxtla se quedó en silencio y con la mirada perdida. El hijo de Ixtlilxóchitl se había burlado de él de la manera más vulgar que podía existir, lo había ridiculizado frente a todos, ya que Maxtla había mandado informantes a las principales ciudades para anunciar la muerte de Nezahualcóyotl. ¿Cómo enviar embajadores para negar lo acontecido? Aquella vergüenza pública lo denigraría, lo aplastaría, le arrancaría toda credibilidad; ya nadie le temería.

—Pretenden engañarme —sonrió y se puso de pie dirigiéndose hacia ellos—. No deben hacerle esto al supremo monarca de toda la Tierra.

La enorme quijada de Maxtla pareció ensancharse aun más mientras intentaba mantener la sonrisa para no derrumbarse de coraje frente a sus soldados. Aunque bien hubiese podido darles muerte por haber fracasado en su intento, comprendió que le eran de mayor utilidad con vida. Respiró con profundidad, marchó a su asiento real, bajó la mirada y se mantuvo en silencio por un largo rato, mientras los soldados yacían frente a él enmudecidos y temerosos de que, al responder el tecuhtli, lo haría sólo para decretar su impostergable destino al patíbulo.

—Vayan en busca de Tlilmatzin —dijo manteniendo la calma.

Dejando escapar un largo suspiro, los cuatro soldados salieron de la sala principal, con apuro para cumplir con exactitud la orden de su señor.

Al anochecer volvieron acompañados de Tlilmatzin, que recién se había enterado del engaño. No bien había entrado el hermano del Coyote sediento en el palacio tepaneca, Maxtla se le fue encima con los dos puños: un derechazo en la boca que le derribó dos dientes; su puño izquierdo en el ojo; el derecho en la quijada; para finalizar con el izquierdo en el abdomen. Tlilmatzin escupió sangre en tanto se llevaba las manos al vientre e intentaba enderezarse.

—¡Eres un imbécil! ¿Quién era el único que podría reconocer a Nezahualcóyotl, si no tú? Mis soldados cumplieron las órdenes, dieron muerte al que, según la farsa, era tu hermano. ¡Pero tú…! ¿No pudiste darte cuenta de que era un impostor?

Saciada su sed de revancha con Tlilmatzin, le dio la espalda y continuó hablando:

—Debería mandar a que te maten en este momento, pero eso sería premiar tu incapacidad. Mejor será que sufras el desprecio de tu hermano, que ahora está bien enterado de tu traición. Y como ya no tienes forma de volver con él sin que se vengue, deberás obedecer cuanto yo te ordene. Te quedarás en Tezcoco como gobernador y darás apoyo a mis tropas cuando lo necesiten; le cerrarás los caminos a tu hermano cuando intente huir o prepare algún ataque.

—Sí… mi señor… —Tlilmatzin se agachó para recoger su penacho que había ido a dar al suelo entre los golpes.

—Lárgate —finalizó Maxtla.

Mandó luego llamar a cuatro capitanes, entre los cuales se encontraba Xochicalcatl.

—Les ordeno —dijo sin mayor preámbulo— que con la mayor brevedad junten gente de la más valerosa del ejército, marchen a la ciudad de Tezcoco y quiten la vida a Nezahualcóyotl, del modo que sea. ¡No me importa lo que tengan que hacer!

Los capitanes se dispusieron a ejecutar la orden. En cuanto Maxtla se encontró a solas mandó llamar al enano Tlatolton para pedirle algo sin precedentes.

—Quiero que me diviertas.

Durante un instante, el enano se hizo el desentendido pero bien sabía lo que aquello significaba: debía hacer de bufón, algo en lo que jamás se había empleado.

—Eres enano —continuó Maxtlaton—. Los enanos hacen reír. Haz algo para que me entretenga.

Imposible negarse, inaceptable que dijese que no sabía cómo, inadmisible fallar en esa nueva y ridícula tarea. Y tragándose como alimento putrefacto el enojo por tener que llevar a cabo lo que él consideraba humillante, dio un par de pasos al frente y se dejó caer estúpidamente, sin lograr dibujar una sonrisa en la cara del tecuhtli. Jaló aire, se puso de pie y comenzó a decir tonterías, fracasando una vez más.

—Ordena que traigan un xoloitzcuintle —dijo Maxtlaton conociendo el temor del enano hacia los perros.

Con la mirada baja, Tlatolton salió de la sala principal y pidió a uno de los soldados que le consiguiera un perro.

—¿Qué? —preguntó el soldado sin entender la razón.

—Trae un perro —dijo el enano—, el menos agresivo que encuentres.

Tlatolton volvió a la sala principal y se detuvo en el centro sin poder controlar su miedo. El sólo hecho de pensar que llevarían un animal que tanto aborrecía le provocaba un nudo de temores.

—¿Qué esperas? —preguntó Maxtlaton—. Haz algo.

El enano siguió haciendo tonterías para hacer reír al supremo monarca, pero éste se mantenía serio, sin poder quitar de su mente el fracaso frente a su enemigo. Minutos más tarde llegó uno de los soldados con un perro y dio la orden de que lo soltaran.

El perro caminó hacia el enano, lo olfateó y sacando la lengua intentó lamerle el rostro. Temeroso, Tlatolton dio unos pasos en reversa y el animal lo siguió. Comenzó a correr por todo el lugar gritando que lo detuvieran, mientras a la mente del tecuhtli volvió aquella memoria de la infancia con el enano que divertía a Tezozómoc, y sin dilación comenzó a reír a carcajadas.

El perro, al creer que todo era un juego, seguía al enano por toda la sala. Tlatolton resbaló, cayó de frente y se rompió la nariz. Maxtlaton no dejaba de reír. El soldado se mantuvo serio por un instante observando aquel teatrillo y sin evitarlo, también se adhirió a las carcajadas. El enano rogaba para que aquello terminara cuanto antes.

10. Matlactli

Con un brinco lanzando la pierna derecha al frente, seguida de la izquierda y sacudiéndose sensuales de hombros para abajo, las concubinas de Nezahualcóyotl se integraron a la danza sosteniendo cada una entre las manos un ahumadero apagado. Uno de los músicos al fondo de la sala tañía dos palos macizos de madera. *Tan, tan, tan. Tan, tan, tan.* Le siguió entonces el huehuetl, un tronco de madera ahuecado entallado por fuera con un cuero de ciervo bien curtido y estirado, el cual se tocaba con las yemas de los dedos: *Tum, tum, tum. Tum, tum, tum.* Se añadieron pronto los teponaztli, unos troncos de madera, huecos, sin cuero y con dos pequeñas hendiduras que el músico golpeaba con dos palillos de distintos tamaños, unos pequeños, fáciles de colgar del cuello, otros medianos y otros tan grandes que el sonido era un retumbar estruendoso. *¡Tum, tum, tum. Tum, tum, tum!*

En círculo, alrededor de otro ahumadero, las concubinas bailaron en un mismo eje hasta que entró un danzante varón con una antorcha, para encender los ahumaderos que todas sostenían en sus manos, por arriba de sus cabezas. La precisión en los pasos del danzante era tal que no había necesidad de detenerse frente a ellas. *Tum, tum, tum. Tum, tum, tum.* Con saltos exquisitos, moviendo la pierna derecha al frente como una patada, su imponente penacho se ondulaba, *tum, tum, tum,* la pierna izquierda al frente, *tum, tum, tum.* Encendidos todos los ahumaderos de las mujeres, el danzante llegó al centro y haciendo reverencia al fuego se arrodilló con su antorcha en mano, la movió a la derecha, a la izquierda, hizo un arco de fuego, al frente, y dio vida al ahumadero central, *tum, tum, tum*. Las concubinas, con las manos en alto y sosteniendo sus ahumaderos, danzaron hacia el centro en forma circular, colocaron sus ahumaderos en el piso y pronto entraron otros danzantes mancebos para formar parejas con cada una de ellas, *tum, tum, tum*. Cada pareja, al danzar alrededor de las pequeñas hogueras, agradecía la vida de su príncipe Nezahualcóyotl, que vio todo con gusto. Dos patadas al frente, vuelta en el mismo eje, dos patadas, dos pasos a la derecha, dos patadas, abajo en sentadilla, *tum, tum, tum,* dos patadas, un brinco al frente, muy cerca del fuego, y dos pasos hacia atrás, *tum, tum, tum, tum, tum, tum*.

El anciano Huitzilihuitzin soltó una ráfaga de lisonjas en cuanto terminó la danza. Nezahualcóyotl se puso de pie y agradeció el regalo. Lo que hasta esa noche parecía pura utopía comenzaba a sazonarse en una nueva forma de ver y entender su destino. Al cabo de una hora vio llegar a uno de los espías que tenía en Azcapotzalco. Venía cargado de malas noticias.

—Mi señor —dijo al arrodillarse frente al príncipe acolhua—, Maxtla ha enviado una tropa para que se le dé muerte a usted.

—¿Fuiste a Cohuatepec? —preguntó Nezahualcóyotl.

—Tal cual me ordenó: para dar aviso a Tomihuatzin, señor de Cohuatepec. Mandó decirle que ya viene pronto con sus tropas.

Con afabilidad agradeció al espía por su lealtad y le invitó a que se uniera al banquete. Más tarde, separado del grupo, el Coyote hambriento comunicó a sus amigos y aliados sobre el inminente ataque de Maxtla al palacio de Cilan. Se desbordó entonces una agitada discusión entre los que favorecían un raudo levantamiento de armas y los que aconsejaban prudente astucia. Unos hacían predicciones favorables —si no es que un tanto ingenuas—, mientras los otros, aunque temerosos, señalaban con amargo realismo los estragos venideros.

—La pasión del aventurado puede llevarlo al patíbulo si no se esconde por un instante detrás del árbol que lo refugia —añadió el anciano Huitzilihuitzin después de que todos desgastaron sus argumentos.

—Nuestro príncipe Nezahualcóyotl se ha resguardado por muchos años —añadió otro de los aliados del príncipe chichimeca.

—Y por ello sigue entre nosotros...

Traer a la memoria la triste muerte de Ixtlilxóchitl no fue necesario, todos comprendían el significado de las palabras del anciano. A la postre todos accedieron, pese a su inconformidad, a llevar a cabo la propuesta inverosímil del anciano Huitzilihuitzin. Regresaron al banquete para no levantar sospechas entre la demás gente, pues era lógico pensar que también entre ellos había espías tepanecas.

Luego de un rato, el Coyote hambriento dio por terminada la celebración y pidió a su gente no confiarse de los acontecimientos anteriores.

A la mañana siguiente llegó el señor de Cohuatepec, acompañado de los señores de Huexotla y Coatlichán con sus tropas, a quienes había informado en su camino rumbo a Tezcoco, y que sin titubeo decidieron no dar más libertad a la tiranía de Maxtla. Asimismo le dijeron que los señores de Tlaxcala, Huexotzingo, Tepeyac y los demás montes cercanos, ya habían juntado tropas. Contaba, además, con los mexicas y tlatelolcas.

Eran buenas noticias, pero las tropas aliadas no llegarían ese día. Nezahualcóyotl necesitaba hacer algo para evitar la derrota ante el ejército enemigo que podía llegar en cualquier momento. Debía decidir pronto. ¿Huir, confrontarlos, engañarlos otra vez?

Le pidió a su gente que se preparara para llevar a cabo un juego de pelota afuera del palacio, lo cual sorprendió a todos. Iba a engañar a los soldados de Maxtla haciéndoles creer que estaban desinformados del ataque.

No todos mostraron el mismo entusiasmo. Nezahualcóyotl comenzaba a reconocer la traición en los rostros de su gente. Mandó llamar a la sala principal a Tomihuatzin, señor de Cohuatepec, para desenmascararlo:

—He notado en ti un poco de silencio —dijo el Coyote ayunado sin titubear—. Tú estuviste enterado de la trampa que elaboraron Maxtla y mi hermano, y no me avisaste.

Con todas las tropas afuera, y los amigos y aliados del príncipe presentes en la sala, Tomihuatzin se encontraba imposibilitado de cualquier intento de traición o de huida.

—Si en mí hubiese intentos de delito no habría traido con tanto apuro a mis tropas —continuó diciendo con la voz quebrada, temiendo que con mentiras no lograría más que evidenciar su traición—, pero si se ha perdido la confianza que en mí había, lo mejor será que se me permita retirarme con o sin tropas, como usted lo decida, para que se sienta seguro.

—Puedes marcharte con tus soldados —concluyó el Coyote ayunado y dio la orden a los soldados que resguardaban la entrada para que lo acompañaran hasta la salida.

—¿Por qué lo ha dejado ir? —preguntó uno de los aliados de Nezahualcóyotl.

—Si lo castigo, sus soldados podrían levantarse en armas contra nosotros, y si le permito quedarse podrían en verdad traicionarnos auxiliando a los tepanecas que vienen en camino. Si he de combatir contra él prefiero que sea de frente, y no recibir un golpe por la espalda.

Tras decir esto salieron todos al juego de pelota y fingieron disfrutar del día, pendientes de cualquier suceso. Para hacer más evidente su falsa desorientación sobre la llegada de las tropas tepanecas, el príncipe chichimeca entró al juego de pelota con uno de sus sirvientes, llamado Coyohua. No era inusitado que el Coyote sediento pasara el tiempo divirtiéndose en danzas y juegos de pelota. Desde que Tezozómoc le había permitido estar en el palacio de Cilan y en la ciudad isla, se había habituado a estas actividades, en las cuales negociaba alianzas con sus invitados, haciéndoles creer a sus enemigos que no tenía interés por recuperar su reino.

Cumpliendo con el mandato del supremo monarca de toda la Tierra, los soldados tepanecas llegaron a mediodía. Tal como estaba planeado, lo encontraron en el juego de pelota. Al ver que el número de asistentes superaba al de su tropa, los tepanecas dedujeron la imposibilidad de darle muerte en ese momento. Resolvieron a la sazón decirle que Maxtla le enviaba un mensaje y que era menester que acudiera en privado. Aunque aquello era una estratagema inverosímil, una orden de Maxtla, el Coyote sediento obedecería sin quejas; cuando estuviera en sus manos, dentro del palacio de Cilan, cumplirían con su misión.

Caminaron hasta donde se desarrollaba el juego de pelota y con armas en mano le mandaron llamar. Lleno de polvo de pies a cabeza, el príncipe se acercó a ellos, se sacudió el cuerpo y se puso su penacho.

—¿Es a mí a quien buscan? —preguntó con una sonrisa fingida. Reconoció a Xochicalcatl. Imposible olvidar la cara del capitán que habría creído decapitarlo.

—El supremo monarca de toda la Tierra le ha enviado un mensaje de suma importancia —dijo Xochicalcatl recorriendo el lugar con las pupilas. El miedo al fracaso lo estaba dominando.

—No encuentro razón para negarme —respondió Nezahualcóyotl y los cuatro capitanes tepanecas disfrutaron de un alivio que tuvieron que enclaustrar en el fondo de sus emociones—. Pero qué les parece si antes los invito a que disfruten del convite que tengo preparado. Ustedes sabrán que suelo ayunar, así que no he comido, seguro ustedes tampoco y el camino a Azcapotzalco es largo.

Contadas eran las ocasiones en que se le concedía un deseo a un condenado a muerte, pero los cuatro tepanecas accedieron a que se le diera al príncipe chichimeca el privilegio de disfrutar de un último banquete. Con gran calma, Nezahualcóyotl se encaminó al palacio seguido de sus amigos, aliados y los cuatro capitanes tepanecas, mientras el resto de la tropa permaneció afuera, vigilando.

En la sala principal los sirvientes tezcocanos comenzaron a servir mientras el príncipe acolhua entretenía a los tepanecas hablando de lo mucho que disfrutaba del juego de pelota y de las danzas. Luego de que los alimentos estuvieron servidos, se dirigió al pequeño cubículo que había al frente de la sala principal, que era donde él comía solo, y donde podía ver todo. Seguros de que el Coyote ayunado no podría escapar —ya que la salida se encontraba en el otro extremo de la sala—, los cuatro capitanes se despreocuparon y comenzaron a comer, no sin antes certificarse de que su víctima estuviera acorralada en aquel cubículo. Platicaron sonrientes mientras disfrutaron del banquete.

De pronto, Coyohua, el sirviente de Nezahualcóyotl, se levantó y extendió una manta, con la que tapaba una parte del lugar donde comía el príncipe, la sacudió un par de veces, levantando una polvareda y se la llevó a una criada para que la guardara.

Cuando Xochicalcatl dirigió nuevamente la mirada al sitio donde debía estar el Coyote ayunado, descubrió que había desaparecido. Se puso de pie con armas en mano y caminó a la única entrada.

—¿Vieron al príncipe Nezahualcóyotl salir de la sala? —preguntó a los guardias tepanecas, que respondieron que nadie había cruzado la entrada hasta el momento.

Nunca fue tan frustrante y perturbador un atardecer para Xochicalcatl como aquel en que se le desapareció Nezahualcóyotl.

"¡No es posible! —pensó enfurecido; necesitaba convencerse de que no había sido un engaño más—. ¡Estoy seguro! ¡No aparté mi vista de él! ¡No se me pudo haber escapado! ¡Otra vez no!"

—¡Nezahualcóyotl se ha escapado! —gritó.

La gente que estaba en el interior comenzó a alborotarse. Los soldados se apresuraron a buscar hasta en los lugares más recónditos de la sala. Xochicalcatl hizo formar a todos los presentes para verles detenidamente los rostros y cerciorarse de que esta vez no se hubiese infiltrado un impostor.

Luego se dirigió a los soldados que tenía en la entrada:

—¡Traigan a un grupo de soldados para que entre al palacio y manden a todos los demás a buscar por todos los sitios a la redonda! —y de vuelta al interior del palacio gritó a los demás capitanes y soldados—: ¡Busquen en las habitaciones! ¡Que no quede ni un solo lugar sin registrar!

Con flechas y macuahuitles en mano entraron más soldados a revolver todo el palacio. Arrinconaron a las concubinas en una de las habitaciones y las amenazaron con darles muerte si no confesaban dónde se encontraba Nezahualcóyotl. Golpearon a los amigos, aliados y criados.

El furioso capitán abandonó la tortura en que tenía a Coyohua al escuchar que uno de sus soldados le llamaba y se dirigió a la sala principal.

—¡Mire! —señaló el soldado parado en el cubículo donde había estado sentado el príncipe acolhua.

Xochicalcatl abrió los ojos con asombro. Había en la pared, detrás del asiento real de Nezahualcóyotl, un hueco por el que se había escapado. ¡Se había burlado de ellos de nuevo! En las acciones del príncipe chichimeca no sólo había curiosidad por conocer al enemigo, también existía el placer demencial de desafiarlo. Pero Xochicalcatl también poseía aquella irracional adicción por el peligro.

—¡Traigan a los amigos y criados del Coyote! —gritó empuñando su macuahuitl.

Los soldados llevaron a los rehenes ante Xochicalcatl.

—¿A dónde lleva ese boquete?

—Es un túnel secreto que mi señor príncipe mandó fabricar hace ya mucho tiempo —respondió Coyohua.

—¿Hasta dónde lleva?

—Hasta el lago.

Siguiendo su pertinaz apetito de cacería Xochicalcatl sonrió.

—¡Traigan unas antorchas! —gritó a todos los soldados—. Ustedes, entren ahí y corran, persíganlo y cuando lo encuentren, ¡mátenlo! Dejen a ellos aquí, ya luego nos encargaremos de castigarlos —dijo apurado por alcanzar a Nezahualcóyotl y se adentró en el túnel.

Con antorcha en mano comenzaron a recorrer el interior del estrecho túnel por el cual solo podía transitar una persona a la vez; las paredes terminaban uniéndose en un arco sobre sus cabezas; el techo era tan bajo que apenas si podían mantenerse erectos; tenían que llevar las antorchas al nivel de sus rostros, lo cual les dificultaba el avance, pues al intentar acelerar las llamas bailoteaban en sus narices. Hubo entonces otra razón para preocuparse: en cuanto se recargaban en los muros de los túneles la tierra comenzaba a desprenderse. Conforme fueron avanzando encontraron a su paso cruces con otros pasillos que daban a escalones: algunos subían y otros bajaban. Nezahualcóyotl había mandado fabricar un laberinto del cual sólo él y unos cuantos conocían la salida.

—¡Por este lado!

—Capitán, ya pasamos por aquí.

—Sigamos derecho.

Se encontraron con una sombra. Sin esperar, Xochicalcatl, le dio la antorcha a uno de los soldados, levantó su macuahuitl y le dio por la espalda al hombre que se encontraba a la vuelta de una esquina.

Uno, dos, tres golpes certeros en la espalda.

Sonrió.

—¡Fuego! —exigió—. ¡Alumbren para ver el cadáver del Coyote ayunado!

Le entregaron la antorcha y el rostro salpicado de sangre del capitán se hizo visible. Al alumbrar el cuerpo del hombre al que había atacado descubrió vergonzosamente que se trataba de uno de sus soldados. No se dio tiempo para lamentos y ordenó que siguieran adelante. Por lo estrecho del túnel tuvieron que pasar sobre el hombre que se retorcía y gemía en el piso. Conforme avanzaban, los quejidos del soldado que había herido Xochicalcatl se fueron apagando, hasta perderse por completo.

—Capitán, creo que nos hemos perdido.

—¡Aquí nadie se ha perdido! —gritó—. ¡Sigan caminando! ¡Ustedes por ese rumbo y nosotros por este otro!

Luego de un par de minutos se volvieron a encontrar ambos grupos.

—No hay salida, capitán.

—Debe haberla. Si no, el Coyote debe estar por aquí. Bajen por esas escaleras y nosotros seguiremos por éstas que dan hacia arriba.

Nunca más se volvieron a encontrar ambos grupos. Las llamas de sus antorchas se extinguieron lentamente, y para evitar quedarse en tinieblas prendieron fuego a sus armas, las cuales también se consumieron, luego sus ropas, hasta quedarse desnudos y en total oscuridad. Ya sin luz el miedo se apoderó de ellos.

—¡Ayúdenos! ¿Hay alguien ahí?

Caminaron a tientas todo el día y toda la noche sin lograr encontrar una salida. Uno de los soldados tuvo un ataque demencial:

—¡No debimos entrar aquí! ¡No debimos intentar matar al príncipe! ¡Está en los presagios! ¡Él recuperará el imperio y dará muerte a todos los tepanecas!

—¡Cállate! —gritó Xochicalcatl.

El soldado siguió gritando, olvidándose de los rangos. Pese a lo estrecho del túnel, se le fue encima a Xochicalcatl para ahorcarlo. Luego de una incipiente defensa, el capitán se dejó matar, consciente de que ésa sería una forma menos tortuosa de acabar con su existencia. Si no lograban salir, el hambre o la asfixia los iría matando con el paso de los días. Los otros soldados no hicieron siquiera el intento por defender al capitán.

Subieron y bajaron escaleras, entraron y salieron por distintos túneles, caminaron hambrientos, sedientos, cansados, asustados, seguros de que pronto la muerte llegaría por ellos.

Jamás volvieron a ver los cadáveres del soldado y el capitán. Y sin más fuerzas se sentaron para esperar su impostergable final. ¿Cuánto tiempo había transcurrido? En medio de las tinieblas resultaba imposible saberlo. Comenzaron a perder la conciencia, sabían que seguían vivos, o eso creían. ¿Estaban vivos?

—Ahí hay una luz, despierta, hay luz. Oye, tú, despierta, veo una luz. Encontramos la salida. Levántate, vamos, sigue.

La luz en el fondo del túnel se intensificó; el soldado que había dado muerte a Xochicalcatl, supo que alguien, ya no importaba quién, estaba ahí por ellos.

—Aquí —bisbisó—, aquí estoy…

Escuchó unos pasos.

—Aquí estoy, ayúdenme…

Vio las llamas de una antorcha acercarse y cuando ésta alumbró el lugar descubrió que sus compañeros estaban muertos.

—Ponte de pie —dijo una voz.

Al levantar la mirada reconoció el rostro de Coyohua, el sirviente de Nezahualcóyotl, quien lo llevó a la salida del laberinto, que se encontraba a unos cuantos metros. Al salir notó que era el mismo hueco por donde habían entrado. Coyohua ordenó que se le diera de beber y de comer. Luego lo llevó ante el anciano Huitzilihuitzin.

—¿Cómo te llamas?

—Quixmi.

—¿Qué le pasó a tu capitán?

—Lo maté —respondió con la cabeza agachada—. ¿Cuántos días estuve ahí dentro?

—Nueve días.

Con sincera humildad, el joven soldado dio sus razones, agradeció que le hubiesen salvado la vida y prometió lealtad al príncipe Nezahualcóyotl. No había motivo para dudar, pues cuando alguien solía ser rescatado por el enemigo, respondía con fidelidad a tal gesto, sin importar que con ello tuviese que traicionar a su antiguo rey o pueblo. El joven tepaneca se volvió a partir de entonces soldado de las tropas del príncipe chichimeca.

11. *Matlactli ce*

Las plumas del penacho de Nezahualcóyotl yacían esparcidas por toda la habitación, algunas intactas, otras totalmente destrozadas. Ayonectili se ocuparía después de reconstruir aquella prenda tan valiosa, pegando con cuidado desmedido cada una de las finas plumas sobrevivientes. Mientras tanto se dio a la tarea de recogerlas con esmero, como si al hacerlo lograse enmendar su deshilachado corazón.

En aquellos tristes momentos deseaba impulsivamente ser como Zyanya y Cihuapipiltzin, que no habían derramado una sola lágrima por la ausencia del príncipe acolhua. En cambio Citlalli se tambaleaba en la cuerda floja de su lucidez mientras acomodaba las prendas que los soldados tepanecas habían lanzado a diestra y siniestra. Todo estaba en desorden sobre el piso.

—¿Dónde estará nuestro amado príncipe? —preguntaba Yohualtzin acomodando algunos enseres sobre una mesa.

—Escuché que ya está en México-Tenochtitlan —mintió Ameyaltzin.

Huitzillin la miró de reojo y respondió con gesto de enfado. Conocía muy bien a Ameyaltzin, y estaba segura de que mentía, quizá era la única que se percataba de sus infantiles falsedades. No mientas, le había dicho alguna vez, y Ameyaltzin respondió con una furia incontenible. Era su única forma de defensa para no sentirse descubierta, para no admitir que mentía incontrolable e innecesariamente, sin saber por qué. Mentía para sentirse adaptada, para creerse al nivel de las demás.

—¿A quién escuchaste decir eso? —disparó Huitzillin.

—A uno de los soldados —mintió Ameyaltzin.

—¿Cuál soldado? Dime, para preguntarle. Todas necesitamos saber más.

Hiuhtonal caminó con un par de objetos entre los brazos, por en medio de las dos concubinas que comenzaron un duelo de miradas. Papalotl intervino con un presagio optimista: "Yo sé que la astucia de nuestro príncipe lo hará librar todos los peligros".

Miracpil observaba desde una esquina y se preguntó qué se sentiría sufrir de amor. No las conocía bien, y no tenía la certeza de que todas estuviesen enamoradas del príncipe. Se cuestionó si cada una experimentó lo mismo que ella al ser apartadas de casa. Había convivido con ellas, comprendía poco de sus personalidades, pero aún no había encontrado una amiga con la que pudiera derrochar confesiones.

—Míralas —dijo Xóchitl a su lado mientras limpiaba el piso—. ¿Cuál de ellas te gusta?

—¿Qué? —Miracpil levantó las cejas.

—Sí. ¿Cuál de ellas te gusta para que pierda el control?

—¿De qué hablas?

—Ésas dos se odian. ¿No te has dado cuenta cómo se miran? Un día de éstos se van a ir a los golpes. Ven —invitó Xóchitl con la mirada.

—¿A dónde?

—Sígueme —sonrió Xóchitl y salió de la habitación.

Disparando las pupilas en varias direcciones Miracpil abandonó lo que estaba haciendo y caminó detrás de Xóchitl, que sin pausa siguió derecho hasta los jardines del palacio.

—No tengas miedo —dijo Xóchitl y se sentó sobre las hierbas—. Nadie nos va a decir nada.

Por arriba del hombro, la joven mexica vio el pequeño palacio a lo lejos, rodeado de antorchas y soldados que resguardaban el lugar.

—Siéntate aquí conmigo —Xóchitl puso su mano en la hierba—. Vamos a ver la noche.

Y dejándose llevar por los sonidos de los grillos y las aves nocturnas, Miracpil caminó hacia su nueva amiga y se sentó a su lado. Sin decir palabra, Xóchitl se mantuvo mirando el cielo estrellado. Luego, como una niña juguetona, se dejó caer de espaldas sobre la hierba.

—¿Qué esperas? Acuéstate.

No sin antes dirigir la mirada al palacio y dudar por un instante, Miracpil se recostó sobre la hierba. Giró la cabeza a la izquierda, miró a su amiga y sonrió por la felicidad de sentirse libre, aunque fuese por un solo momento. Y con los ojos fijos en las estrellas ambas concubinas se hechizaron con la hermosura del paisaje por un par de horas.

—¿Eres feliz? —se aventuró a preguntar Miracpil sin imaginar las consecuencias.

Xóchitl se volvió hacia ella y respondió:

—En este momento, en este lugar: sí, soy feliz —dijo acostándose de lado y descansando la quijada sobre la palma de su mano.

Tras un intercambio de sonrisas Xóchitl se fue acercando a los labios de la nueva concubina.

—Nos van a ver —susurró Miracpil luego de un suspiro irrefrenable.

—No —bisbisó Xóchitl pasando su lengua por el cuello de Miracpil—, nadie nos ve, ya es tarde.

Un maremoto de emociones estremeció a Miracpil, que vio cómo se cumplía la predicción de la bruja Tliyamanitzin, y de golpe se apartó para sentarse lo más derecha posible. Pero el susto de la felicidad no pretendía darle tregua y le quitó todas las fuerzas para salir corriendo.

—Los guardias —intentó frenar un gemido—, los guardias están allá.

—Nadie nos ve —Xóchitl le chupó el lóbulo derecho—. Qué bella eres. Imposible no enamorarse de ti.

Miró al fondo del paisaje, el palacio silencioso, las hierbas que danzaban eróticas con el viento, las estrellas infinitamente lejanas; y admitió que hacía muchos años que añoraba ese momento —o algo parecido— y que no estaba tan cuerda como para posponerlo un minuto más.

—Pero... acuéstate, para que no nos vean —dijo con un suspiro tartamudo.

Miracpil buscaba una flor y esa noche la encontró. Cerró los ojos y se dejó barnizar por los besos, mientras Xóchitl le acariciaba los senos con una mano y le peinaba el cabello con la otra. Solamente una lluvia de estrellas y un búho esponjado sobre la rama de un ahuehuete fueron testigos de la sensual capacidad de amar de las dos concubinas.

La lengua de Xóchitl cruzó por en medio de las montañas del pecho de Miracpil, que sólo repetía, con respiración entrecortada, que aquello que hacían era una locura.

—Sí, es una bella locura, Miracpil, estamos locas, locas de pasión, locas de deseo, locas, una por la otra.

—Sí, Xóchitl, sí, eres mi diosa, mi Tonantzin, mi Toci.

—Sí, soy tu diosa Teteoinan, no te detengas, sigue, eres mi Tonacihuatl, mi diosa de la luna, Meztli. Soy tu diosa del maíz, Xilonen.

—No pares, bésame de esa manera, como solamente tú sabes, como nadie más lo ha hecho, come, bebe de mi vientre, eres mi diosa del sexo impuro, Ixcuina.

El búho emprendió el vuelo, una nube impidió el paso de la luz de la luna, las estrellas se perdieron en el fondo infinito y ninguna de las dos concubinas se percató de que el tiempo se había fugado a pasos agigantados. Sin platicarlo, ambas tenían la apasionada certeza de que en su destino estarían juntas. La única duda que les quedaba era cómo le harían para mantenerse en la clandestinidad.

—¿Desde cuándo lo sabías? —preguntó Miracpil desnuda sobre la hierba.

—Desde siempre —respondió Xóchitl y su dedo índice se deslizó zigzagueante sobre el pecho de su amante—. ¿Y tú?

Con una sonrisa lucífera Miracpil se enderezó, se hizo un nudo en el pelo con los dedos y comenzó a buscar su ropa a tientas:

—Igual, siempre supe que me gustaban las flores. Pero ahora tengo la seguridad que me gusta solo una flor.

Miracpil preguntó cómo le harían para entrar al palacio sin ser descubiertas.

—Les hacemos creer a los guardias que estuve llorando todo el tiempo en los jardines y tú me hiciste compañía.

—¿Nos van a creer?

—Eso no importa. Si no nos creen, mostramos indignación. La palabra de una concubina siempre vale más que la de un soldado.

Se dirigieron a la entrada principal del palacio. Los soldados se pusieron en guardia, se encaminaron con macuahuitles, arcos y flechas en mano a ver quién se acercaba y se sorprendieron al escuchar los sollozos de Xóchitl.

—¿Dónde está el príncipe? ¿Dónde? —berreaba.

—¿Qué le ocurre? —preguntó uno de los soldados.

—Tiene horas llorando —dijo Miracpil abrazando a Xóchitl que escondía el rostro en el pecho de su amante.

—¡Vayan a buscarlo! —insistía Xóchitl fingiendo con maestría una pena indómita.

—No, ya es tarde —respondió Miracpil frotándole el cabello—. Te aseguro que ya está con alguno de los aliados.

Con aquella farsa pueril las dos concubinas lograron entrar sin ser descubiertas y se dirigieron a sus habitaciones con la promesa de amarse nuevamente cuando hubiese la oportunidad. Poco fue lo que pudieron dormir, pues en cuanto el sueño las comenzó a arrullar amaneció y tuvieron que levantarse para no levantar sospechas entre las demás.

Nunca se habían regocijado tanto con un amanecer como aquél en que se miraban de reojo y sonreían con picardía. Pero se vieron en la penosa necesidad de forzar un par de lágrimas para esconder tanta felicidad, aunque bien hubiesen añorado presumir que no lloraban de tristeza, sino de pura alegría.

Un par de días más tarde llegó un informante al palacio, para comunicar la suerte del príncipe acolhua.

—El día que llegaron los soldados tepanecas, estuvimos esperando en la salida del túnel a nuestro príncipe con unas ropas para que se disfrazara. Marchó así con un par de soldados rumbo al bosque de Tecutzinco, cuidadoso de no ser descubierto por las tropas enemigas que se hallaban en todas partes, hasta llegar a la casa de un campesino, cerca de Coatlichán, quien lo llevó a esconder al almacén donde guardaban el ixtli (hilo que sacan de las pencas de maguey para la fabricación de las mantas). El campesino, jefe de todos los tejedores, dio la orden para que le dijeran a los soldados tepanecas que habían visto pasar al Coyote sediento. Entretanto, él y su esposa echaron todo el ixtli posible sobre el cuerpo del príncipe para engañar a los soldados que entrasen al almacén.

„Como era de esperarse, pronto llegaron las tropas de Azcapotzalco amenazando a quien encontraban en su camino, interrogando a todos sobre el paradero del príncipe.

„Un tejedor declaró que no lo sabía, entonces un soldado enfurecido por el engaño en el palacio decidió darle muerte. La demás gente que se encontraba ahí respondió de manera leal, excepto uno, que temeroso de perder la vida respondió que lo había visto entrar a la casa del patrón de los tejedores.

„El capitán, tras preguntar a quién se refería, caminó con paso apurado a la casa del campesino, y sin decir palabra alguna entró con violencia, preguntando dónde se escondía Nezahualcóyotl. Sin esperar respuestas se fueron a golpes en contra del campesino. Su esposa pidió a gritos que dejaran en paz a su esposo, alegando que el Coyote sediento no había ido por aquel sitio.

„Pero la rabia de los soldados tepanecas era tal que ni ella logró detenerlos, por el contrario, también la golpearon. El campesino y su esposa quedaron en el piso, bañados en sangre y heridos de gravedad. Pronto llegaron en su auxilio los demás tejedores fieles a la causa de Nezahualcóyotl, y aunque fueron de igual manera maltratados por los soldados, guardaron el secreto.

„Mientras tanto, un grupo de personas entró al almacén y al ver la montaña de ixtli que rebasaba sus cabezas comenzaron a rascar, pero al notar que ninguno de los tejedores mostraba temor, abandonaron la búsqueda con la seguridad de que ahí no se encontraba el príncipe. Bien engañados se fueron maltratando a quienes encontraban a su paso.

„El príncipe sin corona estaba al borde de la asfixia, cuando le comunicaron que podía salir de su escondite. Al ver los destrozos en la casa del campesino, se desbordó en lamentos.

"Siento mucho que por mi culpa se les haya maltratado de esta manera —dijo hincado a un lado del campesino que estaba lleno de sangre sobre el piso—. Prometo hacerles justicia."

„Con apuro intentó ayudar a los heridos, pero le pidieron que saliera de allí lo más pronto posible en dirección a Tecutzinco, como lo tenían previsto. Ahí lo esperaba el resto de la tropa. Salió sigiloso ocultándose entre los sembradíos, sin comer ni beber. Y pese al cansancio, sacó fuerzas de sí para seguir corriendo en cuanto vio a lo lejos una tropa tepaneca. Corrió agachado para no ser visto, corrió entre la planta de chain, hasta llegar a donde se encontraban un jornalero cortando la planta. Nezahualcóyotl tomando el riesgo de que aquellos hombres lo traicionaran y lo entregaran a los enemigos, se aventuró a solicitar su auxilio.

"Buenos hombres —dijo al salir de los sembradíos—, soy el príncipe chichimeca, hijo de Ixtlilxóchitl, y vengo huyendo de los soldados de Maxtla, si ustedes me favorecen prometo hacerles muchas mercedes en cuanto recupere el imperio."

„Inesperadamente, los hombres se pusieron de puntas y se estiraron lo más posible para ver al horizonte y al notar a lo lejos que eran pocos soldados se miraron entre sí. Aquellos eran diez y éstos eran sólo cuatro, más el príncipe. Y sacando unas armas que tenían escondidas debajo de unos bultos de chain, se prepararon para el enfrentamiento.

"No quiero que arriesguen sus vidas —les aclaró Nezahualcóyotl—, sólo les ruego que le digan a los soldados que me vieron pasar por aquí hace mucho rato."

"¿Y, usted pretende que nos crean? ¿Piensa que se van a marchar así? —respondió con mucha seriedad, casi con enojo un hombre llamado Chichimoltzin—. Estos soldados están enloquecidos. No se van a marchar sin antes haber desquitado su enojo. Y si de cualquier manera nos van a atacar, por qué no defendernos."

„Tres de los hombres tomaron sus armas y le dieron así un macuahuitl al Coyote sediento. Chichimoltzin les dijo que se escondieran entre el chain, y que él esperaría ahí a que llegaran los soldados.

"Venimos por órdenes del supremo monarca Maxtla —dijo el soldado con soberbia—. ¿Han visto al Coyote hambriento por aquí?"

"No —respondió Chichimoltzin sin bajar la mirada—. Por aquí no ha pasado nadie."

"¡No mientas!", dijo el soldado e intentó darle un golpe a Chichimoltzin, pero una flecha dio certera en el rostro del soldado, que cayó de rodillas con los cachetes perforados. Pronto el resto de la tropa se puso en guardia y comenzó a disparar lanzas a diestra y siniestra, sin ubicar aún al enemigo. Chichimoltzin sacó su escudo y macuahuitl que tenía escondido debajo del chain y se enfrentó a duelo contra los tepanecas. El soldado rompió la flecha por ambos extremos y sin perder más tiempo la jaló de golpe, desgarrándose la boca. Justo en ese momento salieron de sus escondites Nezahualcóyotl y los otros tres hombres. Chichimoltzin, aprovechando el espanto de los enemigos al ver salir al Coyote y otros más, dio pronta muerte a uno de ellos enterrándole su macuahuitl en el pecho, y de inmediato se fue contra el que se había arrancado la flecha de la boca; antes de que éste lograra ponerse en guardia, le cortó la cabeza de un golpe.

Nezahualcóyotl se encontraba rodeado por tres soldados, que afanosos en obtener los premios que ofrecía el despiadado Maxtla, se olvidaron de los demás hombres que se batían cuerpo a cuerpo. Chichimoltzin llegó pronto en su auxilio y le quitó a uno de ellos de encima. El Coyote sediento quedó solo entre dos guerreros, defendiéndose con su macuahuitl y su escudo, girando en su propio eje, y disparando la mirada en ambas direcciones, cauteloso del próximo ataque. El soldado de la izquierda tenía el macuahuitl en una mano y en la otra, el escudo; el de la derecha sostenía lanza y escudo en una mano y el macuahuitl en la otra. Nezahualcóyotl optó por dirigir su ataque hacia el de la derecha. Los dos soldados se miraron entre sí y con un gesto fugaz se dieron la instrucción de dar el golpe certero al mismo tiempo. El príncipe chichimeca se dejó caer al piso para esquivar el golpe, y derribó al soldado que sostenía la lanza al darle en la pierna con su macuahuitl. El otro levantó su arma para darle en la espalda al Coyote, quien rodó y le arrancó la lanza al soldado derribado. El tepaneca daba golpes inciertos en el piso mientras Nezahualcóyotl rodaba de un lado a otro.

Hasta que finalmente, sin ponerse de pie, cuando el soldado estaba a punto de darle el golpe final, el Coyote hambriento le dio un fuerte puntapié en las pantorrillas, haciendo que cayera de frente hacia él. El príncipe chichimeca lo recibió con la lanza. El soldado se balanceó por un instante con el pecho perforado, mirando con susto a su contrincante, y tratando de arrancarse la enorme punta afilada que poco a poco se le iba incrustando. El Coyote sediento la siguió sosteniendo por un momento, hasta que con fuerzas la ladeó a la izquierda para que el soldado no cayera sobre él. Tomó su macuahuitl al reincorporarse con agilidad y se dirigió al otro soldado que se arrastraba tratando de alcanzar su arma, y le cortó la cabeza sin clemencia. Quedaban solamente cuatro soldados tepanecas luchando contra los aliados del príncipe acolhua. Nezahualcóyotl le llegó por atrás a uno de ellos y le enterró el macuahuitl en la espalda. El soldado giró la cabeza rápidamente para ver quién le estaba dando muerte y al saber que éste era Nezahualcóyotl, sonrió por el simple placer de saber que no moriría en manos de cualquiera. A los otros tres soldados enemigos no hubo necesidad de darles muerte, pues ellos mismos al ver la masacre a la que estaban destinados decidieron rendirse. Dejaron caer sus armas y se hincaron asustados, implorando piedad.

„Enfurecido, Nezahualcóyotl levantó su arma y se preparó para cortarles la cabeza. Miró a los hombres que le habían ayudado a salvar la vida y dijo respirando agitadamente:

"La muerte de mi padre me ha dejado como enseñanza que ya no hay tiempo para la clemencia. Perdonarles la vida será darle pie a otra persecución. Ya he huido mucho, ya hemos soportado demasiado. Si los dejo vivos, irán pronto a buscar refuerzos."

„Sé muy bien que mientras levantaba el macuahuitl, el Coyote sediento saciaba su sed de venganza, sé que en el momento en que su arma avanzaba hacia las cabezas de esos soldados, pensó con mucho dolor en su padre Ixtlilxóchitl. Nosotros llegamos justo cuando dio el golpe en el primero de los tres soldados. Por un momento, al ver de lejos que tenían a esos hombres de rodillas, pensamos que habíamos llegado tarde. Sentimos temor de que fuese el príncipe a quien iba a matar, corrimos levantando nuestras armas, y al distinguir sus siluetas bajamos el paso, incluso nos detuvimos por completo. Yo lo vi levantar su macuahuitl y dejarlo caer con incontenible fuerza sobre el cuello del segundo soldado enemigo. La cabeza salió rodando, la sangre salpicó el lugar. El último de los tepanecas lloraba arrodillado, rogaba que le perdonasen la vida. En ese momento llegamos hasta ellos, el Coyote hambriento volteó la mirada y en ese instante el enemigo se lanzó en contra del príncipe chichimeca con un cuchillo que traía escondido y le hizo una herida en el hombro. Pronto los demás aliados se fueron en su defensa y desarmaron al soldado que, un instante atrás, aseguraba que si le perdonaban la vida sería leal a la causa del reino chichimeca. El Coyote ayunado se levantó con la mano en el hombro, miró la sangre en su mano, hizo un gesto de furia como pocas veces, apretó la mano manchada de sangre, dirigió la mirada a uno de los aliados, le pidió el macuahuitl con los ojos y al tenerlo, caminó hasta donde estaba su agresor.

Ante su muerte segura, el soldado mantuvo la cabeza erguida, mostrando la dignidad tepaneca de la que careció el resto de su tropa. El príncipe levantó el macuahuitl y se dispuso a darle muerte. Y justo cuando el arma cumpliría lo inevitable, Nezahualcóyotl se detuvo súbitamente.

"Veo que acabar con tu vida en este momento sería darle gusto a tu orgullo —dijo furioso—, llevarte preso sería un acto infantil, inútil y costoso, incluso un privilegio para ti; y dejarte libre sería permitir una revancha que no terminaría sin desencadenar más muerte. No dejarías de buscarme para llevar a cabo tu tarea inconclusa. No hay peor castigo que el ser un soldado inservible. Y no hay soldado inútil si no le faltan las piernas o las manos."

„De espaldas al soldado enemigo, Nezahualcóyotl ordenó que le cortaran las manos.

"¡No! ¡Se lo ruego! ¡No!", gritó con el gesto más desconsolado que se haya visto en un soldado.

„Más tarde, Nezahualcóyotl narró que justo en ese momento le vino a la mente toda la gente asesinada sin clemencia por los tepanecas; pensó en los niños que Tezozómoc había ordenado degollar años atrás; pensó en sus amigos que habían sufrido por protegerlo en los últimos días; pensó en todo lo que había soportado él mismo; miró al soldado y se preguntó a cuánta gente habría matado, a cuántos les habría perdonado la vida; tuvo la certeza de que jamás había tenido compasión por alguien y no encontraba razón para tenerla por él. Los aliados seguían esperando la orden de Nezahualcóyotl con el soldado de rodillas con sus brazos sobre una piedra enorme donde los jornaleros trabajaban el chain.

"¡Ahora!" ordenó el príncipe y la piedra se cubrió de sangre. El soldado gritó estruendosamente.

„Nezahualcóyotl no volvió la mirada, por más que el soldado rogara que mejor le dieran muerte. Sólo se fue caminando, sin decir una sola palabra.

12. Matlactli ome

El año 1 pedernal (1428) Nezahualcóyotl tenía apenas veintiséis años de edad y el supremo monarca Maxtla rebasaba los sesenta, aunque siguiera actuando con inmadurez. Se divertía tremendamente viendo al enano perseguido por un perro alrededor de la sala principal del palacio y solía contarle a sus ministros cosas que le habían acontecido en la infancia, como si hubiesen ocurrido ese mismo día. Luego, volvía en sí y daba órdenes a todos, ignorando que se había ridiculizado minutos antes. Pero, ¿cómo evitar aquellas regresiones? ¿Cómo dejar en el pasado esos días de tanta felicidad? Su memoria le devolvía una interminable lista de recuerdos de su niñez, mientras que su realidad más inmediata se le iba oscureciendo; los nombres de quienes lo rodeaban y los hechos próximos sólo los reconocía a cuentagotas. Los brujos no encontraron cura para la pérdida de la memoria, solían decir que aquello era un castigo de los dioses. Maxtla decidió no consultarlos más. Si ellos no lo pregonaban, su dignidad se mantendría a salvo, por lo menos hasta que fuese imposible ocultar su irreversible perdida de la memoria a corto plazo, tal cual lo había hecho hasta el momento: si olvidaba qué había dicho minutos atrás, ordenaba a sus ministros que lo repitieran, con la excusa de que quería corroborar que le hubieran puesto atención o que se llevaran a cabo sus órdenes tal como las había dictado. Para maquillar las razones por las que contaba las eventualidades de su infancia, decía que lo

147

hacía para suavizar los ánimos, ya que en esos tiempos sólo recibía malas noticias.

Hasta el momento, olvidaba sólo cosas sin mayor importancia, nombres de personas intrascendentes, o lo que había comido el día anterior. El rostro de Nezahualcóyotl seguía intacto en su recuerdo y su deseo por terminar con él latía en su corazón sediento de sangre. Era imposible olvidarlo, más aún en ese instante en que le comunicaron que había vuelto a escapárseles a sus guerreros.

—A partir de este instante declaro traidor a quien ampare al hijo de Ixtlilxóchitl —dijo poniéndose de pie frente a todos sus consejeros y ministros—, cualquiera que sea la razón: a quien le hable, le salude, lo vea sin denunciarlo. Incluso quien se declare neutral en esta persecución será castigado. Comuniquen por todas las ciudades que se les darán recompensas a quienes lo denuncien, más aún si lo traen ante mí, vivo o muerto. Si quien lo capture pertenece a la nobleza, recibirá el nombramiento de tecuhtli, posesión de tierras y vasallos; si el que trae al príncipe es soltero, le casaré con alguna de las señoras de la casa real y le daré tierras; y si es un plebeyo, lo haré perteneciente a la nobleza otorgándole tierras y vasallos.

En cuanto la noticia llegó a todos los lugares, se desbordó la codicia de los traicioneros que hasta el momento se habían mantenido en el límite de los bandos, fingiendo por un lado y por el otro, en espera de un mejor porvenir.

Los enemigos se dieron a la tarea de perseguir a los aliados del príncipe, a quienes encontraron camino a Tecutzinco. Ellos respondieron mediante sangrientos combates y varios perdieron la vida antes de confesar el paradero de Nezahualcóyotl.

—Mi señor —dijo a Nezahualcóyotl uno de los que logró salvar la vida—, Maxtla ha ordenado por toda la Tierra que se le dé muerte en cualquier lugar que se le encuentre;

incluso ha ofrecido señoríos, riquezas, tierras y mujeres a quien le lleve su cabeza.

Ese mismo día llegaron ante él muchos más aliados con los cuales dialogó hasta el anochecer para llevar a cabo por fin su guerra contra Maxtla. Ya no habría descanso, ni aplazamiento, ni misericordia. Para muchos ése era el mejor momento en la vida de Nezahualcóyotl, para ésos que aplaudían su valentía, su enojo, su deseo de venganza; para otros era el peor, por ser la etapa menos benigna en su existencia.

Aquella noche la pasó en vela, sentado en la rama de un árbol desde el cual podía ver todo el horizonte. La encrucijada en la que se había metido parecía más enredada que el laberinto que había fabricado en el palacio de Cilan. ¿A quién debía complacer? Sabía que mucha gente moriría por su causa y sufriría tremendamente; tenía la certeza de que en la guerra por venir habría mucha sangre, mucho sufrimiento. Se había dejado llevar por sus instintos salvajes, sus deseos de venganza, sus penas, la nostalgia por la ausencia de su padre, el rencor por lo que había tenido que sufrir. ¡Sí! Todo eso era verdad, pero también era cierto que Tezozómoc y Maxtla lo habían empujado a ese callejón sin salida. Nezahualcóyotl, el príncipe chichimeca, el Coyote ayunado, el rey sin corona no conocía la felicidad, no sabía lo que era la libertad, no entendía el significado de la paz. Llevaba muchos años huyendo, escurriéndose del peligro, pidiendo auxilio, fingiendo para salvarse.

"¿Cómo no voy a sentir dolor? ¿Cómo no voy a desear venganza? Aunque no quiera, no tengo otra salida más que la guerra. ¿O acaso debo esperar aquí a que me maten? ¿Debo repetir la historia de mi padre? Con su muerte no se salvó el imperio; por el contrario, la tiranía aumentó. ¿No tengo entonces derecho a vivir, a defender mi existencia? Sé muy bien que con esta guerra habrá muerte, pero también sé qué es lo que quiero hacer cuando recupere el imperio. Necesito una oportunidad, necesito que mi gente confíe en mí."

Cuando el sol se asomó por el horizonte, el Coyote hambriento seguía sumergido en sus pensamientos. Vio a lo lejos un grupo de personas caminar hacia el lugar donde se encontraba. Apurado, bajó columpiándose de rama en rama hasta caer sobre un montón de hojas secas. Se escurrió sigiloso al campamento donde se hallaban sus aliados, a quienes dio noticia de lo que acababa de ver y les ordenó ponerse en guardia. Asimismo envió a un par de hombres a que inspeccionaran el área y le avisaran en caso de que fuesen tropas enemigas. Todos se escondieron entre matorrales y en las copas de los árboles, hasta que vieron llegar a más aliados, entre ellos al anciano Huitzilihuitzin. Con gran alegría el príncipe se apresuró a abrazar a su maestro que ya caminaba con mucha dificultad debido a su vejez.

—Les hemos traído alimentos —dijo el anciano y pronto las criadas que iban con ellos comenzaron a servirles a todos.

—Maestro Huitzilihuitzin, agradezco mucho las mercedes que tiene hacia mí —dijo Nezahualcóyotl mientras comía—, pero no puedo arriesgar su vida. Le ruego que vuelva a Tezcoco, allá me es de mayor utilidad. Necesito que inquiera con sagacidad sobre los acontecimientos y que con prontitud, me informe con emisarios —Nezahualcóyotl dirigió la mirada a uno de los infantes—. Miztli, acompáñalo a Tezcoco. Y ocúpate de alistar con gran sigilo y cautela las tropas aliadas de los pequeños pueblos en las cercanías.

Luego dio instrucciones a los aliados para que volviesen pronto a sus pueblos, preparasen sus armas y ejercitasen a sus soldados con disimulo.

—Xolotecuhtli, dirígete a la ciudad de Chalco y habla con Totzintecuhtli; pídele que lleve sus tropas a Coatlichán.

—Pero el señor de Coatlichán se ha declarado aliado de Maxtla.

—Eso es precisamente lo que quiero: que entren conquistando aquel pueblo —Nezahualcóyotl se dirigió a otro capitán y le instruyó—: adelántate a Coatlichán para que le anuncies a los señores de aquellos rumbos, que ya estamos listos para la guerra. Ellos ya saben lo que tienen que hacer.

Y poniéndose de pie, el príncipe siguió explicando los procedimientos:

—Ustedes —se dirigió a dos capitanes— marcharán al frente con sus tropas, en cuanto vean algún peligro enviarán noticia. Mitl se encargará de ir antes que ustedes, fabricando chozas y consiguiendo alimento para cuando oscurezca.

Esa noche marchó el resto de la tropa hasta llegar a un pueblo donde vivía otro de los aliados, llamado Quacoz, quien los alimentó y dio albergue. Nezahualcóyotl le explicó su plan. Y esa misma noche Quacoz envió espías a los alrededores mientras se reunían con más aliados que fueron llegando con prontitud. Reunidos afuera de la casa presentaron las tropas al príncipe.

—Mi señor, estamos listos ya con nuestras armas para dar la vida por usted y por el rescate del imperio.

Se mantuvieron todos en vela, los capitanes escuchando las instrucciones del príncipe chichimeca; algunos soldados ejercitándose en las armas y otros fabricando flechas, lanzas, escudos y macuahuitles.

Al iniciar la madrugada llegó uno de los espías avisando que a lo lejos se hallaba una tropa enemiga. Quacoz dio la orden a su gente para que estuvieran prevenidos y pidió a Nezahualcóyotl que se escondiera en el interior de un enorme tambor fabricado de madera para que estuviera a salvo.

Volvieron a la mente del Coyote ayunado los momentos en que su padre le había ordenado que subiera al árbol y se escondiera, *¡Corre! ¡Corre, Coyote! ¡Sube a ese árbol!*

—¡No soy un cobarde! —le dijo a Quacoz—. Saldré a combatir a los soldados de Maxtla.

Pronto se acercó un capitán:

—Si quiere hacer frente a los soldados, hágalo de esta manera: engáñelos, espere dentro del tambor a que lleguen y cuando el combate comience salga para tomarlos desprevenidos.

El príncipe acolhua aceptó aquella propuesta y sin dilación entró al tambor. Mientras tanto los soldados que fabricaban armamento lo escondieron entre la hierba y los matorrales, y se unieron a los otros que fingían estar entretenidos en una danza. Cuando llegaron las tropas tepanecas los recibieron sin mostrar temor o amenaza.

—Buscamos a Nezahualcóyotl, el príncipe chichimeca, hijo de Ixtlilxóchitl —dijo un soldado mientras sus pupilas recorrían todo el lugar. Los demás soldados buscaban por el lugar observando a las copas de los árboles y entre los matorrales. El capitán tepaneca llevó su mano al macuahuitl que llevaba amarrado a la cintura.

—Si es un príncipe vayan a buscarlo a los palacios —Quacoz alzó la cejas y señaló sin dirección exacta—, aquí sólo vivimos gente pobre.

Tal como habían acordado, Quacoz se dirigió a su gente gritando que los soldados eran ladrones que venían a robarlos. Sin dar tregua, rodearon a la tropa.

—¡Es a mí a quien buscan! —gritó Nezahualcóyotl al aparecer de pronto de pie sobre el tambor, y sin esperar lanzó una flecha que dio certera en el pecho de un soldado.

El capitán tepaneca volteó la mirada en varias direcciones, observando a los aliados del Coyote ayunado. Estaban rodeados. ¿Huir? Imposible. No había por donde. ¿Rendirse? ¡Jamás! La batalla dio inicio.

Luego de que el príncipe acolhua lanzó todas sus flechas, esperó a que el capitán de los tepanecas —que había esquivado el ataque— se acercara a él sin mostrar temor. A su alrededor imperaban los gritos, golpes y empujones. Él se mantuvo sereno, sin bajar la mirada, sosteniendo firmemente sus armas. El capitán tepaneca avanzó cauteloso, elaborando su estrategia para derrotar a ese hombre reconocido por su destreza en las batallas. Nezahualcóyotl dejó caer su arco y sus flechas. El enemigo se detuvo a un metro de distancia, levantó su macuahuitl e intentó dar en el rostro del príncipe, quien lo esquivó inclinándose a la derecha y respondió con otro golpe. Ambos macuahuitles chocaron en el camino cuatro veces seguidas. El capitán comenzó a sudar. Se limpió rápidamente la frente con el antebrazo sin quitar la mirada de su enemigo. Apretó los dientes y volvió al ataque. El choque de macuahuitles se repitió varias veces más. Mientras tanto se escuchaban gritos por todas partes. La sangre tiñó los arbustos. Gritos y más gritos. Todos enlazados en la cima de la barbarie.

—¡Rescatemos el imperio! —gritaban los aliados del príncipe chichimeca.

El capitán tepaneca arremetió furioso contra Nezahualcóyotl, que logró frenar sus golpes, hasta que uno de los macuahuitles se incrustó en el otro. Ambos forcejearon. El tepaneca soltó una patada en la entrepierna del Coyote hambriento y lo derrumbó sobre unos arbustos. Se quedó con los dos macuahuitles, los levantó y los azotó contra un tronco que se hallaba a un lado para despegarlos. Volvió la mirada para donde se encontraba Nezahualcóyotl retorciéndose del dolor.

Alzó su macuahuitl para dar el golpe final al príncipe, que giró a su izquierda para evitar que le partieran en dos el pecho. Siguió lanzando golpes, mientras su contrincante se movía de un lado a otro evadiendo el ataque. De pronto, Nezahualcóyotl alcanzó una piedra y la lanzó al rostro de su enemigo, que se protegió con el macuahuitl. El Coyote sediento se puso de pie. Retrocedía para eludir los golpes, hasta que tropezó con un cadáver. La ambición del capitán de Azcapotzalco le impidió ver que sólo quedaban unos cuantos de sus soldados.

—¡Capitán, huyamos! —le gritó un soldado.

—¡No somos cobardes! —respondió sin quitar la mirada de Nezahualcóyotl que se hallaba arrinconado al pie de un árbol.

Nezahualcóyotl tomó el macuahuitl del cadáver con el que había tropezado, se puso de pie y lo enterró en el abdomen del capitán, que sólo en ese momento se encontró con su tropa al límite de la derrota. Los pocos sobrevivientes salieron corriendo, dejando al capitán retorciéndose en medio de unos matorrales, tratando de detener la sangre que se le fugaba del vientre mientras miraba sus intestinos teñidos de rojo. Insistiendo hasta el último aliento que un capitán tepaneca jamás podía rendirse, murió minutos después.

El príncipe acolhua bajó la mirada y vio su cuerpo. Había salido ileso de aquel enfrentamiento pese al golpe que lo había derrumbado. Los aliados comenzaron a contar a sus muertos y a curar a sus heridos, los cuales resultaron pocos.

—Mi señor —dijo Quacoz—, no es conveniente que sigamos aquí, los soldados que huyeron darán pronta noticia a Maxtla y volverán.

Nezahualcóyotl mandó a un grupo a vigilar los alrededores y a otro al monte, para edificar en lo más fragoso unas chozas donde pudieran alojarse. Esa misma madrugada salieron rumbo al paraje donde se esconderían mientras se alistaban las demás tropas aliadas. En el camino Quacoz notó en la mirada del Coyote hambriento un cansancio y una preocupación irreprimible.

—¿Sucede algo? —preguntó Quacoz, sin obtener respuesta. El príncipe sólo respondió—:

No hago más que buscar,

no hago más que recordar a nuestros amigos.

¿Vendrán otra vez aquí?,

¿han de volver aquí?

¡Una sola vez nos perdemos,

una sola vez estamos en la Tierra!

No por eso se entristezca el corazón de alguno:

al lado del que está dando la vida.

Pero yo con esto lloro,

me pongo triste;

he quedado huérfano en la Tierra…

El príncipe chichimeca comenzaba a profundizar cada vez más en su visión del mundo y de la humanidad. Los que lo conocieron años atrás comentaban que parecía una persona totalmente distinta. El de la infancia era el dolido; el de la juventud el vengativo; y ese hombre que estaba madurando era un ser creativo y reflexivo. Cómo cambia la vida, cómo cambia una persona, cómo responde a las bofetadas del destino. Unos se quedan con la rabia hasta el fin de sus días; otros, muy pocos, aprenden del sufrimiento y lo llevan a mejores coyunturas. Había mucha pena en el corazón de Nezahualcóyotl, mucho rencor, y tuvo que saldar cuentas pendientes con sus enemigos para entender que la máxima expresión de la vida está en la cosecha de la sabiduría.

—¿Qué te acongoja, Coyote? —le preguntó Quacoz al llegar al sitio donde permanecerían hasta tener listas todas las tropas.

—Mis concubinas —suspiró—, las dejé en Tezcoco y no sé cómo se encuentran. Tengo miedo de que los enemigos lleguen al palacio de Cilan.

—No te aflijas, señor —le dijo Quacoz—, mañana tendrás puntual noticia de todo. Yo mismo iré a Tezcoco disfrazado, me informaré, al mismo tiempo exploraré la tierra, y si es posible las traeré aquí.

—Te lo agradeceré.

—Descansa.

El Coyote hambriento se acostó bocarriba, a un lado de la fogata. Cerró los ojos, deseoso de perderse en sus sueños. Se sentía terriblemente cansado, pero volvió a sufrir una larga noche de insomnio.

13. Matlactli yei

Que por qué me gustan las mujeres? No lo sé —respondió Miracpil acostada, desnuda entre la hierba, sonriéndole a Xóchitl mientras acariciaba uno de sus pezones con la yema del índice—. La verdad sí, sí lo sé. Me gustan porque, porque... —le dio tantas vueltas al asunto que el pobre asunto se mareó y terminó vomitando trivialidades y prólogos revueltos— son más sensibles. Las entiendo, me entienden. Me entiendes.

—Pero también nos odiamos entre nosotras.

—Sí —sonrió Miracpil y envolvió con su mano la teta izquierda de su amante—. Nos odiamos y también...

En ese momento Xóchitl le tapó la boca con una mano y la jaló hacia ella para esconderse debajo de un matorral.

—No hagas ruido —bisbisó al oído.

Se escucharon un par de carcajadas y las dos amantes sintieron un vendaval de temores al creerse descubiertas. ¿Cómo responder en esos momentos? ¿Cómo justificar su desnudez? ¿Qué hacían ahí, tan lejos del palacio de Cilan? No eran tiempos para andar solas por los montes. Cualquier soldado tepaneca bien podía golpearlas, violentarlas, matarlas o llevarlas ante Maxtla. ¿Quién andaba ahí? ¿Las estaban buscando? ¿Habría vuelto Nezahualcóyotl? Quizá sí, y al no encontrarlas había enviado a que las buscasen por todas partes.

Por las risas, parecía tratarse de un hombre y una mujer. Miracpil y Xóchitl hicieron el menor ruido posible al asomarse ligeramente entre los matorrales. Tras llegar al convencimiento de que no las estaban buscando, experimentaron un alivio pero compartieron la misma duda. ¿Qué hacían ahí esas dos personas? Despejar la incógnita tomó unos segundos. Saborearon con un par de sonrisas al descubrir que Huitzillin corría entre la hierba y se escondía tras los árboles. Tezcatl la alcanzó, la envolvió en sus brazos y enterró su nariz en la cabellera de aquella concubina.

Tezcatl había jurado toda la vida ser leal a Nezahualcóyotl pero, ¿cómo negarse a la hermosura de Huitzillin? Imposible no caer rendido a sus pies. El descalabro vendría de una u otra manera. La nobleza y el vulgo no se juntaban. No había sido el primero ni el último de los soldados y sirvientes con los que se holgaba Huitzillin, pero él no lo sabía. No se atrevía siquiera a pensar mal de ella, hija de la nobleza, entregada al príncipe justo al cumplir los catorce años.

No bien había cumplido los trece años cuando Huitzillin desenvainó su sexualidad en las orillas del lago con un par de dedos, alcanzando la cúspide del orgasmo. Nadie la embaucó. Su deseo era innato, insolente, compulsivo. Una sensación irrefrenable que la cegaba y la empujaba a buscar escondrijos para acudir al llamado de su humedad. Pero la soledad le resultó insuficiente con el paso del tiempo. Soñaba con un día encontrar a alguien con quien compartir sus locuras carnales. También comprendió que era menester un poco de instrucción. ¿Con quién? ¿A quién preguntarle? No era algo que pudiera platicar con la madre, las amigas ni con nadie más.

Cuando encontraba oportunidad de salir de casa, deambulaba de un lugar a otro; sabía a dónde se dirigía, pero entendía que entrar sería su pasaporte al patíbulo. Se asomaba curiosa en las casas de las mujeres públicas y las envidiaba demencialmente; mientras el resto de las jóvenes de su edad suspiraban con pertenecer a la nobleza, como muchas, siendo elegidas para el concubinato de algún infante o príncipe. Jamás se atrevió solicitar las enseñanzas de aquellas mujeres públicas, y optó por la clandestinidad: como un suicida sin cuchillo se lanzó en los brazos del primero que encontró, el cual resultó mucho más inexperto que ella misma.

Nunca le había alegrado tanto una noticia a Huitzillin como la tarde en que su padre le anunció que el príncipe Nezahualcóyotl la había pedido como concubina. Y jamás fue tan infeliz como el día en que se enteró que no sería ella la única. No tanto por un arranque de celos sino por el presagio de un indudable incumplimiento a sus necesidades hormonales. Para entonces —inevitablemente— sus deseos la desconcentraban y le atiborraban la cabeza dos o tres veces al día, al recordar los apasionados embates con el Coyote ayunado. Toda una locura desvestirse, aferrarse a su piel, a su aroma, a su cuerpo, darle la bienvenida y estrujarlo con las piernas. Las primeras semanas logró que el príncipe chichimeca se columpiara en el péndulo de la lujuria. Estaba en su mente día y noche. ¡Qué mujer! ¡Insaciable! "Saca el macuahuitl, Coyote, ataca, no te des por vencido, una batalla más, que aquí está tu capitana, tu guerrera indestructible. ¡Pelea! Así son los verdaderos combates: ¡Cuerpo a cuerpo!"

¿Huitzillin ganó o perdió la batalla? Nunca hubo un *me rindo* de parte del príncipe acolhua, pero tampoco logró que la llevara a su aposento más de una vez a la semana. Peor aun cuando quedó encinta —cual si la panza fuese un obstáculo, un castigo, un espantajo—, el Coyote sediento evadió el contacto sexual por más de un año, sin imaginar que en esos días el sexo era lo único que se cocinaba en la olla de los antojos de la concubina.

Aunque había hecho malabares para no caer en el fangal del adulterio, la joven no pudo tolerar el hormigueo que le zarandeó el cuerpo entero al ver un soldado saliendo desnudo del lago de Tezcoco. Y como pudo, despertó la lujuria del guerrero que temeroso a ser descubierto la llevó detrás de un jacal perdido entre el monte.

A partir de aquella tarde de sexo furtivo, Huitzillin se dio a la maratónica tarea de calibrar a toda la tropa chichimeca del palacio de Cilan. Ninguno se atrevió jamás a decir una palabra, por la indiscutible posibilidad de ser condenados a muerte; no tanto por meter las manos en las enredaderas de una de las concubinas, sino por el de ningunear la imagen del príncipe acolhua.

Tezcatl fue uno de los últimos candidatos al dulce patíbulo de la ninfómana por una simple razón: ella no toleraba verlo. No se trataba de algo en particular. Sencillamente era un repudio injustificado. El joven como fiel sirviente del príncipe evadía en todo momento dirigirse a las concubinas, tal cual era la obligación de toda la servidumbre. Hasta que un día ambos cayeron en el barrizal del amor. El príncipe chichimeca se encontraba negociando alianzas en los poblados del sur y prometía volver en un par de días. Huitzillin había salido al bosque para encontrarse con uno de sus amantes sin saber que éste había recibido una misión esa misma mañana. Sentada debajo de un árbol bostezó un par de veces y sin darse cuenta cayó presa de un profundo sueño.

—Mi señora —escuchó a lo lejos—. Mi señora, ¿se encuentra bien?

Al abrir los ojos, lo primero que hizo fue fraguar un gesto de desprecio.

—Disculpe, mi señora, no quise interrumpirla, pero creo que éste no es un buen lugar para descansar. Y menos en tiempos tan peligrosos.

—¿No eres acaso tú lo suficientemente valiente para defenderme?

—Lamento no poder ofrecer tal virtud. Soy sólo un sirviente. No pertenezco a la tropa.

—Entonces lárgate.

—No puedo dejarla aquí. Su vida corre peligro.

De vuelta al palacio de Cilan, la joven concubina se dio a la tarea de despreciar una y otra vez los servicios de Tezcatl, que sin poder controlar la mirada reconoció su hermosura, que no había podido disfrutar de cerca. Cada una de las concubinas poseía una belleza única. Pero de todas ellas, Huitzillin le parecía merecedora del primer lugar. Por más que él hizo de tripas corazón para no evidenciarse, la ninfómana se supo deseada, y decidió jugar con su ingenuidad sin imaginar las consecuencias.

—Mañana pienso venir a descansar al mismo lugar.

—No se lo recomiendo, mi señora.

—Si quieres venir a cuidar de mi persona ya sabes dónde encontrarme.

Tres días seguidos ella se sentó debajo del mismo árbol; y los tres días él estuvo ahí custodiándola con un macuahuitl en una mano y un arco y flechas en la otra: el primero ella no se le insinuó por una irreconocible inapetencia sexual; el segundo, por dudas; el tercero, por temor a la atracción que comenzaba a sentir. Inadmisible enamorarse de un sirviente, pero algo, algo tenía él, algo que no había encontrado antes. Pese a que conocía a casi toda la tropa, jamás se había interesado por ninguno en especial. Todos eran amantes desechables, desconocidos a fin de cuentas. Nunca les había preguntado sobre sus vidas, ni siquiera sus nombres; se dirigía a ellos con el apelativo de *soldado*.

—¿Tienes esposa? —le traicionó la lengua y no pudo creer lo que acababa de hacer.

—No —respondió de pie cuidando con la mirada en varias direcciones.

—¿Cómo te llamas?

—Tezcatl —al decir esto dirigió los ojos a la pérfida: la encontró sensualmente sentada bajo el árbol.

—Ven, siéntate a mi lado.

La charola de los deseos se desbordaba frente a él, que caminó hacia ella, se sentó, observó en distintas direcciones: la sombra del árbol, las aves, las nubes sobre ellos, la hierba, el silencio, la cortina de árboles que los rodeaba e impedía ver a distancia, e inevitablemente las sensuales piernas de Huitzillin. ¡Qué mujer!

Una ligera sacudida de emociones lo empujó a lanzarse como un ciego en los brazos de aquella concubina, olvidándose del peligro inminente que corría, para vivir demencialmente la más apasionada etapa de su existencia. Nunca más podría dirigir sus ojos a otra hembra.

Al octavo día se declaró enamorado con la certeza de que ella respondería lo contrario. Qué más daba, no había más qué perder si no la vida, la cual ya le pertenecía a ella por completo. Estaba dispuesto a entregar hasta la última gota de sangre en sacrificio; y con mayor razón, cuando supo que Huitzillin colgaba cual trapecista inexperta en el columpio de aquel devaneo furtivo. Ella tenía en sus manos todas las armas para controlar a cada uno de sus amantes, menos a éste que sin pretenderlo se había introducido en los recónditos callejones de su blindado corazón. ¿Cómo le había hecho? Ni ella misma lo supo.

Oh, Ixcuina, diosa del sexo impuro, ¿por qué no le advertiste a Huitzillin que podía enamorarse cuando menos lo esperara? Tramitó infinidad de razones para no sentir aquellas palpitaciones cada vez que pensaba en él. Y por más que intentó destrozar todos los recuerdos de sus ardientes encuentros no logró liberarse de la punzante evocación de su carne junto a ella. Había tenido grandes amantes, entre ellos Nezahualcóyotl, pero Tezcatl tenía algo, algo que la enloquecía día y noche. Se encontró desarmada frente a este irreconocible sentimiento y no encontró otra salida más que gritárselo a la cara: ¡Te amo! ¡Te amo! ¡Te amo! No hubo día en que no se arrebataran las vestiduras con desesperación;

cada uno con mayor negligencia y despreocupación por ser descubiertos, cual si en el fondo fuese lo que ambos buscaban: terminar sus vidas amándose. Pero no como los ancianos que comparten sus vidas hasta el último día, sino morir en ese momento, sorprendidos por la guardia de Nezahualcóyotl; condenados a muerte, castigados por adulterio, como mártires. Amándose. Para eludir la inevitable separación. O el hastío que amenazaba con llegar con el paso de los años.

—Vámonos lejos de aquí —le dijo Tezcatl aquel día en que Miracpil y Xóchitl los observaban desde las entrañas de un arbusto.

—Nos encontrarán.

—Hay muchos pueblos en el sur donde podríamos pasar desapercibidos —insistió Tezcatl y le acarició el rostro.

Una pareja de amantes furtivos como la de Huitzillin y Tezcatl bien podía engañar a cualquiera, adentrarse en los pueblos más recónditos. Pero, ¿cómo lo harían Miracpil y Xóchitl en caso de querer escapar? ¿Qué le dirían a la gente? ¿Que eran hermanas? ¿Que eran amantes? Indudablemente Huitzillin y Tezcatl tenían mayores probabilidades de salir libres de aquel predicamento.

Huitzillin y Tezcatl no tenían ojos ni oídos más que para sus propios gemidos, por lo tanto no se percataron que a unos cuantos metros se batían en duelo carnal Miracpil y Xóchitl.

Terminadas aquellas batallas campales Tezcatl decidió lanzarse al precipicio arriesgándolo todo: aprovechó la ausencia del príncipe Nezahualcóyotl y los rumores que anunciaban su muerte. No pretendía averiguar la verdad de lo que se decía, sino convencer a Huitzillin de que era cierto y que pronto llegarían las tropas enemigas.

—Vendrán talando y matando a cuchillo —le dijo acostado junta a ella—; a las concubinas las llevarán con Maxtla, como lo hicieron con las mujeres de Chimalpopoca. Vámonos de aquí. Aún hay tiempo.

—No lo sé, no lo sé —repetía Huitzillin temerosa.

Era una concubina, tenía dos hijos. ¿A dónde la llevaría ese sirviente? ¿Qué le podría ofrecer? ¿Felicidad? ¿Por cuánto tiempo? ¿Cuánto tendría que pasar para arrepentirse? Conocía perfectamente la incompatibilidad entre la miseria y el amor, que de lejos parecía un charco de trivialidades, pero de cerca era un inmenso lago de complicaciones. Si bien había sido la más puta de todas, también era la más centrada. Estaba convencida de que esa fluctuación de emociones era pasajera.

"Sí, pronto pasará. No te dejes cegar, Huitzillin, pronto verán las cosas de otra manera. Sí, es cierto, pero, pero, cómo me enloquece estar con él. ¿Y si me equivoco? ¿Qué pasaría si al dejarlo ir descubro que ahí estaba la dicha? La felicidad es efímera. ¡Despierta, zopenca! No hay noticia de Nezahualcóyotl. Puede estar vivo por ahí. Con él lo tendrás todo cuando recupere el imperio. Con Tezcatl sólo habrá pobreza, una vida fugitiva, y un destino lleno de temores. Nunca serán felices. Si el Coyote sediento está vivo, los mandará buscar por todos los señoríos cuando sea nombrado gran chichimecatecuhtli."

Respondió que no podía irse con él y aquellas palabras rotundas cayeron como una lluvia de lanzas en el corazón de Tezcatl, que quedó desinflado y sus sueños despanzurrados en un santiamén.

—Debo volver al palacio —se puso de pie, se vistió eludiendo un encuentro de miradas para no flaquear y se fue en cuanto su enclenque voluntad se lo permitió.

El par de concubinas que espiaban se mantuvo en silencio y los observó marcharse por rumbos separados: a ella con el miedo a flor de piel y a él con la vida rebanada. No tardaron Xóchitl y Miracpil en volver cuando vieron nuevamente

a Tezcatl afuera del palacio de Cilan hablando con otro sirviente llamado Miztli. Ambas se escondieron entre unos matorrales sin lograr escuchar la conversación. El hombre traía
la noticia de la muerte del anciano Huitzilihuitzin.

—Veníamos rumbo a Tezcoco por órdenes de Nezahualcóyotl —anunció Miztli con los ojos inflamados, la boca
llena de sangre y moretones por todo el cuerpo—. Y en el
camino nos encontramos a unos soldados tepanecas. Y como
Huitzilihuitzin ya era viejo no podía correr para salvar su
vida. Sin poder hacer más, seguimos nuestro camino con la
esperanza de engañar a los enemigos.

"Estamos buscando a Nezahualcóyotl", dijo uno de
ellos.

"No sabemos de quién hablas", respondió
Huitzilihuitzin.

"No sabes… —dijo el soldado y caminó hacia él con
una sonrisa. Lo miró de cerca y agregó—: Yo te conozco,
tú eres el maestro del Coyote ayunado. O, ¿eres acaso tan
cobarde como para negarlo?"

"Si lo que quieren es que les diga dónde se encuentra,
llévenme con su señor Maxtla."

„Yo no comprendí los motivos de Huitzilihuitzin, pero
supe que si por algo lo hacía era para salvar nuestras vidas.
Nos arrestaron y al atardecer llegamos a Azcapotzalco, donde se nos encerró en una celda. Y mientras esperábamos le
pregunté por qué había pedido que nos llevaran ante Maxtla.

"Tú y yo no hubiéramos podido escapar de las flechas
de tantos soldados. Y si nos negábamos nos iban a golpear
hasta el cansancio. Estuvo mejor que nos trajeran, estamos
sin un rasguño hasta el momento."

"¿Qué piensa hacer?", le pregunté mirando entre los
palos de la celda.

"Todo lo posible por salvar tu vida, Miztli", me miró y
se sentó en el piso.

„Poco después llegaron unos soldados que nos ordenaron ponernos de pie para acudir ante la presencia de Maxtlaton.

"Anciano Huitzilihuitzin —dijo el monarca usurpador—, hace tanto que no nos veíamos —caminó alrededor de él, mirándolo con desdén—. Te ordeno que me digas dónde se encuentra Nezahualcóyotl."

"Cuando uno no sabe qué hacer con la culpa elige adoptar la estampa del enojo", dijo Huitzilihuitzin.

„Maxtla enfureció y estuvo a punto de golpearlo, pero por alguna razón se detuvo.

"Sé muy bien que no delatarás a tu protegido. Así que ordenaré que se te dé una muerte lenta."

"He vivido demasiados años. Soy tan viejo que morir enfermo o de vejez sería una vergüenza para mi ilustre vida. Qué mejor que acabar mis días de forma tan heroica."

"¿Eso es lo que quieres? —Maxtla empuñaba las manos. Había un enano en la sala que sonreía gustoso—. ¿Que se te recuerde como un héroe?"

"Por supuesto. De forma lenta. Y también a mi acompañante, para que no pueda ir a dar informe a Nezahualcóyotl. Que no se entere, para que pueda seguir con su misión. Si lo llegara a saber se derrumbaría de dolor, y quién sabe si lograría recobrar las fuerzas para luchar."

„En ese momento Maxtla ordenó a los soldados que nos torturaran. Recibimos golpes por todas partes, patadas, escupitajos. Luego Maxtla ordenó que se detuvieran.

"¿Creíste que me ibas a engañar? —reía desde su asiento real—. ¿Pensabas que te iba a dejar libre? A mí no me interesa si te recuerdan como héroe o como un viejo decrépito. No me importa tu vida ni mucho menos la de este criado que te acompaña. Antes de morir debes saber que este hombre —me señaló— irá a dar la noticia a Nezahualcóyotl sobre tu muerte. Te decapitarán."

"Huitzilihuitzin murió con prontitud, como quería; y logró que Maxtla me dejara volver.

—Y, ¿por qué has venido a este lugar? —preguntó Tezcatl—. ¿Por qué no fuiste ante el príncipe?

—Porque sé que me han seguido. Y si hubiera ido ante Nezahualcóyotl en este momento estaríamos presos o muertos.

—Lo mejor será anunciar a todos que también ha muerto nuestro príncipe —dijo Tezcatl.

—¿Para qué? —preguntó sorprendido Miztli.

—Para protegerlo —insistió Tezcatl—. Si vienen los soldados tepanecas, tomarán a las concubinas como rehenes. Las golpearán y las violentarán para que confiesen dónde se encuentra nuestro príncipe Nezahualcóyotl.

—Si vienen las defenderemos.

—¿Crees que podremos contra todo el ejército de Maxtla? —Tezcatl sentía que comenzaba a perder el control de la plática.

—No encuentro razón para hacerlas sufrir con una noticia así.

—De cualquier manera ya están sufriendo. Es mejor que ellas crean que ha muerto, así no estarán preocupadas todo el tiempo. Y cuando llegue el príncipe acolhua victorioso, ellas recibirán la mejor sorpresa de su vida.

Miztli aceptó aquella farsa sin arrancar la sábana que escondía las verdaderas intenciones de Tezcatl. Pronto entraron al palacio e hicieron reunir a todos los sirvientes, soldados y concubinas para anunciarles el triste fin del príncipe chichimeca.

—¡Es mentira! ¡No es cierto! —gritó Zyanya.

—Yo lo vi —respondió Miztli.

—¡No! —salió gritando Citlalli.

Las otras se abrazaron y lloraron. Cihuapipiltzin se fue a su habitación. Miracpil y Xóchitl observaron en todas direcciones aquel evento dramático. Huitzillin salió de la sala y se dirigió a una de las habitaciones, donde pronto la alcanzó Tezcatl.

—¿Es cierto? —preguntó.

—Sí. Miztli lo vio.

—¡No es cierto, no es cierto!

Afuera se escuchaban los lamentos.

—Vámonos —dijo Tezcatl—. Vente conmigo.

Huitzillin dirigió la mirada a su amante, le tocó el rostro, estuvo a punto de responder, pero en ese confuso instante se escucharon unos gritos. Tezcatl tuvo que salir por la ventana y Huitzillin se dirigió a la habitación de donde provenían los chillidos. Al entrar no pudo hacer más que derramar las lágrimas más amargas de su vida. Jamás una imagen le había triturado tanto el corazón como la que tenía frente a ella. Quiso pensar que lo que estaba frente a sus ojos era la más cruel pesadilla de su vida. No pudo hacer nada ante el horror. Su enmohecido esqueleto le impedía dar cualquier paso, decir algo, gritar por auxilio. Imposible. En ese momento entró otra de las concubinas y corrió.

—¿Por qué lo hiciste? —preguntó Yohualtzin, sosteniéndole las manos a Citlalli.

—¡No quería que siguiera llorando! —gritaba Citlalli de rodillas en el piso, con las manos llenas de sangre—. ¡No quería que llorara por su padre!

Los demás niños lloraban abrazados en una esquina de la habitación. Pronto llegaron todas las concubinas y se encontraron con el hijo de Citlalli sobre el piso, con la yugular rebanada.

—Van a venir los soldados tepanecas —decía Citlalli, sin poder controlar las convulsiones que la tenían en aquel lapso demencial—, nos van a matar a todas. Van a matar a nuestros críos. No quería que mi hijo sufriera. Estaba llorando por su padre. No quería que llorara.

Xóchitl y Miracpil le quitaron el cuchillo, Imacatlezohtzin, Ameyaltzin y Ayonectili se ocuparon de sacar de la habitación a los otros niños que se encontraban aterrados por
el acontecimiento. Hiuhtonal trató de detener el sangrado,
pero fue demasiado tarde.

—No quería que sufriera —insistía Citlalli—. Van a
venir por nosotras.

Tezcatl y Miztli entraron a la habitación y al ver el cadáver del niño se quedaron viendo entre sí, congelados.

14. Matlactli nahui

Luego de las celebraciones de la jura de Izcóatl, se reunieron la nobleza mexica, los aliados, ministros y consejeros en la sala principal del palacio de México-Tenochtitlan para discutir sobre los pasos a seguir en su nuevo gobierno.

—Es necesario hablar sobre el futuro que nos acecha —dijo Izcóatl frente a sus invitados—. Sé muy bien que el tecuhtli Maxtla no está a gusto con mi nombramiento, pues se me ha informado que sus planes eran mandar un administrador, y dar por concluido nuestro señorío. Enviará sus tropas y solicitará que ustedes lo apoyen para hacernos la guerra. Les ruego que se mantengan pacíficos, quizá con alguna excusa para no mostrarse contrarios a él. Tampoco les pido que se unan a nuestro bando, si es que no lo desean, sólo les pido su neutralidad.

Uno de los ministros agregó:

—Nuestros espías me han informado que el tecuhtli Maxtla ha ordenado que se nos cierren los caminos y comercios, poniendo guardias en la calzada de Tlacopan.

—Yo propongo —agregó otro de los ministros mexicas— que enviemos una embajada a solicitar el perdón de Maxtla y nos atengamos a su vasallaje para evitar otra guerra.

Hubo entonces una gran discusión entre los consejeros, ministros y familiares de la corte. Un bando estaba a favor de la rendición; el otro renuente a negociar.

—¡No, ya no! ¡Basta! ¡Ese hombre no escucha razones!

—Es lo mejor. Sus tropas son mayores que las nuestras. Nos aplastarían si nos levantamos en armas.

—Sí, vayamos ante Maxtla, y roguémosle perdón.

Por momentos, parecía que el mismo Izcóatl pensaba rendirse a Maxtla.

—Señor, ¿qué es esto? —dijo Tlacaélel—. ¿Cómo permites tal cosa? Habla a este pueblo, búsquese un medio para nuestra defensa y honor, y no nos ofrezcamos así tan afrentosamente en manos de nuestros enemigos.

"¿Qué está ocurriendo?, se preguntaron muchos, ¿Cómo es posible que el sobrino del tlahtoani le hable de esa manera?"

Izcóatl ya estaba a punto de rendirse ante los acosos de Maxtla, pero aquellas palabras de Tlacaélel lo pusieron de vuelta en el camino. Con lo cual entendió que el futuro de la ciudad isla estaba en sus manos.

—Debemos entonces dar noticia a Maxtla sobre mi elección como tlahtoani de México-Tenochtitlan. ¿Quién de ustedes se ofrece a ir a Azcapotzalco para dar la noticia?

Nadie respondió. Todos se miraban entre sí. Había mucho temor por aquella resolución. Cualquiera que fuese el embajador corría el riesgo de no volver.

—Señor y rey nuestro, no desfallezca tu corazón, iré yo —respondió Moctezuma.

—No pierdas el ánimo, aquí están presentes estos señores, hermanos y parientes míos y tuyos —continuó Tlacaélel de pie junto a su hermano—, yo también me ofrezco a llevar tu embajada sin temor a la muerte. Pues es obvio que tengo que morir. Importa muy poco que sea hoy o mañana. ¿Dónde me puedo emplear mejor que ahora? ¿Dónde moriré con más honra que en defensa de mi patria?

Izcóatl miró a sus dos sobrinos tratando de reconocer quién era Tlacaélel y quién era Moctezuma.

—Admiro su valentía —dijo el tlahtoani—. Sus nombres serán inmortales en la memoria de nuestro pueblo. ¿Pero quién de ustedes irá?

—Yo iré —dijo Tlacaélel.

—Yo también —finalizó Moctezuma.

—Vayan mañana, pues, que yo cuidaré de sus esposas e hijos, como si fuesen los míos.

Los consejeros y ministros celebraron la valentía de los hermanos y de igual manera ofrecieron cuidar de sus hijos y esposas en caso de que perdiesen la vida en la embajada. Salieron de la sala principal del palacio y se dirigieron a sus casas. A la mañana siguiente, tras vestirse con sus mejores atuendos y plumas finas, partieron rumbo a Azcapotzalco. Cada uno de ellos se fue por caminos distintos.

Si bien mucha gente negaba la existencia de Tlacaélel por varios años, fue precisamente porque nunca se les veía juntos a los gemelos. Cuando uno entraba el otro salía. Mientras alguno realizaba una diligencia, el otro evitaba mostrarse en público.

Llegaron separados a los límites de Azcapotzalco, donde una tropa tepaneca detuvo a Moctezuma.

—Tengo órdenes de no dejar pasar a ningún mexica, aunque tenga que quitarle la vida —dijo uno de los soldados y lo miró con atención—. Te reconozco. Tú eres Moctezuma Ilhuicamina.

—Así es —jamás negaban cuando les llamaban Moctezuma o Tlacaélel. Quien quiera que fuera tomaba el papel del nombrado y accedía sin más ni menos, como en un juego.

—¿A dónde te diriges?

—Vengo como embajador en nombre de mi señor Izcóatl, recién elegido tlahtoani de México-Tenochtitlan y traigo la misión de informar al supremo monarca de toda la Tierra sobre dicho nombramiento.

—No puedes pasar.

—¿Vas a negarle la entrada a un embajador?

El soldado tragó saliva, pues bien conocía el respeto que se le debía a alguien con tal investidura. Mientras Moctezuma lo distraía, Tlacaélel se dio a la tarea de pasar desapercibido.

—Me has dicho que tienes órdenes de darle muerte a quien intente pasar.

—Sí —respondió el guardia.

—No debes temer. Vengo solo. Iré directo al palacio del tecuhtli. Si él decide castigarme quitándome la vida, así será. Y tú no serás culpado. Nadie sabrá por dónde entré a la ciudad. Tienes mi palabra de honor.

—¿Y que ganaría yo?

—Si así lo quieres, puedo decirle al supremo monarca que tú me dejaste pasar.

—¿Para qué?

—Para que el tecuhtli te honre. Si decide darme muerte le pediré que tú seas quien me ejecute. Así verá que fuiste tú quien elaboró la estrategia de matar a Moctezuma. Pensará que eres un soldado muy inteligente. Que me dejaste pasar para que primero hablara con él y luego me mandara matar. ¿De qué le serviría que llevaras mi cabeza? No sabría mis intenciones de cruzar sus territorios. Se quedaría con la duda por el resto de sus días. Y si tú le dices que me permitiste el paso para que él se enterara, comprenderá que eres digno de ser capitán.

El soldado se mantuvo en silencio. Luego de un rato Moctezuma logró convencerlo para que lo dejara entrar. Al seguir su camino se quitó el penacho y las joyas, las guardó en un morral y se escondió entre la gente, en espera de su hermano que siguió su camino directo al palacio, donde fue recibido con prontitud. Maxtla entró a la sala y Tlacaélel se puso de rodillas.

—¿Cómo has logrado entrar? —preguntó Maxtla.

—Le he empeñado mi palabra a uno de sus soldados. Le he prometido que si usted decide que se me dé muerte, él mismo cumpla dicha sentencia.

Maxtla alzó el pómulo derecho.

—¿Y cuál es tu diligencia?

—Vengo a darle noticia del nombramiento de mi tío Izcóatl como nuevo tlahtoani de México-Tenochtitlan.

—Eso ya lo sé —dejó escapar una risa irónica y añadió señalando su pecho—: Yo soy el supremo monarca de toda la Tierra. Me entero de todo.

—Vengo a rogar por su piedad hacia nuestro pueblo. Hacer la guerra no hará más que cansar sus tropas y matar a nuestra gente que mucho sirve en todo el valle.

—Bien quisiera yo complacer al senado mexicano —dijo Maxtla aunque sus palabras eran inverosímiles—, y darles gusto a ustedes en aprobar y confirmar la elección de Izcóatl. Pero lo impide mi consejo, que tiene resuelto no consentir que su nación tenga rey, sino que, como tributarios del imperio, sea gobernada por los ministros tepanecas que yo debo nombrar. En caso de no querer sujetarse a esto, mis tropas deberán entrar a fuego y sangre destruyendo su pueblo, hasta que no quede memoria de él. Mejor vuelve a México y da esta respuesta a Izcóatl y al senado. Entiéndanme, no puedo hacer más. No debo darle la espalda a los deseos de mi pueblo.

Antes de que el embajador se retirara Maxtlaton agregó:

—Cuida tu persona, porque las guardias que ha puesto mi consejo tienen la orden de quitar la vida a los que pasean por mis fronteras.

Tlacaélel bajó la cabeza, respondió a Maxtla que así llevaría la noticia a su rey Izcóatl y partió rumbo a la ciudad isla. Al llegar a los límites se encontró nuevamente con los mismos soldados.

—He hablado con el supremo monarca —dijo—, y me ha enviado a llevar una respuesta a mi señor Izcóatl.

Los soldados le impidieron el paso, pues tenían órdenes precisas de no dejar salir a nadie.

En ese momento escucharon un ruido a sus espaldas. Al voltear la mirada se encontraron con Moctezuma, que sonreía a unos cuantos metros. Volvieron los ojos a donde se encontraba el primero de los hermanos y no lo encontraron. Al regresar su mirada al mismo punto, el otro también se había esfumado. Huyeron con sigilo a través de los bosques, aprovechando la confusión de los vigías. Pronto llegaron a la ciudad isla a dar informe al tlahtoani Izcóatl que se encontraba con todo el senado reunido, augurando lo peor, preguntándose cómo lograrían salir los gemelos a salvo si ya estaban todas las fronteras resguardadas por soldados tepanecas. Hacía días que el comercio estaba limitado. Mexicas y tlatelolcas estaban encerrados en su isla.

Al ver a Moctezuma y Tlacaélel en la entrada de la sala principal no pudieron más que sonreír. Increíble. Estaban vivos. Los gemelos caminaron hacia el asiento real donde se encontraba Izcóatl, se pusieron de rodillas, bajaron las cabezas y las plumas de sus penachos se ondearon.

—Mi señor, Maxtla ha rechazado su elección —dijo Moctezuma.

Hubo un largo silencio. Luego comenzaron los murmullos. Una vez más, algunas voces quisieron persuadir al gobernante de que era mejor la rendición, esperar una mejor coyuntura y evitar la ira de Maxtla. Sólo pocos se declararon abiertamente a favor de tomar las armas en defensa de su libertad. Los gemelos se levantaron y miraron a su alrededor.

—¡Ya basta! —dijo Izcóatl—. No nos daremos por vencidos. No dejaremos que nos traten como esclavos.

—Miren, hijos y sobrinos nuestros —dijo uno de los consejeros más ancianos—, que si logran vencer a los tepanecas, nuestra voluntad será que al varón que más logros tenga en la guerra le concederemos las hijas, nietas, y sobrinas que desee y pueda mantener, como premio. También daremos grandes recompensas a aquellos guerreros que capturen esclavos, y los cargaremos a cuestas. Les llevaremos tortillas, frijol, pinol; les recibiremos con fiestas y regocijos; le daremos agua, y serviremos en sus mesas, barreremos sus casas, seremos sus mayordomos y embajadores.

—¡Es mejor morir en batalla que vivir como esclavos de los tepanecas! —concluyó Izcóatl.

Decidieron declararle la guerra a Maxtla. Se necesitaba ir de nueva cuenta a Azcapotzalco para decirle frente a frente al supremo monarca que los tenochcas estaban dispuestos a dar sus vidas en combate.

Izcóatl ordenó que se le llevara a Maxtla el penacho más hermoso y de plumas más finas, una rodela, una flecha y un vaso con barniz compuesto de una especie de tierra blanca llamada tizatl, y aceite de chain, para ungirse el cuerpo antes de salir a campaña.

—Vayan entonces a dar la declaración de guerra a Maxtla y díganle que muy dolidos estamos los tenochcas por no lograr la paz por medio del diálogo. Y que ahí lo esperaremos en el campo de batalla.

Los gemelos llevaron a cabo su diligencia sabiendo que volver a Azcapotzalco en esa segunda ocasión era aun más peligroso.

—Muy grande y poderoso señor —dijo Tlacaélel al tener a Maxtla de frente una vez más—, cumpliendo tus órdenes, volví a México y di tu respuesta al senado, el cual se afligió mucho al oírla. Mi rey me manda decirte que aunque siente tomar contra ti las armas, no puede dejar de amparar a sus vasallos, ni abandonar la corona que han puesto en sus sienes. Te envía este penacho, rodela y flecha con que te armes para salir a campaña; y este barniz para que te unjas, y nunca digas que te atacó desprevenido.

Como exigía la costumbre, le untó al rey desafiado el ungüento blanco de tizatl en el cuerpo —que tenía como significado que pronto estaría muerto—, le emplumó la cabeza, le puso en la mano izquierda el escudo y en la derecha una lanza de vara tostada, con el cual debía defenderse en guerra.

—Observa —dijo Maxtla tomando con su mano la pintura—, frente a ti unto mi piel para salir en campaña. Acepto tus amenazas de guerra. Y me río. Toma este macuahuitl —añadió inflando el pecho y extendiendo el brazo—: Dile a tu reyezuelo, si es que logras llegar, que allí lo veré, listo para cortarle la cabeza. Antes de que salgan sus tropas llegarán a ustedes mis soldados tepanecas para castigarlos por su traición.

Los labios del tepantecuhtli mostraban furia pero sus ojos lo delataban: en el fondo tenía un temor irreprimible.

—No importa que yo vuelva —respondió Tlacaélel—, ya las tropas mexicas están listas para la guerra. Yo he cumplido con mi diligencia. Me basta con haberte advertido. Bien sabía yo que al venir ante tu presencia podría perder la vida. Y si ésa es tu decisión aquí me tienes. Ordena a que me den muerte.

—Sé muy bien qué es lo que buscas: que te dé muerte para que se diga que soy un cobarde, que te asesiné a traición, que no tuve el valor para enfrentarte en el campo de batalla, que me aproveché de que estabas desprotegido en mi palacio. No será así. Anda, vuelve a tu tierra, pero no te garantizo que lo consigas. Si mis tropas te encuentran, éste será el último día de tu vida.

Una vez declarada la guerra entre México-Tenochtitlan y Azcapotzalco, Tlacaélel salió del palacio al atardecer, justo cuando comenzaba a oscurecer y los grillos y aves nocturnas se apoderaban de la noche. Al salir de las zonas más pobladas de Azcapotzalco ambos hermanos se encontraron; sin embargo siguieron su marcha un tanto separados para engañar al enemigo que pronto les saldría al ataque. Y como era de esperarse, al llegar a los límites se encontraron con cuatro soldados, quienes tenían la orden de darle muerte a Tlacaélel.

Al ser detenido por los tepanecas, Tlacaélel llevó la mano a su macuahuitl. Su hermano permanecía escondido entre unos arbustos, observando todo.

Los cuatro soldados se miraron entre sí; y seguros de una victoria avanzaron para enfrentar al mexica. Se pusieron en guardia con sus macuahuitles en mano y lo rodearon con altivez. Tlacaélel alzó las cejas, sonrió y les indicó con la mirada para que voltearan.

—Ese truco no nos engaña —dijo uno.

—No es un truco —dijo Moctezuma a sus espaldas.

Giraron las cabezas y se encontraron con una flecha que dio certera en el cuello de uno de ellos, que pronto cayó al piso, intentando inútilmente quitársela. Tlacaélel aprovechó el desconcierto y de un golpe le cortó la cabeza a otro de los soldados. Los otros dos se pusieron en guardia y al volver la mirada no encontraron a ninguno de los dos gemelos. Mucho habían escuchado sobre aquel dúo, pero siempre se habló al respecto como si se tratara de un mito o una leyenda.

En ese momento de incertidumbre se arrepentían enormemente de no haber escuchado lo que la gente murmuraba. Dos guerreros. Exactamente iguales. Y los estaban cazando. Ellos, que debían ser los verdugos, se convertían en presas. No podían salir corriendo. Y quedarían en ridículo si fueran a decirle a todos que habían visto dos Moctezumas o dos Tlacaélels. Los tomarían por cobardes o embusteros. Sólo si presentaran las cabezas de ambos mexicas podrían comprobarlo ante los ojos de todos los tepanecas.

Buscaron entre los matorrales, en las copas de los árboles, por todas partes. Pero la oscuridad se había convertido en su peor enemiga. ¿Dónde estaban? Escucharon un ruido a sus espaldas y sin esperar lanzaron dos flechas. Nada. Se estaban mofando de ellos. Qué rabia, qué horror, qué pena no haberle dado muerte a uno de ellos cuando lo tuvieron en frente. Caminaron un par de metros con temor. Volvieron a escuchar ruidos a su derecha. Prepararon sus flechas y al ver que algo se movía entre unos arbustos dispararon. Escucharon un bramido y corrieron en esa dirección. Al llegar al lugar, encontraron un venado con una flecha incrustada. Siguieron caminando un largo rato sin imaginar que los gemelos ya se habían ido rumbo al lago, donde abordaron una canoa y se dirigieron a la ciudad isla, sanos y salvos.

El recibimiento en el palacio fue un vendaval de elogios para los gemelos, quienes dieron noticias al tlahtoani Izcóatl.

—Aquí te manda Maxtla estas armas —dijo Tlacaélel poniéndose de rodillas.

—Para que te defiendas en el campo de batalla —continuó Moctezuma, haciendo reverencia al rey de los tenochcas.

—Ya he dado instrucciones a nuestras tropas de que se preparen para la batalla —respondió Izcóatl desde su asiento real—. Ya están guarnecidas las entradas a la ciudad y se están fabricando armas. Cuauhtlatohuatzin, rey de Tlatelolco, se ha declarado nuestro aliado en esta batalla.

Un día después, llegaron las tropas de Maxtla y rodearon la isla. Al sonar los tambores de guerra, salieron los soldados de Tlatelolco y Tenochtitlan. Llovieron flechas por todas partes. El lago se tiñó de rojo. Hubo muchos muertos y heridos. Aun así, los tepanecas no lograron entrar a la ciudad. Tuvieron que salir huyendo no sin antes dejar otras tropas rodeando la isla para impedir la entrada de aliados.

15. Caxtolli

Las mujeres de Nezahualcóyotl, al creer que jamás lo volverían a ver, ayunaron y pusieron cenizas en sus cabezas, en señal de una tristeza incurable. Eludieron cualquier tipo de placer, se levantaban a media noche, se bañaban para luego barrer sus calles, hacer lumbre, moler maíz para hacer tortillas y hacer magueyes fritos y tostados, los cuales eran llevados a los templos a modo de estaciones, ofreciéndolos como sacrificio a los sacerdotes de los templos. Al amanecer volvían al palacio en una procesión con gemidos y llantos.

Algunas concubinas lograban mantenerse relajadas por ratos, excepto Citlalli, una de las más jóvenes, que lloraba de día y de noche, incluso mientras dormía. Tenía pesadillas en las que su hijo resucitaba, gritando el nombre de Nezahualcóyotl. Ella, la homicida, la protectora de su crío; despertaba ahogada en llanto. "¡Ay, mis hijos!", pluralizaba creyendo que ambos habían muerto. Lloraba por los dos porque su estrujada memoria había exprimido cada gota de recuerdo de aquella tarde tétrica en que intentaba matarlos a ambos, antes de que Yohualtzin la detuviera.

Luego de contonearse un par de días entre la cordura y el desvarío, Citlalli perdió el equilibrio. Una madrugada salió y nunca más se le volvió a ver. Corrieron rumores de que una tropa tepaneca la encontró ahogada en llanto al lado del lago y que al reconocerla la violentaron bestialmente. Otros contaban que jamás se le encontró, que sólo se le escuchaba

181

llorando en las noches por sus hijos, y que aún después de muerta, su alma en pena siguió gritando por ellos. "¡Ay, mis hijos!"

Cuando las demás concubinas se percataron de su ausencia salieron a buscarla, acompañadas de los soldados y sirvientes que aún permanecían en el palacio de Cilan. Volvieron al caer la noche con los ánimos por los suelos, preguntándose qué le habría ocurrido.

—Unos hombres que encontramos mientras la buscábamos me dijeron que vieron unos soldados abusando de una mujer —mintió Ameyaltzin, ante el llanto de algunas y el espanto de otras.

—Si el príncipe Nezahualcóyotl ha muerto, nosotras debemos morir en sacrificio por él —sugirió Zyanya.

—No —respondió Yohualtzin—, ésos son rituales de los mexicas.

—Algunas de nosotras somos tenochcas —replicó Zyanya, aunque ella era descendiente del reino de Tlacopan—. La madre de nuestro amado príncipe era mexica. Deberíamos hacerlo en honor a sus raíces.

Miracpil y Xóchitl se miraron a los ojos con duda. Si de algo estaban seguras era de no cometer ningún sacrificio de tales dimensiones.

Huitzillin caviló en la propuesta de su amante. Si en verdad Nezahualcóyotl estaba muerto, ya no tendrían problema en salir de Tezcoco y hacer su vida juntos.

—Estas mujeres están perdiendo la razón —le dijo Miracpil a Xóchitl.

—Podemos hacer un brebaje y morir todas juntas —continuó incitándolas Zyanya.

Zyanya jamás había estado tan segura de algo como esa tarde en que pretendía empujarlas a todas a la cañada del suicidio. Si todo funcionaba como lo esperaba, ella sería la única sobreviviente cuando volviera Nezahualcóyotl. Pues por más que Tezcatl y Miztli insistieran con la muerte del príncipe chichimeca, ella tenía la certeza de que era un error o una mentira. Cualquier cosa menos que estuviese muerto. Y si su corazonada no la engañaba pronto, muy pronto volvería a verlo vivo, triunfante, listo para ser jurado y reconocido como supremo monarca de toda la Tierra; y la ausencia de las otras concubinas la dejaría a ella, Zyanya, como su esposa. Zyanya, la reina chichimeca. Zyanya, la esposa del dueño y señor de toda la Tierra. Zyanya, señoras y señores. De rodillas todos. Bien había sabido llevar a todas las concubinas y al mismo príncipe a su engaño. Nadie dudó jamás sobre el amor que profesaba. Menos aún en esos momentos. Zyanya, la sofocada de dolor, la atormentada, la mártir, la suicida. Todo por el príncipe amado. Si ella lo hacía, lo más seguro era que muy pronto las demás la seguirían en el acto final.

—Si de verdad lo amamos, debemos sacrificar nuestras vidas por él. ¿A qué le temen? ¿A la muerte? Debemos tener miedo a la vida sin él, sin nuestro amado príncipe que tan felices nos ha hecho. ¿Qué nos espera? ¿Acaso quieren terminar como esclavas de Maxtla? No esperemos más. Pronto llegarán los soldados tepanecas, y sin protección no lograremos escapar. Citlalli bien supo lo que hacía. Necesitaba salvar a su hijo de las manos del despiadado tecuhtli. No olvidemos que su padre, el tirano Tezozómoc, mandó matar a todos los niños que decían que Nezahualcóyotl era el supremo monarca. Citlalli era una madre amorosa y cuidadosa, por eso lo hizo. Y estoy segura de que se fue a morir sola en alguna parte, pues aquí no encontró apoyo. La dejamos sola con su sufrimiento. Lloraba de día y de noche y ninguna de nosotras la supo consolar.

Casi todas estuvieron de acuerdo con llevar a cabo dicho suicidio colectivo. Miracpil y Xóchitl se mantuvieron en silencio, observando los acontecimientos. Para ellas dos resultaba inconcebible buscar la muerte en esos momentos en que yacían en la cúspide de la felicidad.

—¿Y si nos llevan con Maxtla?

—Qué importa, mientras estemos juntas, mi vida, contigo adonde sea.

—¿Y si nos vamos al sur, allá donde dicen que hay otros reinos?

—No lo sé, pero tenemos toda una vida para encontrarlo.

Huitzillin por su parte, salió de la habitación y se dirigió al bosque, donde se veía todos los días con Tezcatl. Tuvo que esperar un par de horas para que él se desocupara de sus obligaciones.

—Vámonos ya —le dijo Tezcatl.

Huitzillin le contó sobre los planes de Zyanya y las demás concubinas.

—Quieren llevar a cabo el suicidio colectivo esta noche.

—No debemos esperar más —insistió Tezcatl tomándole el rostro a su amante—. Esta noche te espero aquí con tus hijos.

—¿Mis hijos? ¿De veras vas a hacerte cargo de ellos, aunque sean de otro hombre?

—Sí, eso no me importa —la abrazó.

Esa noche Zyanya tenía ya listos todos los brebajes del suicidio colectivo. Y para hacer más creíble el artificio, las invitó a danzar por última ocasión en honor al príncipe Nezahualcóyotl. La danza se coronaría cuando, en círculo, bebieran de un sorbo el veneno.

—¡No puede ser posible! —intervino Miracpil exaltada—. ¡No puede ser cierto! ¡No pueden estar actuando en serio! ¡Sus vidas valen mucho!

—Ya lo ven —interrumpió Zyanya—, ella que fue la última en llegar a nuestro concubinato no comprende nuestro dolor. A ella no le importa nuestro sufrimiento.

Huitzillin aprovechó la discusión para salir de la sala principal del palacio pero justo en ese momento llegó Quacoz. La concubina intentó salir, pero el hombre la detuvo:

—Mi señora, le ruego no salga en este momento —dijo obstaculizándole la salida—. Me llamo Quacoz y soy enviado de nuestro amado príncipe Nezahualcóyotl.

La noticia le cayó cual chorro de agua helada.

—¿Nezahualcóyotl? ¿Está vivo?

Todos sus sueños se le desplomaron en ese confuso momento. Sin poder sortearlo, un hilo de lágrimas la delató.

—La entiendo, mi señora, comprendo su alegría. Vamos —dijo Quacoz—. Debo hablar con todas lo más pronto posible.

No dilataron en entrar a la sala principal donde se hallaban las concubinas sentadas en círculo. Quacoz se sintió sorprendido. ¿Qué hacían? Bien hubiese querido indagar, pero concluyó que no era de su incumbencia. Antes que nada debía haber respeto por las mujeres ajenas. Y a fin de cuentas, la diligencia que lo llevaba hasta ahí no le permitía retraso.

—Mis honorables damas —dijo con una despampanante sonrisa—, me llamo Quacoz. Mi señor, el príncipe acolhua, me ha enviado para que las escolte a donde se encuentra en este momento.

Hubo un gran desconcierto. Algunas lloraron, otras sonrieron. Se miraron confundidas, sorprendidas, alegres, alentadas y arrepentidas de lo que estuvieron a punto de hacer.

—Pero... ¿qué no está muerto? —preguntó Imacatlezohtzin.

—¡No! —respondió Quacoz moviendo la cabeza de izquierda a derecha—. ¿Qué les ha hecho pensar eso?

Al percatarse de que sus planes se habían derrumbado, Zyanya cambió su actitud de inmediato. Le urgía demostrar que era ella la más alegre con la noticia.

—¡Miztli...! —dijo Zyanya—. Él nos dijo que nuestro príncipe y Huitzilihuitzin habían muerto.

—Manden llamar a Miztli —exigió Quacoz.

En cuanto se le informó a Miztli sobre los acontecimientos en el palacio de Cilan, éste salió corriendo rumbo al bosque donde se encontraba Tezcatl esperando a Huitzillin para emprender la huida.

—Ha llegado un enviado del Coyote sediento —le contó con apuro—. Nos van a descubrir. ¿Qué hacemos?

Tezcatl infirió que si Miztli hablaba, la culpa recaería sobre él. Necesitaba buscar una solución. ¿Cuál? ¿Asesinar a Miztli para que no hablara? Si lo hiciera en ese momento, se le haría responsable; pero si aquel hombre volvía al palacio confesaría todo y lo delataría; tendría que incitarlo a huir.

—¡Vete! —dijo Tezcatl con apuro.

—¿Qué? —respondió Miztli desconcertado.

—Huye. Nezahualcóyotl perdonaría que les hayamos dicho a sus concubinas que murió para protegerlas, pero en cuanto se entere de la muerte de su hijo y la desaparición de Citlalli no tendrá clemencia. Anda. Corre. Yo te alcanzaré más tarde.

—¿Cómo? ¿Dónde?

—Sólo nos queda ir con Maxtla. Pedirle protección.

—¡De ninguna manera!

—Entonces esperemos a que el Coyote hambriento vuelva y nos mande matar por traición

Miztli sintió que las articulaciones se le petrificaron. Él había dado la noticia, él había sido testigo de la muerte de Huitzilihuitzin y no había ido a notificar a Nezahualcóyotl como era su obligación.

—Yo te alcanzaré en la madrugada. Primero veré qué podemos hacer aquí —le dijo Tezcatl.

Miztli se marchó temeroso y Tezcatl volvió al palacio de Cilan con la firme intención de llevarse a Huitzillin en ese momento. Pero fue demasiado tarde. Quacoz les había dado noticias completas sobre los planes del príncipe chichimeca y les había anunciado que esa misma noche debían partir con él rumbo al escondite para estar a salvo de la guerra que venía; y para ello les dijo que hiciesen prontamente unos envoltorios con su ropa y alhajas, los cuales cargarían algunos de los criados que marcharían por delante.

Quacoz ordenó que reforzaran la seguridad mientras las concubinas se preparaban para salir lo más pronto posible. Los criados caminaban de un lado a otro, cargando el equipaje y los enseres para el camino. Tezcatl fracasó una y otra vez en su intento de acercarse a Huitzillin. No había un solo escondrijo en el palacio para compartir con ella el menor de los suspiros. Lleno de desesperación se dirigió a Quacoz para adherirse al grupo.

—No —respondió Quacoz—. Las órdenes de nuestro príncipe son que todos ustedes permanezcan aquí resguardando el palacio y ejercitándose en las armas, sin importar su condición u ocupación.

—Yo necesito estar con el príncipe —insistió.

No era el primero ni el último de los seguidores del Coyote hambriento que rogaba por estar junto a él. Cualquiera que fuera su destino —morir o triunfar en la guerra— ya era un privilegio. Por ello a Quacoz no le llamó la atención ver tanta preocupación en los ojos de Tezcatl, quien ya se encontraba demasiado embrutecido como para entender razones. Finalmente se dejó convencer con la verosímil excusa de que necesitarían protección de gente de mayor confianza.

—Miztli se ha aliado a Maxtla —dijo Tezcatl.

—¿Cómo lo sabes? —preguntó Quacoz.

—Él intentó llevarme a sus traiciones pero me negué. Lo vi huir rumbo a Azcapotzalco.

Quacoz se encargó de dar instrucciones a los soldados y criados. Debían permanecer en el palacio sin decir que él había estado ahí ni que se había llevado a las concubinas; el infante Quauhtlehuanitzin, el príncipe Tzontecohuatl, sobrino de Nezahualcóyotl, y otros caballeros y criados suyos, quisieron irse con Quacoz; mas él no consintió que fuesen en su compañía. Al anochecer, marchó con las damas y un número de criados y soldados.

—Si nos encontramos con gente —advirtió Quacoz a las concubinas—, dejen que yo hable. Y si les preguntan respondan lo mismo que yo.

Salieron en silencio entre lo más escondido de los bosques y campos, arrullando a los hijos para quitarles el espanto de la noche y sus ruidos. Miracpil y Xóchitl estuvieron juntas todo el tiempo, enviándose señas amorosas que sólo ellas entendían. Tezcatl intentó caminar cerca de Huitzillin, con la ingenua pretensión de robársela en el camino, pero Quacoz le ordenó adelantarse para prevenir peligros. Zyanya marchaba enfurecida por el fracaso de su plan. Temía que al llegar ante Nezahualcóyotl se le acusara de traición y para ello iba elaborando cada una de las frases que le diría al príncipe.

Fue una noche fría, larga y difícil para las concubinas y sus críos que lloraban ocasionalmente. Tuvieron que detenerse en el camino para que Cihuapipiltzin amamantara a su recién nacido. Luego para que Papalotl limpiara a su hija.

El más grande de los hijos de Nezahualcóyotl tenía seis años, el más pequeño apenas unos cuantos meses. Al amanecer, las concubinas se encargaron de entretener a los hijos mostrándoles los animales que aparecían en su camino: ardillas, armadillos, comadrejas, conejos, mapaches y venados.

A mediodía llegaron al paraje de Olapan, cerca del cerro de Patlachihcan, donde fueron alcanzados por un grupo de tepanecas.

—Andamos buscando a Nezahualcóyotl —dijo uno de los soldados.

—No sé quién es ése —dijo Quacoz imitando a la perfección el acento otomí—. Soy de la serranía, no sé de quién hablan.

Los soldados caminaron alrededor de las concubinas y sus hijos.

—¿Quiénes son estas mujeres? —dijo frente a Quacoz.

—Son mis concubinas —respondió sin mostrar temor.

Las mujeres se mantuvieron en silencio mirando al piso. Los pequeños estaban asustados.

—¿A dónde te diriges con ellas? —preguntó el soldado frunciendo el entrecejo.

—Las llevo a un pueblo allá adelante, donde tengo una casa.

—¿Es cierto eso? —le preguntó a Xóchitl.

—Sí, señor —respondió imitando el acento otomí, sin levantar la mirada.

Fueron tan buenas las actuaciones de Quacoz y Xóchitl que los soldados les dejaron continuar con su camino y siguieron por el lado contrario. Al atardecer llegaron a la choza donde se escondía el príncipe chichimeca, a quien dieron pronta noticia de los sucesos:

—Mi señor —dijo Quacoz bajando la mirada—, lamento informarle que Miztli llegó al palacio de Cilan y dio noticia a las concubinas de que había muerto en compañía de su mentor Huitzilihuitzin.

Quacoz quedó confundido al no encontrar ningún gesto de dolor en el rostro de Nezahualcóyotl. Los ojos del príncipe mostraban tranquilidad. Tenía ya demasiadas cosas en la cabeza. Y agregar una pena más, sería un obstáculo en la guerra por venir.

No fue necesario afirmar o preguntar más sobre el tema, pues en ese momento Nezahualcóyotl lo ignoró por completo y se dirigió a sus concubinas para mostrarles su alegría al tenerlas ahí. Todas sonrieron al estar con él. Los niños más grandes pedían que los cargara. Algunas de ellas comenzaron a llorar de alegría. Hasta que de pronto, el Coyote sediento notó la ausencia de una de ellas.

—¿Dónde está Citlalli? —cuestionó augurando lo peor. Miró en todas direcciones. Las observó detenidamente, seguro de que ellas no podían engañarlo.

—Mi señor —se apresuró Zyanya quitando de su camino a dos concubinas que bajaron las miradas, delegando la tarea de la noticia a aquella joven—, una tragedia ha ocurrido. En cuanto Miztli nos informó que había muerto, todas sufrimos inmensamente —abrazó al príncipe y comenzó a llorar—. Citlalli mató a su hijo.

Nezahualcóyotl no lloró; sólo preguntó qué le había ocurrido a ella.

—Se fue —siguió llorando.

—¿A dónde? —intentó separarla unos cuantos centímetros para verle el rostro, pero ella se aferró a su cuello.

—No lo supimos. Mi señor, le ruego me perdone. Yo también sufrí mucho al pensar que había muerto y temerosa de que los soldados tepanecas nos llevaran con Maxtla, incité a todas a cometer un sacrificio en su memoria. Ya no podía seguir con vida sin usted.

El Coyote hambriento quedó convencido con la farsa de su concubina, la abrazó un largo rato, después, intentó soltarse, pero ésta se seguía aferrando como un náufrago a su trozo de madera. Luego de mucho insistir, pudo quitársela de encima y siguió saludando a las demás mujeres. Una tropa de vigilancia veló su sueño prolongado. Las concubinas por fin descansaron después de las últimas noches de desvelo y dolor.

Antes del alba, el príncipe Nezahualcóyotl ya se encontraba dando instrucciones a su gente para marchar, dejando a Quacoz a cargo de las tropas. Pronto llegaron Quauhtlehuanitzin y Tzontecohuatl con más soldados y dieron noticias al príncipe chichimeca de la situación en el palacio de Cilan.

—Todo está vigilado, mi señor.

A pesar de la pena que sentía con la noticia de la muerte de uno de sus hijos y la ausencia de Citlalli, el Coyote ayunado fijó su mente en las estrategias para la guerra que estaba a punto de comenzar.

—Ustedes me acompañarán —dijo Nezahualcóyotl a un grupo de soldados—, los demás marcharán en distintas direcciones cuidando que no nos tomen desprevenidos los soldados de Maxtla.

Así salieron todos esa mañana, dejando a las concubinas resguardadas por un gran número de soldados y sirvientes. Llegaron a un pueblo llamado Tlecuilac. Al ver el numeroso grupo de gente que le seguía, el príncipe heredero caviló en los riesgos, temió por un instante, se preguntó si en realidad era justo que toda esa gente arriesgara su vida por él. No lo hacían por él, sino por su pueblo. Comprendió que él tampoco debía hacerlo por él, ni por sus deseos de venganza, nomás; ya era tiempo de que dejara de pensar sólo en él. "Olvídalo, Coyote, ya basta, debes madurar, ya no puedes seguir guiándote por tus arrebatos, ¿eso es lo que quieres? ¿Venganza? Así no lograrás nada. Si lo vas a hacer que sea por tu pueblo, por el reino chichimeca que sufre día y noche."

El príncipe subió a un pequeño risco para dirigirse a su gente.

—Fieles súbditos y amigos, ¿a dónde van? ¿A qué padre siguen que los ampare y defienda? ¿No me ven fugitivo y afligido? No estoy seguro de poder escapar de aquellos que le quitaron la vida a mi padre, que era más poderoso que yo. ¿A dónde van? Vuelvan, vuelvan a sus casas donde han dejado desamparadas a sus familias y haciendas; vayan a cuidar de ellas; que si logro recobrar mi imperio, allí me servirá más su fidelidad, que si vienen a morir conmigo en estos lugares.

La respuesta de la gente fue contundente. No. Estaban ahí para salvar el imperio. No habría marcha atrás. "Qué importa el frío, el hambre, el miedo, ya nada importa, tú nos llevarás a la victoria. El pueblo chichimeca no puede tolerar más la tiranía de Maxtla."

La historia se repetía. De la misma manera había hablado Ixtlilxóchitl a su gente antes de morir. De igual forma les había suplicado que salvaran sus vidas. Y de idéntica manera le habían respondido, con entereza, unión y lealtad. "Ya no hay vuelta atrás. Estamos aquí, vamos, vamos."

Al anochecer Nezahualcóyotl llegó a un pueblo donde se encontró con unos embajadores que le ofrecieron su ciudad como refugio.

—Agradezco profundamente su alianza —dijo Nezahualcóyotl—; asimismo su ofrecimiento, pero es menester mío marchar a Tlaxcala y sus alrededores para hacer más alianzas.

—Mi señor, tenga usted presente que nuestras tropas están listas para el combate.

Al día siguiente continuó su travesía y llegó a la sierra de Huilotepec, donde pasó la noche. Envió a Coyohua y Teotzincatl a Huexotzingo para que avisaran a los aliados. Y una jornada después emprendió el viaje a Tlaxcala. Al atardecer se detuvo en la sierra de los tepehuas, donde pronto llegó gente de la zona a ofrecer sus soldados y alimento. Durmió esa noche y marchó al día siguiente hasta llegar a Quauhtepec, donde se encontró con otros embajadores de los señores Xayacamachan y Temayahuatzin que le ofrecieron mantas, plumas finas, armas y tropas. Finalmente llegó a Tlanepanolco, señorío de la provincia de Tlaxcala, donde lo esperaba un embajador llamado Ixtlotzin, de la misma ciudad.

—Mi amado príncipe chichimeca —dijo el embajador poniéndose de rodillas—, mi señor me envía a decirle que, desde hace algunos días, por los rumbos de Tlaxcala se encuentran soldados tepanecas disfrazados para capturarlo, por lo cual se han construido algunos jacales de carrizo para su escondite, descanso y alimento. Y le envía esta ofrenda —el hombre mostró una cuantiosa carga de flechas, escudos, macuahuitles y lanzas.

El Coyote ayunado agradeció al hombre que pronto los llevó al lugar que tenían destinado para refugio, donde les dieron un ostentoso banquete. Hubo entonces un momento de tranquilidad. Comieron y platicaron sin pensar en la guerra. Por fin el príncipe acolhua pudo descansar su mente un poco. Esa noche cayó rendido.

16. Caxtollin ce

La capacidad de liderazgo de Maxtla comenzó a ser el principal tema de conversación en el reino tepaneca a partir de la jura del tlahtoani Izcóatl. Muchos de los senadores y ministros del gobierno se mostraron enfadados ante las respuestas del supremo monarca, que pasaba la mayor parte del tiempo regocijándose con mujeres y durmiendo en su habitación.

Tezozómoc, su padre, jamás fue a la guerra, primero por estategia y luego por su avanzada edad, nunca por holgazanería ni falta de valor. Maxtla malinterpretó esto. Creía que si su padre había logrado ganar la guerra contra Ixtlilxóchitl desde su palacio sin disparar jamás una flecha por sí mismo, él también podría conseguir la victoria lejos del campo de batalla. Pero le faltaba la máxima cualidad de Tezozómoc: la tenacidad para organizar. El viejo podía pasar todo el día sentado en sus jardines o en la sala principal de su palacio, pero siempre cavilando, recibiendo informes y dando órdenes.

A Tezozómoc jamás lograban engañarlo. Tenía espías por todas partes. En cambio, Maxtla era demasiado ingenuo y, peor aún, visceral. Había confiado mucho en el enano Tlatolton. Con lo que no contaba era que para entonces, sus enemigos ya estaban enterados de la existencia de su espía, a quien le permitían la entrada a México-Tenochtitlan, Tlatelolco y los pueblos aliados a Nezahualcóyotl, inventando discursos y dando información errónea.

—Mi amo —le dijo Tlatolton—, ya sé dónde se encuentra Nezahualcóyotl.

—Muy bien —Maxtla, solazado con una de sus concubinas, dio una ligera palmada en la cabeza a Tlatolton—. Dime qué sabes.

Tlatolton encontró a Nezahualcóyotl rodeado de soldados y sentado frente a una fogata en el alojamiento que le había preparado el señor de Tlaxcala. El sonido de los grillos y el crujir de la madera en el fuego era lo único que se escuchaba. Cuando de pronto observaron acercarse a alguien. Un par de soldados se apresuraron a ver quién caminaba por aquellos rumbos a esas horas de la madrugada. Eran tres emisarios que llevaban noticias sobre los combates de los tenochcas y tlatelolcas en contra de los tepanecas.

—Estamos perdiendo la guerra —dijo uno de ellos sabiendo que Tlatolton los había seguido—. Maxtla nos tiene rodeados. Lo mejor será rendirnos. Nezahualcóyotl, enterado de todo, no desmintió el juego de los emisarios.

—¿A dónde se dirigen en este momento? —preguntó sonriente Maxtla.

—A México-Tenochtitlan, mi amo.

—Pues sea así. Sigamos atacando a los tenochcas antes de que Nezahualcóyotl logre encontrarse con sus parientes.

El Coyote hambriento decidió aprovechar la distracción del enemigo para llevar sus tropas a la ciudad de Otompan. Llamó a Xolotecuhtli para enviarle en una embajada. El hombre se hallaba fabricando lanzas y flechas con los demás soldados.

—Quiero que te dirijas a Chalco y le digas a Totzintecuhtli que, contando con el socorro que nos ha ofrecido, espero entrar con nuestras tropas y las suyas a conquistar Otompan y Acolman. Sé muy bien que ahí es donde tienen el mayor número de tropas los tepanecas. Dile que, por lo mismo, debemos atacar esas provincias, pues las otras se encuentran rodeando la isla de los tlatelolcas y tenochcas.

Xolotecuhtli se encaminó para el palacio de Chalco, donde solicitó el auxilio de sus tropas. Al escucharlo, Totzintecuhtli se mostró distante. Luego respondió:

—Yo le ofrecí mis tropas al príncipe acolhua por el dolor que sentía al verlo huérfano y desterrado. Pero ahora que he visto la forma con la que se ha aliado a los mexicas no me queda más que rechazar sus coaliciones.

—¿Cuál es el problema? —preguntó Xolotecuhtli asombrado con la respuesta.

—¿Cuál? —se puso de pie Totzintecuhtli—. ¿Te parece apropiado que se haya unido a los mexicas, siendo que ellos dieron muerte a Ixtlilxóchitl —Xolotecuhtli alzó la cejas con asombro, pues ambos sabían que los chalcas también habían sido cómplices en la muerte del padre de Nezahualcóyotl—. Ellos se aliaron a Tezozómoc para destruir el imperio. Y cuando ganaron la guerra, recibieron la ciudad de Tezcoco. Izcóatl es un hombre altivo, ambicioso, belicoso, es un truhán. Si ganan la guerra contra Maxtla, una vez destruido el imperio tepaneca, se levantarán en armas y querrán dominarlo todo y sojuzgar a los demás. Está en los agüeros. Son unos crueles asesinos, oportunistas. Es el momento decisivo para detenerlos. ¿No lo comprendes? ¡Escucha las profecías! No se dejen llevar por engaños. El reino chichimeca jamás volverá a ser el mismo si dejan que los mexicas libren esta batalla. Se apoderarán de todo.

„Mis consejeros y ministros están a favor del partido de Maxtla. Y si yo intento cambiar de parecer se declararán en contra mía. ¿Crees que puedo arriesgarlo todo para complacer a quienes no pertenecen a mi señorío?

Caminó a la puerta y habló con uno de los soldados, quien pronto salió en busca de los señores principales. Luego de una larga espera comenzaron a entrar los ancianos de aquella corte. Muchos de ellos ya con dificultades para hablar y caminar.

—Los he mandado llamar —dijo Totzintecuhtli— para que este hombre que tienen aquí explique su embajada.

Los principales de la corte miraban a Xolotecuhtli con seriedad, pues bien sabían que su único motivo era solicitarles una alianza.

—Señores, nuestro príncipe Nezahualcóyotl les ruega que vayan en su auxilio. Ya tiene muchos aliados esperando con gran número de tropas.

—Nosotros estamos a favor del Coyote ayunado —dijeron—, pero no sabemos qué responderá el pueblo. Debes comprender que están temerosos de la respuesta del tecuhtli Maxtla.

—Que se le pregunte al pueblo —dijo Totzintecuhtli—, para que todos decidan si quieren apoyar a Nezahualcóyotl o a Maxtla.

Los señores principales asintieron con las miradas. Totzintecuhtli estuvo a punto de dibujar una mueca de gusto, pues él, además de ser el más interesado en que se le negara el auxilio a los acolhuas, tenía la certeza de que la gente apoyaría a Maxtla.

Sin más por discutir, se dirigieron a la plaza principal. Pasaron frente a un mercado. Xolotecuhtli observó a los comerciantes que ofrecían guajolotes, maíz, frijol, jitomate y muchas cosas más. La gente se agolpaba en el lugar, indiferente a lo que estaba por acontecer. De acuerdo con las órdenes de Totzintecuhtli, los soldados le pusieron un tapujo en la cabeza y lo ataron de pies y manos. Otro grupo de soldados comenzó a tocar los tambores, señal acostumbrada para llamar a la población. Los niños que deambulaban por ahí corrieron a sus casas para anunciar a sus padres que algo estaba ocurriendo en la plaza. Los comerciantes guardaron sus mercancías y acudieron al llamado. Pronto todos acudieron a enterarse de lo que estaba sucediendo.

—¡Este hombre viene a pedirles algo! —gritó Totzintecuhtli—. ¡Quiere que vayan a la guerra en contra del tecuhtli! ¡Si quieren darle auxilio al príncipe Nezahualcóyotl lo dejaré libre, pero si están a favor del imperio tepaneca le arrancaremos la vida haciéndole pedazos hoy mismo! —le quitó el tapujo y la gente logró ver su rostro lleno de temor.

—¡Déjenlo libre! —gritó una voz.

—¡Salvemos a Nezahualcóyotl! —gritó más gente y Totzintecuhtli se arrepintió de haber tomado aquella decisión.

—¡Luchemos por el imperio chichimeca! —gritó la multitud—. ¡Nezahualcóyotl! ¡Nezahualcóyotl! ¡Nezahualcóyotl!

Ante la evidencia de que los chalcas estaban listos para tomar las armas en socorro del príncipe chichimeca, Totzintecuhtli ordenó, muy a su pesar, que desataran a Xolotecuhtli.

—Anda —le dijo—, ve ante el Coyote ayunado y dile que mis tropas entrarán a Coatlichán pasando a cuchillo a los enemigos.

La población dio gritos de alegría al ver que liberaban al embajador. Muchas mujeres se acercaron a él para enviarle un mensaje al Coyote ayunado:

—Diga a nuestro príncipe que aquí lo queremos y estamos dispuestos a dar la vida por él.

En el camino hubo también hombres adultos y jóvenes que se ofrecieron a acompañarlo, pero Xolotecuhtli les explicó los peligros que habría si se les veía marchar en grupo.

—Es mucho más fácil que yo me esconda de las tropas tepanecas si marcho solo; si me encuentran puedo justificar que estoy de cacería.

Luego de decir esto se despidió de la gente y comenzó a correr con gran apuro para dar la noticia al príncipe. Al llegar le llamó la atención ver que la gente había levantado todos los enseres. Las armas estaban acomodadas en fila. Los soldados se hallaban formados escuchando las instrucciones de los capitanes.

Al fondo logró ver al Coyote ayunado que hablaba con un grupo de hombres. Caminó hacia él, esperó unos instantes a que Nezahualcóyotl terminara de hablar, y cuando el príncipe le dirigió la mirada, Xolotecuhtli se arrodilló inclinando la cabeza. Luego dio un informe completo sobre lo acontecido.

—Te agradezco por haber arriesgado tu vida de esa manera —dijo Nezahualcóyotl luego de un largo silencio.

Ese mismo día salió rumbo a Calpolalpan, acompañado de la tropa que le brindó el señor de Tlaxcala. El camino se hizo cada vez más fácil de recorrer. La noticia rebotó de pueblo en pueblo, de casa en casa, de padres a hijos y de hijos a nietos. Los ánimos se inflamaron por todo el valle. El miedo hacia el despiadado Maxtlaton se desvaneció. Sabían que el príncipe chichimeca andaba en camino y que pronto llegaría a sus poblados. La promesa de recuperar el imperio se estaba cumpliendo después de tantos años. Por fin. Los niños corrían anunciando que a lo lejos se veían las tropas de Nezahualcóyotl con sus penachos y atuendos de guerra. La gente salía apresurada para verlo de cerca y ofrecerle armas, alimento y auxilio. "Bienvenido, Coyote sediento, Coyote ayunado, Coyote hambriento, príncipe acolhua, heredero chichimeca, hagamos justicia, recupera el imperio, andemos, nosotros te acompañaremos. ¡Todos! ¡Muerte al despiadado Maxtla!"

Al ver el gran número de seguidores, Nezahualcóyotl ordenó que se hiciera un conteo, el cual resultó rebasar los cien mil hombres, aunque carecían de armas.

—Hay que detenernos para organizar a la gente y fabricar más flechas, macuahuitles, escudos y lanzas —ordenó.

Cumplido aquel objetivo marcharon sin dilación al señorío de Otompan donde entraron sin dificultad, lanzando flechas, luchando cuerpo a cuerpo, persiguiendo a los capitanes que intentaban huir como ratones y dando muerte a muchos soldados tepanecas y otomíes, incluido Quetzalcuiztli, el señor de aquella provincia. La gente del pueblo se arrodilló al ver la furia de las tropas de Nezahualcóyotl.

—¡Le rogamos que nos perdone la vida! —gritaban ante el príncipe acolhua—. ¡Prometemos reconocerle y jurarle como supremo monarca de toda la Tierra!

El principal objetivo de la guerra era conseguir la rendición o la destrucción de los pueblos conquistados. El Coyote ayunado creía que un pueblo deshabitado era como un templo sin dios; y un pueblo resentido era igual que un dios sin templo. Así que accedió a perdonarles las vidas.

—Deben prometer que si llegan las tropas enemigas a ofrecerles riquezas por mi vida, las rechazarán como yo he objetado cobrar venganza con ustedes. Pues para mí sus vidas ahora son tan importantes como las de mis vasallos y aliados.

La gente ofreció lealtad y trabajo para el príncipe chichimeca, quien agradeció aquella nueva relación y se dirigió al palacio de Otompan, donde continuó organizando a sus tropas para el siguiente ataque. Le dijo al capitán de los tlaxcaltecas y al de los huexotzingas:

—Es menester que dividamos nuestras tropas. Les pido que marchen con sus ejércitos en dirección a Acolman para que conquisten aquel señorío y todas las poblaciones que encuentren a su paso. Mientras tanto yo iré rumbo a Tezcoco.

De igual manera dio instrucciones a los chalcas para que se apoderarán de Coatlichán. Ya no había vuelta atrás, ni forma de detenerse. Cualquier duda los llevaría al fracaso total. Nada de treguas.

Los chalcas entraron con diez mil soldados a Coatlichán, sin dar tregua a Quetzalmaquiztli, rey de aquel poblado. Mientras los soldados defendían la ciudad, el capitán, con un grupo de soldados, se encargó de perseguir a Quetzalmaquiztli hasta la cima del templo mayor. El capitán de los chalcas se detuvo al ver a su adversario huyendo y dio la orden a sus hombres para que aguardaran de igual manera. Cuando lo vio llegar a la parte más alta, el capitán chalca dio el mandato de que bañaran con flechas al rey de Coatlichán, quien cayó rodando por los escalones.

Tras conquistar la ciudad y organizar parte de la tropa para que permaneciera ahí, el capitán marchó rumbo a Huexotla, donde se encontró con el Coyote hambriento. Al llegar los recibió Tlacotzin, señor de aquella ciudad, seguido de toda su nobleza y de tropas. Todos listos para acompañarlos a la guerra.

—Mi señor —dijeron poniéndose de rodillas—, le invitamos a descansar en nuestro palacio. Sabemos que vienen agotados por la batalla.

El príncipe acolhua entró al palacio donde se le dio un majestuoso banquete; luego le mostraron una enorme cantidad de penachos, flechas, macuahuitles, escudos y lanzas. Más tarde, ya con las armas listas y sus tropas descansadas, salieron rumbo a Oztopolca, en los límites de Tezcoco, donde fueron recibidos por señores, aliados, criados y vasallos fieles. Todos estaban llenos de júbilo, listos para dar el golpe final en contra de Tlilmatzin, el hermano traicionero de Nezahualcóyotl. Entre la gente que lo recibió se encontraba un joven nieto del rey Izcóatl, llamado Axayácatl.

—Mi señor —dijo haciendo reverencia—, mi abuelo me ha enviado para informarle que los tepanecas tienen sitiada la ciudad isla.

—Vuelve a Tenochtitlan —respondió Nezahualcóyotl— y dile a Izcóatl que pronto estaremos por aquellos rumbos para darles nuestro auxilio.

Nezahualcóyotl se ocupó de organizar sus tropas para la entrada a la ciudad de Tezcoco, que tenía planeada al amanecer. Marcharon sigilosos por todas las fronteras de la ciudad, ocultándose entre la espesa vegetación del lugar. Observaban cautelosos cada movimiento, esperando el silbido del caracol que les anunciaría el inicio de la marcha.

Justo antes de que saliera el sol, el aullido de un coyote atravesó el lugar. Nezahualcóyotl supo que ése era el momento y dio la orden para que silbaran el caracol y retumbaran los tambores:

¡*Tum, tum, tum, tum, tum!*

Los soldados que se encontraban en las copas de los árboles dieron fuertes aullidos, el himno de guerra del Coyote.

¡*Tum, tum, tum, tum, tum!*

—¡Por el fin de la tiranía y la libertad de mi pueblo! —gritó el príncipe chichimeca marchando con su escudo en una mano y sosteniendo con la otra el macuahuitl en lo más alto—. ¡Recuperaremos el reino! ¡Ahora sí!

Miles de soldados corrieron eufóricos, llenos de valor, indiferentes al cansancio y a las batallas anteriores, corrieron entre la hierba y los enormes árboles que rodeaban la ciudad, corrieron seguros de que esa batalla sería suya, corrieron con la sensación de que cada ciudad conquistada los volvía más poderosos.

¡*Tum, tum, tum, tum, tum!*

No bien llegaron a los arrabales tezcocanos, los interceptó un gran número de ancianos, niños, algunas mujeres preñadas y otras con sus hijos en brazos.

—¡Apiádense de nosotros! —gritaron arrodillados frente al príncipe—. ¡Nosotros sólo somos gente del vulgo! ¡Siempre hemos sido fieles a Ixtlilxóchitl y Nezahualcóyotl! ¡Fuimos obligados a trabajar para el imperio tepaneca! ¡Nosotros no queremos hacerles guerra! ¡Le rogamos nos permita aliarnos a usted, o si no que nos dejen ir!

Los soldados tepanecas ya estaban anunciados del ataque, y si el Coyote ayunado se detenía a hablar con esa gente perdería la batalla.

—¡Corran a Oztopolca! —les ordenó Nezahualcóyotl—. ¡Salven sus vidas! ¡Ahí espero verlos cuando recuperemos Tezcoco!

No había tiempo qué perder. Las otras tropas ya estaban entrando por otros rumbos de la ciudad. Ordenó a sus soldados que siguieran marchando.

¡Tum, tum, tum, tum, tum!

Los soldados tepanecas los recibieron con una lluvia de flechas. Pero las tropas de Nezahualcóyotl eran mucho mayores. Avanzaban sin detenerse, sosteniendo sus escudos y macuahuitles en mano. Pronto apareció otro ejército que había entrado por la parte trasera de la ciudad. Lanzaron flechas a diestra y siniestra. Cuando el ataque a distancia cesó, se dio el inicio de la batalla campal, cuerpo a cuerpo, macuahuitl contra macuahuitl, entre el estruendo de los escudos al chocar. Las plumas de los penachos cubrieron el camino. ¡Cortaron cabezas! Sangre, sangre, sangre, más sangre. "¡Fuera los tepanecas! ¡Muera la tiranía!" Los soldados se batían por todas partes. Piernas amputadas, brazos, hombres con las espaldas descuartizadas, chorros de sangre. Sin piedad. Ellos no la tuvieron al asesinar a Ixtlilxóchitl.

Aquella carnicería parecía no tener fin. Cadáveres que yacían por todas partes. Casas abandonadas. Los tepanecas que lograron sobrevivir las primeras embestidas, al verse tan debilitados, se dieron a la fuga. Pero los soldados de Nezahualcóyotl los siguieron uno a uno hasta pasarlos por cuchillo. Cuando llegaron al palacio encontraron a los ministros puestos por Maxtla, escondidos y aterrados.

—¿Dónde está el traidor de mi hermano? —exigió Nezahualcóyotl con una ira irreconocible.

—Se ha dado a la fuga —respondió uno de los ministros.

Nezahualcóyotl ordenó a los soldados que les dieran muerte a todos para que no quedara la posibilidad de otra traición. Ése había sido el error de Ixtlilxóchitl, haberles perdonado la vida cuando ya había ganado la guerra, devolverles sus tierras a los traidores con la promesa de que le reconocieran y le juraran por supremo monarca. La historia le había enseñado a Nezahualcóyotl que no podía tener piedad; de hacerlo, pronto lo traicionarían. Parecía ser que la gente estaba acostumbrada a castigar las buenas acciones.

Apenas si había caído el mediodía y la ciudad ya estaba recuperada. El Coyote hambriento recorrió el lugar con un grupo de soldados e inspeccionó cuidadosamente que no quedara un solo soldado enemigo. Ordenó que se le llamara a la gente tezcocana que había salido temerosa para que ayudaran en la limpieza y reconstrucción de la ciudad. Ese día se hizo una gran hoguera donde fueron incinerados los cadáveres. Se le dio auxilio a los heridos y se limpiaron los sitios que presentaban las atroces huellas de los combates.

Esa misma noche uno de los soldados tepanecas sobrevivientes llegó al palacio de Azcapotzalco. Los guardias comprendieron al instante que aquel hombre sólo podría traer malas noticias. Sin siquiera preguntarle nada informaron a Maxtla que uno de sus soldados había llegado herido. El supremo monarca ordenó que lo llevaran ante él. El hombre tenía cuatro heridas y muchos moretones.

—¡Mi amo! —dijo el hombre cubriéndose una herida en el brazo derecho—. Las tropas del Coyote ayunado entraron a Tezcoco.

Maxtla enfurecido se dirigió al enano Tlatolton:

—¡Imbécil! ¡Dijiste que se dirigían a Tenochtitlan!

—Lo sé, mi amo. Pero eso fue lo que yo escuché.

—¡Ordenaré que te sacrifiquen en este momento!

Tlatolton se tiró al piso derramando lágrimas, implorando piedad.

—Mi señor —interrumpió uno de los consejeros—. Le recomiendo que en este momento dedique su tiempo a otras cosas. Ya habrá oportunidad para que usted castigue a los ineptos.

Maxtla se mantuvo en silencio por un instante. Intentaba recordar el nombre de aquel consejero. Por supuesto que sabía quién era, pero su nombre simplemente se había borrado de su mente como muchas otras cosas. Comenzó a dudar sobre lo que tanto le habían dicho algunos de sus médicos y brujos. ¿Sería un castigo de los dioses o estaría poseído por algún hechizo? La pérdida de memoria le parecía muy lejana a alguna enfermedad, aunque uno de los médicos así lo había asegurado, sin poder darle nombre ni cura. De cualquier manera no tenía ni el tiempo ni las ganas para buscar a otro médico. O peor aún, confesar su pérdida de memoria. Cualquiera que fuera la razón le resultaba irrelevante en esos momentos.

De pronto recordó el nombre del consejero, pero olvidó que planeaba castigar a Tlatolton.

17. Caxtollin ome

La noticia de la victoria no tardó en llegar a oídos de las concubinas y a Tezcatl se le desbarató la existencia. Había sido un sirviente fiel toda su vida, había sido honesto, había entregado sus pensamientos a la causa del príncipe; su único error fue enamorarse de la mujer equivocada. Qué envidia. Qué pena. El príncipe tenía cuantas mujeres quería. Le sobraban las ofertas. No había pueblo por el que marchara en que no se le ofreciera una mujer. Algo había en él que las enloquecía. Lo veían llegar y le ofrecían ser sus concubinas. Otras le pedían un hijo. No importaban las leyes ni las costumbres, ni las críticas de los vecinos. Era el príncipe Nezahualcóyotl, el príncipe acolhua, el héroe que recuperaba el reino, el hombre que rescataba al imperio de la tiranía de los tepanecas, era el personaje más admirado. Jamás un hombre, hasta el momento, había logrado atraer tantas miradas, tantas sonrisas, tantas mujeres. Joven, galante, fuerte, varonil y, después de todo, un héroe.

¿Y Tezcatl? ¿Quién era él si no un insignificante sirviente? Si vivía o moría, no tendría relevancia en la historia. Si enterraba sus sentimientos en lo más profundo de la tierra nada ocurriría. Nada. Huitzillin bien podría seguir con su vida, sosteniendo amoríos con cuantos hombres se le pusieran en frente. Pero él estaba sumergido en un remolino de emociones, cegado, sin pretender dar marcha atrás, no, ya no: aprovecharía que la tierra estaba revuelta para salir de ahí con aquella mujer que lo idiotizaba. No había peligro —creía—, todos estaban ocupados en ganar la guerra, ni tiempo tendrían de salir en busca de ellos. Caviló que si la guerra contra Tezozómoc había durado cuatro años, ésta no sería diferente.

Pasaba día y noche persiguiéndola de lejos, observando cada uno de sus pasos, buscando la manera de tener un acercamiento. Le irritaba no poder besarla, tocarla, entrar en su cuerpo. Había mucha gente y pocos lugares para llevar a cabo sus encuentros furtivos.

Todas las mañanas las concubinas se levantaban temprano para cumplir con sus obligaciones: atender a sus hijos, hacer la limpieza, bañarse, cocinar, tejer. Seguían su itinerario con precisión y Tezcatl lo conocía perfectamente. A mediodía cuidaban a los niños. Algunas de ellas salían a jugar con ellos entre los árboles. Siempre con el mayor cuidado, cumpliendo las estrictas reglas de Nezahualcóyotl. Inadmisible que una de ellas se desapareciera por un instante. Condena de muerte a los guardias si algo les ocurría a sus concubinas e hijos, había dicho el príncipe.

Si bien rondar por ahí no era prohibido para los sirvientes, acercarse a las mujeres del Coyote ayunado era un acto digno de desconfianza. Tezcatl intentó en varias ocasiones susurrarle un par de palabras a Huitzillin, anunciarle algo con la mirada, evidenciar su presencia, pero ella parecía no darse por entendida. ¿Cómo? ¿Se había olvidado de él? ¿Había cambiado de parecer? Imposible. "¿Por qué? Nos amamos. Ella me lo dijo. Me prometió amor. Me la voy a llevar lejos. Quitarle una mujer a Nezahualcóyotl será como arrancarle un pétalo a un inmenso jardín. ¿Un pétalo? No. Huitzillin es la flor más hermosa del reino, es mi flor, es mía, mía, mía." Pero, ¿cómo arrancarla del jardín, si ella no respondía a sus insinuaciones? Jugaba con sus hijos, corría tras ellos, los alimentaba, los bañaba, platicaba con las demás concubinas. ¿Por qué se encontraba tan sonriente: porque seguía enamorada de Tezcatl o porque se sabía segura con su vida sin él?

—Olvídala —le dijo una voz un día que Tezcatl se encontraba acostado entre unos matorrales, espiando a Huitzillin.

Al mirar por arriba del hombro se encontró con un soldado.

—No sé de qué me hablas —respondió Tezcatl tratando de engañar al soldado—. Sólo estoy descansando.

—La estás viendo a ella —intervino el soldado—. Lo sé. Hace muchos días que haces lo mismo.

—Mientes.

—No, no miento. Te he visto.

—Cuido de las concubinas de nuestro señor Nezahualcóyotl.

—No, la cuidas a ella.

Tezcatl se puso de pie e intentó huir de aquella conversación, pero el soldado lo detuvo poniendo la mano en su abdomen.

—¿Me vas a acusar por ver a las concubinas?

—No. Te quiero ayudar, para que salves tu vida.

—¿Mi vida? —Tezcatl se hizo el desentendido y dejó escapar una risa mal fingida.

—Sé que estás enamorado de ella.

—¿Cómo te llamas? Voy a denunciarte por levantar injurias.

—Me llamo Acamtenactl —dijo sin temor—, pero no creo que te atrevas.

—¿Me estás retando?

—Te estoy ayudando. Sé que estás enamorado de ella. Pero debes saber algo. Ella no te corresponde y no lo hará jamás.

—No sé de qué me hablas —Tezcatl caminó sin mirarlo.

—Todos los soldados y sirvientes lo sabemos. Te hemos visto desde hace mucho tiempo con ella. Pero ya se acabó. No arriesgues tu vida.

—Cállate —volvió Tezcatl frunciendo el entrecejo y amenazando con un puño—. No sabes lo que dices.

—Sí, sí lo sé —afirmó Acamtenactl—. ¿Tú crees que eres el primero?

Tezcatl frunció los labios, caminó hacia el soldado y se postró frente a él, deseoso de golpearlo.

—Ella ha estado con muchos de nosotros. Nadie lo había comentado por temor. Pero al verte con ella todos comenzaron a confesar en secreto.

—¡Mientes! —Tezcatl le empujó el pecho con las palmas de las manos—. ¡Mientes!

—No arriesgues tu vida. Ella no te quiere.

Con un firme golpe en la cara Tezcatl derribó a Acamtenactl.

—¡Eres un imbécil! —respondió el soldado llevándose la mano a la cara y poniéndose de pie.

—¡Vas a pagar por lo que has dicho! —gritó Tezcatl y se le fue a golpes.

Pronto los demás soldados acudieron al lugar para detener la pelea. Acamtenactl ahora se encontraba sobre Tezcatl cobrándose los golpes recibidos. Las concubinas que se encontraban jugando con los hijos se percataron del pleito y se apresuraron a ver qué ocurría. Huitzillin se mantuvo de lejos al reconocer a su amante en el suelo. Aunque bien hubiese querido asistirlo, se abstuvo de evidenciar cualquier sentimiento. "Qué pena, cuánto daría por curar tus heridas, amor mío."

—¿Qué ocurrió? —preguntó el capitán al llegar.

Un grupo de soldados los había separado y los sostenían de los brazos para impedir que se volviesen a dar de golpes.

—Nada —respondió Acamtenactl—. Pensé que era un espía y lo ataqué sin darme cuenta de que es un sirviente.

El capitán dirigió la mirada a Tezcatl.

—¿Es cierto eso?

—Sí —respondió Tezcatl consciente de que aquella excusa pueril era la mejor.

Jamás había sufrido tanto aquel sirviente como esa noche en que se preguntaba una y otra vez si era cierto que Huitzillin se había acostado con todos los soldados. Y sin pensarlo, se dirigió al aposento donde dormía Huitzillin, al que entró con sigilo. Aquello era más que suficiente para que lo mandaran matar, pero la única testigo —Miracpil— fingió seguir dormida entre todas las demás concubinas y sus hijos.

—Huitzillin, necesito hablar contigo —bisbisó Tezcatl a un lado de ella.

La joven despertó llena de miedo. ¿Cómo se atrevía a entrar a esas horas de la madrugada?

—Vete de aquí —le dijo temblando.

—No —Tezcatl intentó acariciarle el rostro—. Necesito que hablemos.

—No —respondió Huitzillin moviendo la cara hacia atrás para que el sirviente no la tocara.

—Entonces aquí me quedaré.

—Salte, en un momento te alcanzo.

—No —Tezcatl se mantuvo inmóvil.

Si bien aquel sirviente había logrado entrar en el corazón de la concubina, con aquel capricho provocaba su salida inaplazable. Huitzillin se puso de pie y salió temerosa.

—Vámonos —dijo Tezcatl al estar escondidos detrás de un árbol.

—¡No! —respondió Huitzillin—. Eso no es posible. ¿Quieres que nos maten?

—¿Me sigues amando? —preguntó el sirviente tratando de reconstruir su destartalado corazón.

—No lo sé, no lo sé.

—¿No lo sabes?

—No. No lo sé —respondió Huitzillin con los brazos cruzados intentando evadir el frío—. Lo mejor será que nos olvidemos de todo esto. Muy pronto volverá

Nezahualcóyotl y ya no podremos seguir así. Es lo mejor
—le tocó una mejilla.

Una tortuosa lágrima delató al joven sirviente que an-
siaba no estar en el lugar donde se encontraba.

—Lo sabía, siempre lo supe, me engañé. ¿Ahora qué?

—Nada. Yo seguiré con mi vida y tú con la tuya.

Tezcatl le dio la espalda y se perdió entre los árboles. Pasó
tres días hundido en su tormentosa soledad, llorando su incontenible pena, buscando en los recónditos escondrijos de su corazón algo que le vaciara aquel sentimiento punzante. Qué triste
ser un plebeyo, qué pena pertenecer al vulgo, qué enojo no ser
un soldado para salir a campaña y dejarse morir por una flecha
menos dolorosa que la lanza que tenía incrustada en el corazón.

Tres días buscó una respuesta, una solución. Y al cuarto la encontró: cuando apenas amanecía vio a lo lejos una
tropa tepaneca marchar en dirección opuesta al sitio donde
se escondían las concubinas. No tardó mucho en pensar y
mucho menos en decidir lo que estaba a punto de hacer. Su
vida pendía de un hilo y esperar a que éste se rompiera sólo
lo tenía tambaleándose en la incertidumbre. Si de cualquier
manera el destino sería el mismo de una u otra forma, le
parecía mejor acelerar todo. Caminó hacia ellos, apresuró el
paso hasta terminar corriendo.

—¡Oigan, ustedes, deténganse! —les gritó.

Eran pocos soldados. El capitán se detuvo al escuchar la
voz del hombre que se veía a lo lejos. Se pusieron en guardia,
esperaron a que se acercara. En cuanto se detuvo frente a
ellos lo arrestaron.

—¿Quién eres? ¿Qué quieres? —lo interrogaron.

—¿Buscan a las concubinas de Nezahualcóyotl? —su
respiración se escuchaba agitada.

Los soldados comenzaron a dudar. Se miraron entre
sí. Comprendieron que debía ser un sirviente. Pero también
pensaron que podría ser una trampa.

—¿Qué quieres? —el capitán puso la punta de su lanza en la garganta.

—Decirles dónde están las concubinas del príncipe chichimeca.

—¿Por qué nos das información?

—Porque quiero conseguir a una mujer.

—¿Qué mujer?

—¿Les interesa que les diga dónde están?

—¿Cómo sé que no es una trampa?

—Si no confían en mí pueden darme muerte en este momento. Ya no tengo nada que perder.

—¿Se trata de una de las mujeres de Nezahualcóyotl? Tezcatl bajó la mirada y tragó saliva.

—Así es. Quiero llevármela.

—Te has enamorado de una princesa. Vaya atrevimiento el tuyo —liberó una risa.

Los soldados se miraron entre sí y comenzaron a burlarse.

—¿Dónde están?

—Si me prometen que me dejarán llevarme a esa mujer les diré la ubicación.

—Tienes mi palabra.

—Prométame que me dejará en libertad antes de que lleguemos. Para que no se me vea como un traidor.

—Ya eres un traidor.

—Pero no ante los ojos de ella. Sólo así podré llevármela.

—¿Cuántos soldados hay ahí? —el capitán seguía dudando de si sería una trampa—. Más te vale que no intentes engañarnos, de lo contrario, antes de que nos den muerte te delataremos.

Sin dilación los soldados tepanecas marcharon rumbo al sitio. Tezcatl caminó al frente de ellos, y antes de llegar se adelantó, fingió estar asustado, y gritó:

—¡Nos invaden los enemigos!

Las tropas se pusieron en guardia; las mujeres corrieron a esconderse con sus hijos; y Tezcatl aprovechó el desconcierto para acercarse a Huitzillin.

—¡Ven conmigo! —la jaló del brazo—. ¡Corre!

Ya le había dicho que no pretendía huir con él. Pero al ver la lluvia de flechas y los primeros guardias heridos, el temor, la confusión, el caos, le nublaron las ideas y accedió.

—¡Mis hijos! —gritó.

—¡Vamos, corre! —respondió Tezcatl—. ¡Salva tu vida! ¡En un momento regreso por ellos!

Salieron huyendo en medio de aquella batalla campal hasta perderse entre árboles y matorrales. Huitzillin lloraba, rogaba que volviera por los hijos.

—No podemos volver en este momento —dijo y la abrazó.

—¡Suéltame! —lo empujó tratando de zafarse de sus brazos.

—¿Qué pasó? —Tezcatl la apretó aun más para impedir que la concubina saliera corriendo—. ¿Por qué ya no quieres irte conmigo?

—¡No! —continuó forcejeando Huitzillin—. No puedo seguir aquí, tengo que ir por mis hijos.

Pero el sirviente la acosó con una salvaje retahíla de besos. Como respuesta ella respondió con un par de cachetadas. Tezcatl la tomó del cabello con una mano y con la otra la jaló con fuerza hacia él.

—¡Suéltame!

—¡Vámonos de aquí!

—¡No! ¡Yo no voy contigo a ninguna parte! —lo abofeteó.

Pero aquellos golpes al rostro no dolían tanto como los que le daba al corazón con cada negativa, con cada desprecio, con cada grito. Ella, la única mujer que había amado, la más hermosa que había visto en su vida ahora lo desdeñaba, lo empujaba al barranco del desamor demencial. La soltó. Huitzillin lo miró temerosa, dio unos pasos hacia atrás. Se supo libre, fuera de peligro, dio media vuelta y comenzó a correr. Tezcatl la vio alejarse sin moverse un centímetro. Se le iba para siempre. Derramó una lágrima. Se marchaba. ¡No era posible! Si ya había acarreado soldados hasta el sitio donde se escondían las concubinas, había arriesgado su vida, la había llevado hasta ahí, no concebía la idea de perderla. Corrió tras ella. Huitzillin se percató y apresuró el paso, pero él se le fue encima y la derribó sobre las hojas secas. Forcejearon; ella pataleó, lo abofeteó; él le arrancó las vestiduras y le abrió las piernas.

—¡No me hagas esto!

—¡Eres mía!

El salvaje atraco duró tan solo unos minutos que a ella le resultaron eternos, humillantes, letales. Esa forma de violentarlale destrozaba toda posibilidad de placer. Nunca más volvería a sentir deseos carnales ni a disfrutar de su cuerpo. Mientras el trastornado enamorado la embestía una y otra vez, ella aflojó los músculos para eludir el dolor y pensó en la forma de cobrarse aquel agravio.

—Perdóname —dijo Tezcatl luego de terminar. Pero ella no respondía, seguía acostada con las piernas abiertas y la mirada perdida.

No derramó una lágrima ni le recriminó el ultraje.

—Perdóname —insistió Tezcatl.

—Si lo que pretendes es llevarme a la fuerza hazlo —dijo Huitzillin clavando los ojos en los de él—. Pero un día, a donde quiera que me lleves, buscaré la manera de volver y buscaré a Nezahualcóyotl, y le diré que tú me raptaste, que me hiciste tuya a la fuerza, y le pediré que te dé muerte. Y si no logró escapar lo haré yo misma. Te mataré el día en que te encuentres dormido. Todo lo que sentía por ti se ha muerto.

Aquella amenaza no había dolido ni le había perturbado, hasta que escuchó la última frase: "Todo lo que sentía por ti se ha muerto". Se puso de pie, le dio la espalda y dijo: "Vete".

Sin dar tiempo a respuesta ni esperar a que Tezcatl cambiara de parecer, Huitzillin tomó su ropa, se puso de pie y comenzó a correr desnuda. Corrió tragándose el llanto, corrió pensando en sus hijos. ¿Estarían vivos? Corrió con la esperanza de encontrar a sus compañeras sanas y salvas. Cuando se sintió fuera de peligro se detuvo para vestirse. Llegó cansada y se encontró con las tropas chichimecas. Habían triunfado. Todos los soldados tepanecas habían muerto en combate. Ni un solo sobreviviente que pudiese delatar al traidor Tezcatl. La recibieron con muchas atenciones.

—¿Mis hijos? —preguntó con gran preocupación—. ¿Dónde están mis hijos?

—Aquí —respondió Miracpil.

No dio más tiempo a las pláticas y se apresuró a abrazarlos. Lloró, lloró un largo rato. Nadie le cuestionó dónde había estado. Llegó la noche. La pasó en vela imaginando que Tezcatl no volvería jamás. Pero su desgracia seguía latente: al amanecer, cuando bañaba a sus hijos en compañía de todas las concubinas, notó la presencia del violador. Platicaba alegremente con los soldados, pero la perseguía con la mirada. Día y noche. Aquel hombre se movía por todo el lugar como si nada hubiese ocurrido. Nadie pensó mal de él. Nadie se preguntó dónde había estado mientras se llevaba a cabo la batalla. Le contaron sobre los acontecimientos y él alegaba haber sido testigo. Se mantuvo cerca de Huitzillin todo el tiempo.

La joven concubina comenzó a sufrir de insomnio. Y cuando lograba conciliar el sueño la recibían unas turbulentas pesadillas en donde Tezcatl la violentaba una y otra vez. Despertaba aterrada, lloraba, se levantaba en busca de sus hijos. No obstante tenía que fingir cuando las compañeras cuestionaban por su cansancio, desvelo y tristeza. Claro que todas tenían miedo, todas lloraban y por ello era verosímil cualquier pretexto que dijera.

Finalmente llegó a su límite. No pretendía esperar más. Si Nezahualcóyotl llegaba y le contaba sobre lo ocurrido corría el riesgo de que Tezcatl lo negara o la delatara por infiel. Ningún soldado se había atrevido a decir una palabra, pero temía que la amistad entre ellos cambiara el panorama. ¿Qué pasaría si todos la tachaban de promiscua, la más puta de todas las concubinas? A las mujeres las mataban rompiéndoles las cabezas con una gran piedra si se les descubría en adulterio. ¿Era acaso la única? No. Otras habían sido infieles, pero jamás en tales proporciones como ella. Volvió a su memoria el pleito entre Acamtenactl y Tezcatl. Sí, él podría ayudarla. Pese a que se había jurado a sí misma no volver a serle infiel a Nezahualcóyotl, concibió la idea de caer en aquel abismo una vez más, con el único objetivo de curar su herida.

Llegar a Acamtenactl fue casi imposible ya que Tezcatl la perseguía todo el tiempo. Hasta que un día Huitzillin se aventuró a pedirle un capricho al capitán de la tropa, con quien también había tenido un amorío.

—Quiero unas flores —le dijo sensualmente.

—Mi señora —respondió el capitán—, sus deseos son órdenes.

—Dile a Tezcatl que vaya por ellas.

Bien podía ser cualquier otro sirviente pero si Huitzillin solicitaba que fuese Tezcatl era más que suficiente para que la orden se cumpliera sin reparos. Y aunque el acosador intentó negarse no tuvo más que acatar aquel mandato que venía directamente del capitán. No bien había salido el violador del sitio donde se escondían cuando Huitzillin se apresuró a buscar a Acamtenactl. Y sin preámbulo le contó que aquel hombre la había violentado en medio del combate contra los tepanecas. El soldado tenía ahora dos razones para darle muerte: los golpes que Tezcatl le había propinado y el agravio a la concubina.

—Yo mismo le haré justicia, mi señora.

Huitzillin sonrió y le dio un beso.

Acamtenactl salió inmediatamente en búsqueda de Tezcatl, lo persiguió sigiloso evitando ser visto. Y cuando lo tuvo en la mira disparó una flecha que dio certera en la espalda del sirviente. Acamtenactl corrió hacia él. Lo encontró en el piso, sangrado, dolido, triste.

—Te lo dije —añadió Acamtenactl, levantó su macuahuitl y sin más le cortó la cabeza. Permaneció un largo rato viendo al cadáver. Limpió su macuahuitl y volvió al sitio donde se escondían las concubinas, dejando al difunto entre los matorrales.

18. Caxtollin yei

El silencio en la sala principal del palacio de Azcapo-tzalco parecía eternizarse. El supremo monarca y sus ministros y consejeros se encontraban reunidos. Nadie hablaba. Un emisario se encontraba de rodillas frente a Maxtla que no se movía. El enano Tlatolton se hallaba de pie a su lado. Sin mover el rostro lo miraba. Los soldados se mantenían rectos sin hacer gestos o mover un solo músculo. El emisario seguía de rodillas, tocando el piso con la frente. Uno de los consejeros estuvo a punto de abrir la boca, pero no se atrevió.

¿Cómo hacerlo, si dos días antes, Maxtla había man-dado matar a uno de sus consejeros por contradecirlo? Fue tal la furia del tepantecuhtli que no le dio tiempo al hombre de retractarse o de explicar su posición. Primero comentó lo que había escuchado, luego la plática se salió de control.

—¿Y qué fue lo que escuchaste? —preguntó Maxtla.

—Escuché que un hombre le decía a otro: "Ya lo ves, ahí está Nezahualcóyotl, derrotando al vergonzoso ejercito de Maxtla".

—Bien sabes que es mentira —dijo el gobernante tepaneca.

—Creo que no, mi señor —respondió el consejero.

—Sólo ves lo que quieres ver —insistió Maxtla.

—Simplemente le hago saber lo que se rumora, mi amo. En otros pueblos se dice que Nezahualcóyotl no es precisa-mente quien nos está ganando la batalla, sino los tenochcas.

—¡Mienten, mienten, mienten! —se levantó enfurecido Maxtla y caminó hacia el consejero.

—Sólo le digo lo que se rumora: que ellos son los que están derrocando las tropas tepanecas —respondió el hombre dando unos pasos hacia atrás, evitando que Maxtla se le acercara más, pues bien sabía que sus intenciones eran violentas.

—No es así. Los mexicas han estado encerrados en su isla desde hace varios días.

—No debería ignorar lo que se rumora. Y mucho menos creer en todo lo que le cuentan sus espías. ¿Cómo explica entonces que el Coyote ayunado haya encontrado tan poca defensa en todos los pueblos que atacó? ¿Sabe por qué? ¡Porque Izcóatl se reveló! ¡Él se declaró en guerra contra usted!

—¡Fue Tlacaélel quien declaró la guerra! —gritó Maxtla y miró a los demás buscando apoyo. Pero ninguno le dio una mirada de aprobación. Ya se estaban cansando de sus constantes errores en la estrategia de guerra.

—¿Tlacaélel? —cuestionó el consejero, quien creía que Maxtla, como supremo monarca, líder del ejército, debería distinguir a los gemelos. Estuvo a punto de decírselo, pero Maxtla respondió:

—O Moctezuma, da lo mismo. Son iguales, como dos gotas de agua.

—¿Acaso no puede distinguirlos? ¿Quién es Tlacaélel y quién es Moctezuma?

Maxtla bajó la mirada y movió la cabeza de izquierda a derecha con una sonrisa. Y sin anunciarlo le dio un golpe en el rostro al consejero, que pronto comenzó a sangrar de la nariz.

—Por lo visto, no comprendes quién es el supremo monarca de esta Tierra.

Los demás ministros y consejeros se mantuvieron en silencio.

—Soldados, llévense a este traidor y mátenlo.

—Pero... —intentó defenderse.

La muerte de aquel consejero dejó bien claro que el diálogo entre el supremo monarca y los ministros sería imposible a partir de entonces. Así que el día que llegó el emisario nadie se atrevió a interrumpir aquel silencio en el que Maxtlaton había permanecido por varios minutos. Ni siquiera había escuchado el mensaje que le llevaba. En cuanto el hombre intentó hablar, el tepantecuhtli le ordenó que se callara. Nadie intervino. De pronto Maxtla quedó inmóvil. No hubo ni un parpadeó ni una mueca ni un suspiro.

Se encontraba pensando en su padre. Por un instante sintió que Tezozómoc lo estaba vigilando. Que podía ver lo que estaba haciendo. Sintió un miedo incontrolable. Volvían a su mente todas aquellas memorias de su infancia. Tezozómoc ya era rey de Azcapotzalco y Maxtla lo veía con gran admiración. En aquellos años, la única imagen que realmente admiraba era la de su padre. Desde entonces siempre quiso ser como él, aunque en el fondo temía, o sabía, que jamás lograría alcanzar su grandeza. Con los años se fueron distanciando. El carácter de Maxtla era muy distinto al de su padre. Tezozómoc bien podía engañar a cualquiera, mientras que el hijo no podía contener sus expresiones. Entre más intentaba ocultar sus emociones más transparente se volvía. La ira comenzó a apoderarse de él. Y con el paso del tiempo, el odio hacia su progenitor inundaba su abandonado corazón.

El rostro enfadado de su padre se volvía cada vez más presente en su cabeza a medida que el imperio se tambaleaba. Quería cumplir por lo menos la última de sus peticiones antes de morir: matar a Nezahualcóyotl, pero él jamás había sido un buen estratega.

De pronto reaccionó:

—¿Qué me decías? —dijo Maxtla y los ministros sintieron un alivio al ver que su rostro adoptaba un nuevo aire.

—Mi señor —dijo el emisario de rodillas sin mirar al frente—. Le vengo a informar que Nezahualcóyotl ordenó que las tropas de sus aliados tlaxcaltecas y huexotzincas entraran talando y pasando a cuchillo a quienes se les pusieron en frente en los pueblos desde Tezontepec hasta Acolman. No se perdonó a nadie, ni mujeres ni jóvenes. Todos, todos recibieron la fuerza del brazo del Coyote hambriento. Fue tal el concurso de guerreros enemigos que nuestros aliados no tuvieron fuerzas para sostener su defensa, lo cual llevó a los enemigos una rápida victoria.

„Al llegar al palacio se encontraron con nuestra tropa que puso fuerte resistencia, pero como ya le mencioné, su gente era de mayor número y sin dilación nos derrotaron. Hubo hartas muertes, hartos heridos, harto llanto. Pocos, muy pocos fueron los que logramos escapar a sus armas.

„Entre los que intentamos huir se encontraba su sobrino, Teyolcocohuatzin, rey de Acolman, quien peleó con gran valor, pese a la certeza de que pronto encontraría la muerte. Pero mucho gritó: "¡Yo no conozco a otro emperador más que Maxtla! ¡Y si he de morir que sea defendiendo el imperio de mi tío! ¡Vengan por mí! ¡Denme el honor de morir como lo que soy: un defensor del imperio tepaneca!". Y así murió en manos del enemigo.

„Se hizo tal degolladero en un solo día, en esos lugares, que prácticamente han quedado despoblados y destruidos por el fuego que iniciaron para evitar que nos escondiéramos en las casas y palacios. Y así, a la poca gente que quedó viva la hicieron jurar lealtad a Nezahualcóyotl.

—¿Quiénes más sobrevivieron?

—Sólo algunos ministros y soldados.

—¿Dónde están?

—Escondidos en el bosque. Ellos me ordenaron que corriera lo más posible para avisarle, mi amo.

Maxtla permaneció en silencio otra vez. El emisario seguía de rodillas mirando al piso. Tlatolton volteó ligeramente para ver al supremo monarca.

—Eres un imbécil —le dijo Maxtla al enano—. ¡Lárgate! ¡No quiero verte!

El emisario se puso de pie.

—¿A dónde vas?

—Usted me dijo que me marchara.

—Le hablaba al enano.

—Perdone —se volvió a arrodillar.

—¿Cómo te llamas?

—Tlecuauhtli.

—Te voy a dar una misión —dijo Maxtla.

—Lo que usted ordene.

—Quiero que vayas en este momento y espíes a Nezahualcóyotl.

Esa misma noche el emisario salió rumbo a Tezcoco. Pero era demasiado tarde. El Coyote sediento se había marchado en busca de las tropas de los tlaxcaltecas y huexotzingas, luego de dar las instrucciones correspondientes para aprovisionar la capital y barrios aledaños de Tezcoco. Marchó con un grueso destacamento para socorrer a los tlaxcaltecas y huexotzingas, de quienes no tenía informes. ¿Habían muerto en batalla? ¿Habían ganado? ¿Dónde estaban? Se dirigió a Chiauhtla, donde habían acordado encontrarse tras las batallas anteriores. Al llegar lo recibió un caballero que lo hospedó y dio de comer a toda su gente. A la mañana siguiente llegaron los generales tlaxcaltecas y huexotzingas y pusieron frente a Nezahualcóyotl todos los tesoros obtenidos de los reinos conquistados.

—No son riquezas lo que busco —dijo Nezahualcóyotl—, sino el fin del imperio tepaneca. Pueden repartir entre ustedes todos los tesoros, para que terminada la guerra los ocupen en engrandecer sus casas y dar alimento a sus esposas e hijos.

A la mañana siguiente marchó el príncipe chichimeca a Huexotla, donde se encontraba el ejército chalca. Ahí
le informaron de la conquista de Coatlichán. De igual manera, les otorgó a los guerreros victoriosos los tesoros obtenidos en gratitud por su lealtad. Ese mismo día volvió a
Tezcoco y convocó a todos los aliados y gente de las provincias conquistadas para hacerse reconocer y jurar por gran
chichimecatecuhtli.

Al entrar al palacio donde había pasado parte de su infancia, volvieron a su mente recuerdos en un golpe de nostalgia.
La sala principal se encontraba vacía. Caminó al asiento real, se
detuvo frente a él. Su maestro Huitzilihuitzin le había contado
en alguna ocasión que cuando su padre aún no había sido jurado supremo monarca tenía temor de sentarse en el trono. Y sin
pensarlo más, se sentó y observó la sala principal. Alzó la frente
y cerró los ojos. Trató de imaginar a su padre deliberando ante
sus ministros. Inevitablemente debía evaluar las decisiones de
su padre y compararlas con las suyas. Ixtlilxóchitl había gana
do la guerra y cometió el error de perdonar a los traidores y
devolverles los territorios conquistados sus enemigos. Como
consecuencia sus aliados se molestaron, lo traicionaron y se
fueron al partido de Tezozómoc. Grave error. El peor error de
su existencia. Un error que le costó la vida y el imperio.

—Oh, padre —pensó Nezahualcóyotl con los ojos cerrados—. Qué pena. Hasta dónde he llegado. Tus errores
hicieron de mí un asesino. He mandado matar a quien se
interponga en mi camino. ¿No es acaso esto un acto criminal? ¿Ése es el precio para recuperar el imperio? ¿Tiene que
morir tanta gente? Se han rendido muchos pueblos. ¿Eso no
es suficiente? ¿No? Ya no. Si claudico en este momento, mis
aliados se sentirán traicionados, como ocurrió con mi padre
y se tornarán en mi contra. Y me darán muerte ellos mismos. ¿Que no lo entiendes? Así funciona esto. Tus aliados
no siguen tu causa; buscan el poder, las riquezas que les estás

dando en cada conquista. ¿Sí? ¡Sí! ¿Crees que lo hacen por ti? ¡No! Es por el poder. Por el territorio. Conveniencia. Ambición. Ya no tienes otra salida. O sigues o mueres en manos de tus aliados. ¡Ya no quiero venganza! Quiero justicia. ¿Cómo seguir sin provocar más muertes? Es inevitable. Aunque no quiera debo terminar. Tengo que darle muerte a Maxtla. ¿No puedo esperar a que se rinda? ¡No! Ya no.

—Mi señor —lo interrumpió su sirviente Coyohua—. Disculpe. Sólo vengo para informarle que todo está listo.

—Gracias —dijo sin darle mucha importancia a lo que acababa de escuchar y se puso de pie.

El Coyote ayunado salió y se hizo reconocer y jurar por rey de Tezcoco ese mismo día, en un evento cuya nota más evidente era la austeridad. Contrario a la costumbre, no hubo llegada masiva de invitados, ni cena, ni danzas, ni discursos solemnes. El evento duró tan sólo unos pocos minutos en lo que se acomodaron el vulgo, los señores principales de los pueblos aliados y familiares. El nuevo rey acolhua y dos ancianos fueron los únicos en hablar por unos breves minutos. Luego los demás señores principales pasaron uno a uno para jurarle lealtad y esperaron a que la ceremonia llegara a su fin. Todos comprendían la necesidad de la prontitud. Nadie se quejó de lo escueto de la ceremonia. Sabían que la prioridad estaba en continuar con la conquista de los pueblos enemigos. La celebración llegaría después.

En cuanto se terminó la jura todos volvieron a sus ocupaciones. Se enviaron tropas a todas las fronteras desde Tezontepec a Chiuhnautlan e Iztapalapan, lo que provocó en los tepanecas más terror que deseos de defender lo conquistado por Tezozómoc.

Maxtla estaba perdiéndolo todo en menos de quince días. Sólo quinces días. Una vergüenza. Enfurecía al ver llegar los restos de sus tropas heridos y asustados.

—¡Envíen todas las tropas a luchar en contra de ese mal nacido!

—Imposible —dijo uno de los ministros—. Si lo hacemos dejaremos desprotegidas las fronteras de la ciudad isla, con lo cual saldrán los mexicas y tlatelolcas. Y no sabemos si irán en auxilio de Nezahualcóyotl o marcharán directo a Azcapotzalco.

—Entonces debemos acabar con los tenochcas —ordenó.

Acatando las órdenes del tepantecuhtli se fortificaron las fronteras de Azcapotzalco y se llevaron a cabo insistentes combates en el lago de Tezcoco en contra de Tlatelolco y México-Tenochtitlan. La ingenuidad y falta de estrategia militar de Maxtla le hacía creer que pronto conquistaría la isla y con ello volvería a tenerlos como súbditos obedientes, tal cual lo efectuaron bajo el gobierno de Tezozómoc. Pero ignoraba el tepantecuhtli que desde entonces los tenochcas ya deseaban sacudirse el yugo de Azcapotzalco; que si bien habían obedecido era por falta de poder y soldados; y que ahora su población se había triplicado. Ya no habría forma de derrotarlos ni mucho menos obligarlos a luchar para conquistar tierras para el reino tepaneca. Sí, claro que seguirían haciendo guerras, claro que saldrían a conquistar más pueblos, pero ahora con objetivos distintos: hacerse de poder y dar inicio al gran imperio azteca.

El mando de las tropas tenochcas estaba bajo la dirección de Tlacaélel, aunque muchos decían que era Moctezuma. En realidad el protagonismo no les interesaba a ellos. Pronto les llegó la noticia de que Nezahualcóyotl había recuperado el reino de Tezcoco y que ya se encontraba organizando su ciudad. Creyeron entonces los mexicas que el rey acolhua no llegaba en su auxilio debido al rencor que aún parecía guardar hacia ellos por la muerte de su padre Ixtlilxóchitl.

—No vendrán los tezcocanos —dijo uno de los ministros en el palacio de México-Tenochtitlan—. El tecuhtli

Nezahualcóyotl está resentido con los mexicas por haber contribuido con la ruina de su padre.

—Nezahualcóyotl no nos guarda rencor —dijo Moctezuma—. Si así fuera, ya nos lo habría informado.

—¿Ustedes creen que un agravio de tales magnitudes se olvida tan fácilmente? —preguntó otro de los ministros—. Era de esperar que callara todo este tiempo en que necesitaba de cobijo; pero ahora que ha recuperado su reino, y que todos sus aliados le traigan a la mente todo el sufrimiento vivido en estos años, no dilatará en cobrar venganza. Dejará que Maxtla acabe con nuestras tropas y luego intentará destruirnos él mismo. No se confundan. Era un joven inmaduro cuando vino a solicitar socorro. Ya no lo es. Ha crecido y ha visto mucho más de lo que podemos imaginar. No lo conocemos en realidad. ¿Qué tanto ha cambiado en estos años? ¿Cuáles son sus deseos? Ya han escuchado noticias. Ha mandado matar a todos los señores y reyes de los pueblos que ha conquistado. No ha tenido misericordia. Viene decidido a terminar con todos. Quiere venganza. Y los tenochcas estamos en su lista. No se confíen, señores, no se confíen.

Entonces Izcóatl mandó una nueva embajada para solicitar auxilio al Coyote hambriento. Sabía que en esta nueva súplica era menester enviar a alguien que tuviese la habilidad para convencer a Nezahualcóyotl. Se envió a Tlacaélel con su embajada rumbo a Tezcoco, acompañado de dos valerosos capitanes. Salir de la ciudad isla era como intentar clavarse una lanza en la garganta. Entonces tuvieron que engañar a las tropas tepanecas que custodiaban las fronteras. Comenzaron un ataque por un lado de la isla para que los soldados acudieran en auxilio de sus compañeros y en cuanto los vieron desprevenidos salieron en una canoa. Al llegar a tierra caminaron hasta llegar a la ciudad de Tezcoco. Tlacaélel fue el primero en arribar, pidiendo así una audiencia con el Coyote ayunado, quien lo recibió con gran afecto.

—Señor —dijo arrodillándose frente a Nezahualcóyotl—, tu tío, el tlahtoani de México-Tenochtitlan me ha enviado para manifestarte el gran júbilo y complacencia que tiene de sus felices sucesos, creyendo y deseando que a tales principios correspondan los más prósperos fines; y para hacer de tu conocimiento el miserable estado en que se hallan los mexicanos, rodeados por todas partes de sus enemigos, y esperando por instantes su última ruina. ¿Es posible, señor, que viviendo tú han de perecer ellos? No es tiempo ahora de que te acuerdes de sus ingratitudes, ni en un magnánimo corazón como el tuyo debe haber el deseo de venganza. Si ignorantes te agraviaron, uniéndose al tirano Tezozómoc contra tu ilustre padre, quizá en ello tuvo más parte el temor de su tiranía que el odio y el desafecto. Bien te lo han manifestado sus acciones durante los últimos años. Las reinas y matronas mexicas insistieron con el tirano para que cesara de perseguirte, y lograron que la ciudad de México-Tenochtitlan fuese tu asilo. Y no contentas con esto, volvieron a empeñarse para restaurarte la libertad. ¿Será, pues, decoroso a tu grandeza dejarlos ahora perecer a manos de tu enemigo? La sangre que derramen sus príncipes y nobles es tuya, y del mismo origen que la que corre por tus venas: mira, por cuantos títulos estás obligado a socorrerlos, para que deponiendo cualquier sentimiento ayudes a los mexicanos.

Nezahualcóyotl les dijo entonces que ya estaban olvidados los agravios que habían perpetrado los mexicas en contra de la corona chichimeca. Y que así podrían tener la confianza de que pronto recibirían auxilio de sus tropas.

—No lo había hecho porque no tenía las tropas suficientes. Y quería juntar un mayor ejército para llegar y destruir al enemigo sin dilación —explicó Nezahualcóyotl.

—Se rumoró que usted no tenía intenciones de socorrer a los mexicas pues si en realidad lo hubiese tenido en sus planes lo habría realizado con mayor prontitud.

—Rumores, todo es a base de rumores. Muchos con intenciones de evitar la alianza entre los chichimecas y mexicas. Pero viendo que ya es urgente la asistencia de tropas —continuó el chichimecatecuhtli—, ve a la ciudad de Chalco y habla con Totzintecuhtli. Dile que vas de mi parte y que les ruego envíe sus tropas a la ciudad isla. Mientras tanto yo despacharé otra embajada a Huexotla para que den noticia a Iztlacautzin. Y ya teniendo sus tropas y las mías marcharemos en su auxilio.

—¿Iztlacautzin? —preguntó Tlacaélel.

—Así es. Su padre, Tlacotzin, murió en combate y él ha tomado su lugar en aquel señorío.

Tlacaélel se hincó frente al nuevo chichimecatecuhtli, agradeció las atenciones y se marchó en dirección a Chalco en compañía de los dos capitanes mexicas.

Al llegar ante Totzintecuhtli dieron el mensaje de Nezahualcóyotl. Pero éste se puso de pie y caminó hacia los dos mexicas, los miró de frente, los rodeó sin cambiar el semblante. Los ministros que se encontraban presentes se mantuvieron en silencio.

—¿Qué se han creído ustedes? —arrugó las cejas—. ¿Qué les ha hecho pensar que yo voy a darles socorro? Ustedes y yo somos enemigos.

Y sin agregar más ordenó que los arrestaran.

—Lo sabía —dijo a sus ministros luego que los soldados se llevaron a los mexicas a una celda—. Se los dije. Ese joven inmaduro no haría más que cometer los mismos errores de su padre. ¿Cómo se le ocurre aliarse a los mexicas? Por eso murió Ixtlilxóchitl. Estos mexicas lo están utilizando. Lo han embaucado como siempre. ¿Y qué pasará? Pronto se levantarán en armas y lo conquistarán todo, señores.

Entonces ordenó a dos caballeros suyos que marchasen al señorío de Huexotzinco, llevando consigo a los mexicas.

—Díganle al señor de esa ciudad que Nezahualcóyotl ha enviado a estos hombres tenochcas para que nos pidan auxilio; y que yo me he sentido tan indignado que los he hecho arrestar, y por lo mismo se los envío para que los sacrifiquen; y que allá irán mis chalcas a celebrar el sacrificio.

Esa misma tarde llegaron los embajadores de Totzintecuhtli, con los presos a la ciudad de Huexotzinco, donde fueron recibidos con prontitud, sin imaginar lo que verían. Dieron el mensaje, a lo cual respondió el señor de aquel poblado.

—Vuelvan a su señor con los presos que han traído, y díganle que la nobleza huexotzinga no ha sabido manchar sus manos con gente inocente. ¿Cuál es el delito de estos caballeros? ¿Obedecer con fidelidad a su rey, que les envía a pedir socorro a Tezcoco, es delito de muerte? ¿Acaso porque obedecieron con igual rendimiento al tecuhtli Nezahualcóyotl, que los envió a pedirlo en su nombre a Chalco, merecen morir? Aunque desde la muerte del emperador Ixtlilxóchitl hemos mirado con poco afecto a la nación mexicana, no podemos negar el título de parentesco que tenemos con sus reyes, y jamás hemos tenido con ellos guerra; pero aunque la tuviéramos, siempre nos parecería acción injusta vengar nuestro enojo en estos mensajeros, que no hacen otra cosa que cumplir como deben el mandato de su señor; y así digan al suyo, que de ningún modo queremos mezclarnos con esta alevosía.

Los embajadores regresaron a Chalco con los prisioneros. Y dieron el mensaje. Totzintecuhtli quería darles muerte, pero su cobardía le ponía obstáculos en el camino. ¿Cómo? ¿Él darles muerte? ¿Allí en su ciudad? ¿Sin aliados? Eran sólo dos prisioneros. Y lo de menos era saciar su ira con sus muertes. Pero pronto correría la noticia. Si Nezahualcóyotl e Izcóatl ganaban la guerra irían contra él en cuanto tuviesen la oportunidad. Buscó un aliado más poderoso: Maxtla.

—Llévenlos a Azcapotzalco —ordenó a un caballero principal llamado Quateotzin—, y digan al supremo monarca que tiene mi alianza y a sus órdenes todas mis tropas para marchar en contra de Nezahualcóyotl y sus adeptos.

Pero todo parecía estar en su contra. Cuando Maxtla recibió a los prisioneros los devolvió con un mensaje.

—Digan a su reyezuelo que no intente salvar su vida con acciones tan cobardes. Bien sabe que cometió un error al traicionarme. Ahora no me interesa su amistad. Pues en poco tiempo mis tropas destruirán a mis enemigos y entre ellos a ese traidor.

El caballero Quateotzin volvió a la ciudad de Chalco con los presos. Creyó que finalmente Totzintecuhtli ordenaría que se les sacrificara ahí mismo. Caviló en el futuro de su ciudad, su gente, sus esposas e hijos. Si los mexicas ganaban esa guerra irían a matar a todos los chalcas, entre ellos a Quateotzin, que en el fondo estaba a favor de Nezahualcóyotl y quienquiera que fuesen sus aliados. Confiaba en el juicio de ese nuevo rey valeroso. Claro, si él había decidido perdonar a los mexicas también perdonaría a los chalcas. ¿Por qué tenía que sufrir su pueblo por culpa de los caprichos de Totzintecuhtli?

—Mi señor —dijo a Tlacaélel—, yo no estoy de acuerdo con esta acción de Totzintecuhtli, vayan a sus tierras, salven sus vidas. Sólo le pido que si su señor rey Izcóatl decide marchar a Chalco y dar muerte a nuestra gente recuerden que no todos estábamos a favor de nuestro señor.

—Anda con tu familia —respondió Tlacaélel—, ponla en resguardo. Yo te prometo que tu nombre quedará honrado por siempre. Y si algo te ocurre me haré cargo de tus esposas e hijos.

De esta suerte Quateotzin los dejó en libertad cerca de Chimalhuacán, para que marchasen a la ciudad isla México-Tenochtitlan.

19. *Caxtollin nahui*

Pese a que el cansancio y el hambre doblegaban su ímpetu, Tlacaélel, marchó con los capitanes en medio de los bosques y llanuras, rumbo a la ciudad isla México-Tenochtitlan. A ratos se detenían para buscar algún fruto para llevarse a la boca. El infortunio los persiguió por todo el camino pues por más que trepaban árboles o corretearon conejos no lograron conseguir alimento. Asimismo sintieron deseos de esconderse debajo de algunos matorrales para dormir un rato. Pero ningún lugar les pareció lo suficientemente seguro. Caminaron hasta que el sol desapareció.

Finalmente llegaron al lago. A lo lejos se podía ver el reflejo de las lumbreras que iluminaban la ciudad de Tenochtitlan. Aunque parecía un camino corto, comprendían que nadarlo era todo un riesgo, más aún en medio de la oscuridad nocturna. Buscaron un lugar seguro por donde cruzar pero todo indicaba que sería imposible llegar a su reino a esas horas. El lago se encontraba lleno de soldados que vigilaban de pie sobre sus canoas. Entonces decidieron esperar. Se turnaron para dormir, mientras uno vigilaba. Aun así, ninguno logró descansar lo suficiente: en cuanto lograban conciliar el sueño llegaban a sus mentes los temores de ser descubiertos por las tropas enemigas. Al amanecer decidieron volver a la ciudad de Tezcoco para dar noticia a Nezahualcóyotl sobre lo ocurrido el día anterior.

—Lo sé —dijo el Coyote ayunado—. Ya mis aliados de Huexotzinco me han informado sobre la traición de

Totzintecuhtli. Y así ellos mismos me han ofrecido sus tropas para marchar en contra de aquel traidor.

—Antes de que marchen —dijo Tlacaélel—, debo decirle que quien nos dejó en libertad es un hombre llamado Quateotzin, quien nos hizo saber que no todo su pueblo está a favor de las acciones de su señor.

—Bien estaba yo enterado de los sentimientos de muchos de mis aliados —explicó Nezahualcóyotl—. Sabía que no sería tarea fácil solicitarles auxilio para ustedes. Y que con esa excusa se volverían en mi contra. La evidencia está en el señor de Huexotla, Iztlacautzin, que iracundo por la solicitud que le envié, mandó descuartizar a mis embajadores en la plaza mayor de su ciudad.

—Pero Huexotla está muy cercana a Tezcoco —dijo uno de los gemelos.

—Lo sé —respondió Nezahualcóyotl—, por ello ya he mandado mis soldados a guarnecer las fronteras con Huexotla. Ahora sólo me queda esperar a que lleguen las tropas aliadas de Tlaxcala y Huexotzingo.

—¿Qué recomienda hacer mi señor? —preguntó Tlacaélel.

—Enviaremos a tus dos capitanes a la ciudad isla para que den noticia a tu rey Izcóatl de tu seguridad. Pídeles que cuiden mucho sus vidas.

—¿Y yo?

—Te ruego que permanezcas aquí, en Tezcoco.

Se cumplieron las órdenes del chichimecatecuhtli y los capitanes llegaron a la ciudad isla para dar la noticia a Izcóatl que día a día llevaba combates en contra de los tepanecas.

No bien habían salido los capitanes mexicas de la ciudad de Tezcoco cuando llegaron unos mensajeros de Chalco. Nezahualcóyotl los hizo entrar a la sala principal.

—Gran chichimecatecuhtli —dijo el emisario de rodillas frente a Nezahualcóyotl y el infante tenochca—, mi señor de Chalco le manda una entera y cumplida explicación de su proceder, en el que no ha tenido parte alguna el odio ni el desafecto, sino que por el mucho amor y lealtad que le tiene, y el que le impulsa a desear que todos los que fueron cómplices y contribuyeron a sus desgracias y trabajos experimenten el merecido castigo; y así al ver que no sólo deja sin escarmiento la perfidia de los mexicanos, que tanta parte tuvieron en ello, sino que intenta protegerlos, le cegó su pasión, transportándose a los excesos que cometió; mas al volver sobre sí, y reconocer que el verdadero amor y lealtad se manifiesta perfectamente en deponer el propio dictamen por complacer a la persona amada, ha resuelto ejecutarlo así, pidiéndole perdón de sus yerros, y ofreciéndose a servirle y auxiliarle con sus tropas a favor de los mexicas.

Nezahualcóyotl y su primo se miraron discretamente a los ojos. Bien sabían ambos que el repentino cambio del rey de Chalco tenía que ver con su fracaso al intentar volver al partido de Maxtla. Lo cual les garantizó un enemigo más débil. Lo que no sabían aún era que Totzintecuhtli, al enterarse de que Quateotzin había puesto en libertad a los presos tenochcas, había volcado toda su rabia en contra de éste, sus mujeres e hijos, de los cuales sólo dos pudieron escapar.

—Digan a su señor —respondió Nezahualcóyotl con la frente en alto— que no me interesa su alianza; que mejor prepare sus tropas porque muy pronto entraré en sus territorios, aniquilando a quien encuentre en mi camino.

Los embajadores salieron atemorizados y corrieron a la ciudad de Chalco.

—Eso lo tendrá ocupado por un tiempo —dijo Nezahualcóyotl a su primo y sonrió—. Ahora no tenemos que preocuparnos por él.

—¿No teme mi señor que intente revelarse? —preguntó Tlacaélel.

—Es un cobarde —respondió el Coyote ayunado—. No se atreverá. Permanecerá en su ciudad escondido todo el tiempo que sea posible.

En ese momento entró uno de los soldados de Nezahualcóyotl para avisarle que el infante Cuauhtlehuanitzin ya tenía tropas listas en los estados de Acolman, Chiauhtla y los pueblos cercanos a Tezcoco. El Coyote sediento se llevó la mano izquierda a la barbilla y se mantuvo en silencio por un instante.

—Vamos. Marcharemos tú, algunos soldados y yo a tu isla —dijo y se puso de pie—. Quiero ver el estado en que se encuentran Tlatelolco y Tenochtitlan.

Tlacaélel se asombró al escuchar aquello. ¿Cómo? ¿Para qué quería ir a la ciudad isla? ¿Por qué no llegar directo con las tropas?

—Es menester que trate directamente con Izcóatl y Cuauhtlatohuatzin sobre nuestra alianza.

Esa noche salieron sigilosos hasta la orilla de lago, tomaron unas canoas y navegaron con cautela para no ser descubiertos. A medianoche vieron una embarcación tepaneca que se acercaba lentamente. Entonces Nezahualcóyotl y su primo el infante tenochca se lanzaron al agua y se mantuvieron escondidos detrás de la canoa, sosteniéndose del remo.

—¿A dónde se dirigen? —preguntó el soldado.

—Vamos a la ciudad de Coyohuacan —respondió uno de los hombres que acompañaban al Coyote hambriento.

—¿Cuál es su diligencia?

—Vamos a nuestras casas. Somos mercaderes.

No había luna aquella noche y por ello era mayormente difícil reconocer las vestimentas, que los hubieran delatado en pleno día.

—¿Son coyohuacanos?

—Así es, señor, fieles vasallos del supremo monarca de toda la Tierra, Maxtla.

Los soldados tepanecas acercaron sus canoas hacia la de los chichimecas hasta que ambas chocaron ligeramente. Nezahualcóyotl y su primo se sumergieron en el agua y se mantuvieron ahí mientras uno de los soldados enemigos la inspeccionaba detenidamente; y al no encontrar algo que les llamara la atención volvieron a su canoa y siguieron su camino. Nezahualcóyotl y Tlacaélel salieron sin hacer mucho ruido, urgidos por recuperar la respiración. Los hombres que remaban les hicieron señas para que esperaran hasta tener la certeza de que los tepanecas se encontraban distantes. Luego de un largo rato subieron a la canoa y siguieron su camino. Llegaron antes del amanecer a la orilla de la ciudad de Tlatelolco.

Cuando la gente vio llegar a uno de los gemelos acompañado del tecuhtli Nezahualcóyotl se hizo un gran alboroto. Los hijos corrieron a avisar a sus padres, las mujeres les contaron a las vecinas, los ancianos salieron de sus casas, todo el pueblo tlatelolca los acompañó hasta la frontera de Tenochtitlan.

—¡Ahí está Nezahualcóyotl!

—¡Viene con Moctezuma!

—¡No, ése es Tlacaélel!

Pronto llegaron al palacio de Izcóatl, donde se encontraban reunidos Cuauhtlatohuatzin y los ministros de ambas ciudades. Se hicieron las reverencias acostumbradas, platicaron sobre los acontecimientos anteriores y finalmente salieron a recorrer la ciudad para presentarle las tropas al rey chichimeca. Luego volvieron al palacio y comenzaron a tratar sobre las estrategias que utilizarían para salir al ataque.

—En cuanto tenga las tropas auxiliares —dijo Nezahualcóyotl— les mandaré cien mil hombres para que salgan bajo el mando de Tlacaélel y Moctezuma: los primeros por los ríos de Azcapotzalco y Tlalnepantla; y los segundos por Tlacopan; mientras los tlatelolcas y tenochcas marchan directamente a las fronteras de Azcapotzalco. Yo entraré con mis tropas por las faldas del cerro de Tepeyac. Luego pondremos una lumbrera en el cerro de Quauhtepec, contiguo al de Tepeyac, ésa será la señal para entrar todos a un mismo tiempo.

—¿Y qué pasará con los xochimilcas?

—También dejaremos ahí una tropa para impedir que salgan a dar auxilio a Maxtla.

El Coyote ayunado terminó de hablar y nadie se opuso ni intentó cambiar las estrategias. La necesidad de dar fin al encierro en que se encontraban los mexicas les impedía siquiera poner en duda cualquiera de sus ideas. Además, con tan numerosa tropa que les llegaría en su auxilio no había forma de oponerse a que Nezahualcóyotl tomara el mando de la guerra. Porque al fin y al cabo era su guerra, su conquista, su venganza, aunque él lo negara una y otra vez.

Izcóatl mandó que se sirviese un banquete en honor al huésped. Estuvieron varias horas platicando, tratando de olvidar por un instante que se encontraban sitiados por los enemigos, tratando de relajarse para poner todas sus fuerzas en el campo de batalla.

—No piensen en mañana, hoy relájense, coman, beban. En la noche volveré a Tezcoco, juntaré las tropas y mañana ya será un nuevo día, un gran inicio, rumbo a la libertad.

Pero relajarse resultó imposible, pues llegó uno de los espías y les informó que Maxtla tenía ya una tropa que rebasaba los cien mil hombres, listos para entrar en tres días a las ciudades de Tlatelolco y Tenochtitlan.

—Dicen que el que tiene el mando de las tropas es un general llamado Mazatl —explicó el espía.

—Debo marcharme en este momento —dijo Nezahualcóyotl poniéndose de pie—, mañana mismo tendrán las tropas auxiliares.

Al salir de la ciudad se encontró con la sorpresa de que ya no había guardias tepanecas custodiando las fronteras de la ciudad isla, lo cual significaba que en efecto Maxtla se estaba preparando para un gran ataque. Hasta cierto punto eso le facilitaría la entrada de las tropas auxiliares a Tenochtitlan. Sin más obstáculos llegó en la noche a la ciudad de Tezcoco donde se encontró con las tropas de Huexotzinco, Chollolan, Tepeyac y otras partes, listas para salir a combate. Sólo faltaban los tlaxcaltecas.

Esa noche la pasó dando instrucciones a los soldados. Y en la madrugada salieron todos en sus canoas. Pronto comenzaron a llenar el lago, dejando asombrados a los tepanecas que no imaginaban que sería tan grande el ejército enemigo.

—¿Cómo? —preguntó furioso Maxtla al recibir la noticia—. ¿En qué momento logró juntar tanta gente ese mal nacido?

Mandó llamar a Mazatl y le dijo:

—¡No lo permitas! —gritó enfurecido—. ¡Si logran desembarcar no habrá forma de detenerlos! ¡Anda! ¿Qué esperas?

Sin demora salieron las tropas a defender las fronteras de Azcapotzalco.

—Mi amo y señor —dijo un mensajero ante Maxtla—. Estuvimos esperando que se acercaran los enemigos, pero éstos se detuvieron en Tlatelolco y México-Tenochtitlan.

El rey tepaneca comenzó a temer. Perdió el control. Gritaba a todo el que se le ponía en frente. Maldecía todo el tiempo. Su fin estaba cercano. Lo presentía. Pero admitirlo sería como suicidarse antes de tiempo. Un rey tepaneca pidiendo perdón, jamás. ¿Por qué no? A Tezozómoc le funcionó cuando Ixtlilxóchitl le había ganado la guerra. El rey tepaneca le mandó una embajada en la cual le ofrecía jurarle como supremo monarca. Lo había hecho para ganar tiempo, aliados y armas. Y cuando menos los esperaba el padre de Nezahualcóyotl, Tezozómoc ya tenía a la mayoría de los pueblos a su lado. Pero Maxtla no pretendía admitir su derrota y mucho menos pedir perdón; ni Nezahualcóyotl le creería ni lo perdonaría.

Esa noche no pudo dormir. Pasó minuto a minuto cavilando en la forma de huir. ¿Cómo?, ¿a dónde? A su reino de Coyohuacan. ¿Qué acaso no pensaba salir al combate? ¡No! Ni en la peor de sus pesadillas. Se irían todos en contra suya. Lo despedazarían. ¡Cobarde! ¡Sí! ¡Pero vivo! ¡Y con vida lograría buscar venganza! ¡Algún día! ¿Cuándo? Eso es lo de menos. "Por ahora sólo me queda sostener la batalla, lo máximo posible. Mañana vendrán los chichimecas, buscarán vengar la muerte de Ixtlilxóchitl. No importa. Yo estaré en Coyohuacan."

Al amanecer navegaba el Coyote hambriento con sus tropas y su gente de confianza, mientras que Quauhtepetl y otros muchos valientes capitanes se dirigían a México-Tenochtitlan. Los soldados chichimecas —por órdenes de Nezahualcóyotl— iban vestidos con mantas blancas sin adornos, penachos ni joyas, como solían hacerlo todos los ejércitos. Ninguno de sus soldados comprendía el motivo, por momentos se sintieron como la más pobre de todas las tropas, incluso estaban avergonzados. Pues ir a la guerra era similar a una noche de gala.

—No vinimos a presumir nuestras riquezas —les explicó Nezahualcóyotl—. Ése es el gran error de los demás. Salen a hacer alarde de sus grandes plumajes, sus adornos en sus trajes, joyas, botas, flechas, escudos y macuahuitles. Y se ocupan tanto en cuidarlos que pierden el objetivo de la guerra. Dejen eso para los banquetes, para las fiestas, para los funerales. Miren a su alrededor. Todos visten galantes, llenos de colores. ¡Y ustedes, tan blancos! Me imagino un hermoso jardín, lleno de flores, donde ustedes son los jazmines, sin más adorno que su sencilla blancura. El enemigo vendrá con intenciones de despojarlos de sus riquezas. ¿Pero qué harán cuando los vean vestidos con unas humildes mantas blancas? Su ambición se apagará. Y ustedes podrán así derrotarlos con facilidad. Además no tendrán el peso de los adornos y podrán combatir sin estorbos.

Los capitanes que le escucharon dieron el mensaje a los miles de soldados chichimecas que pronto comprendieron el juicio de Nezahualcóyotl y se sintieron entre todos los más agraciados.

No tardaron en llegar a la cima del cerro de Quauhtepec, cercano al cerro de Tepeyac, donde sin tardanza encendieron la lumbrera, cuyo reflejo dio al rostro del Coyote hambriento el semblante más tenebroso que se le haya visto jamás. Las llamas se engrandecieron soberbias en la cima del cerro. La gente dio pasos hacia atrás para apartarse del intenso calor, pero el Coyote sediento se mantenía ahí, con la mirada fija en el centro del fuego. Inevitablemente, el rostro de su padre apareció frente a él. Sostenía su macuahuitl y su escudo, listo para combatir. Recordó el sonido de los tambores listos para aquel combate en que perdió la vida: *¡Tum, tum, tum, tum, tum!* "¡Corre, hijo, corre, corre! ¡Salva tu vida! ¡Recupera el imperio!" *¡Tum, tum, tum, tum, tum!* El guerrero jaguar y el guerrero águila estaban ahí, en el centro de las inmensas llamas. Nezahualcóyotl arrugó la nariz, frunció el entrecejo, torció los labios, y apretó fuertemente su macuahuitl. *¡Tum, tum, tum, tum, tum!*

—¡Recuperaré el imperio, amado padre! ¡Lo prometí! ¡Ha llegado el tiempo de cumplir mi palabra!

¡Tum, tum, tum, tum, tum!

La nube de humo se elevó y a lo lejos pudieron ver todos los aliados la señal que anunciaba el inicio de la batalla más esperada. Salieron de sus escondites, saltaron de sus canoas, bajaron de los árboles, talaron todo a su paso, marcharon tocando los tambores de guerra.

¡*Tum, tum, tum, tum, tum!*

¡Muerte a los tepanecas! ¡Muerte a Maxtla!

Entraron por el frente, por el río entre Azcapotzalco y Tlalnepantla, por Cuauhtitlan, Tlacopan y Tepeyac.

¡*Tum, tum, tum, tum, tum!*

Todos alcanzaron la cima de la barbarie. Lanzaban flechas a diestra y siniestra, llenos de furia. Corrían con sus macuahuitles y escudos en mano, saltaban los matorrales, brincaban sobre cadáveres, algunos apurados en robarles las joyas a los heridos y a los muertos. Por todas partes se dio una sangrienta batalla. Parecía aquello un gigantesco hormiguero. Gritos, gritos y más gritos. Sangre por todas partes. Cuerpos mutilados. Hombres heridos rogando que los salvaran o les dieran una pronta muerte para no sufrir más. Pues por muy valientes que fuesen, el dolor de una pierna mutilada, una espalda desgarrada, un abdomen con los intestinos por fuera, un cuello rajado, un rostro rebanado, no se podía calmar con honores después de terminada la guerra, ni con el gusto de saber que su tropa había ganado, ni con cualquier premio vano. ¿Cómo se recupera una pierna, una mano, un par de dedos? ¿Cómo se rescata la dignidad, el gusto por vivir?

¡*Tum, tum, tum, tum, tum!*

Tlacaélel y Moctezuma marcharon con sus tropas destrozando todo lo que se interponía en su camino. Una hora, dos, tres, cuatro. Nezahualcóyotl avanzó desde Tepeyac por todos los pequeños pueblos que rodeaban Azcapotzalco, derribando árboles, apoderándose de las casas y obligando a los tepanecas a huir; luego, llegó en asistencia de las tropas de Moctezuma y Tlacaélel.

—Maxtla consiguió un gran número de soldados —dijo Moctezuma, mientras le sacaba filo a su lanza.

—Hay que avanzar hoy mismo —respondió Nezahualcóyotl con su macuahuitl en la mano, sin quitar la mirada del horizonte, donde un grupo de soldados cargaban a los heridos en hombros rumbo a la orilla del lago y los acostaban en las canoas para que fuesen llevados a la ciudad isla.

Volvieron al combate. Se encontraron con otro ejército mexica que iba de vuelta a las costas. Nezahualcóyotl los detuvo y preguntó el motivo. Le explicaron que más adelante había una gran zanja alrededor de la ciudad de Azcapotzalco y que los tepanecas los embistieron con tal furia que tuvieron que volver para no perder las vidas.

—¡No! —ordenó—. ¡No podemos darles tregua!

En ese momento acudieron las tropas de Izcóatl y Moctezuma que había llegado por el lado de Tlacopan. Al Coyote sediento le asombró ver que su primo había logrado conquistar Tlacopan con tanta facilidad.

—Totoquiyauhtzin, señor de Tlacopan —explicó uno de los gemelos—, le manda decir que aunque pertenece a la corona tepaneca se declara fiel vasallo suyo. Y por ello no han puesto resistencia.

—¿Y su gente?

—También, se han entregado a las tropas mexicas.

Siguieron rumbo a la ciudad de Azcapotzalco, ejecutando a quienes encontraban en su paso. Pasaron toda la tarde en combate cuerpo a cuerpo hasta obligar a los tepanecas a huir. Los persiguieron hasta un paraje donde de pronto encontraron el camino sin protección.

—¡Alto! —gritó Tlacaélel—, no es conveniente que sigamos. Ya va a oscurecer. Ellos conocen mejor sus territorios. Será mejor que volvamos a donde encontramos la zanja y descansemos hasta el amanecer.

Se ocultaron para descansar, reparar sus armas, curar a los heridos, comer y planear la siguiente embestida. Al amanecer llegaron las tropas de Tlaxcala, lo que engrosó el de por sí enorme ejército de Nezahualcóyotl. Se entabló otro sangriento combate hasta que lograron encerrar a los tepanecas en su propia ciudad. Dividieron las tropas en cuatro partes iguales: comandadas por los reyes de México-Tenochtitlan, Tlatelolco a las espaldas de la ciudad tepaneca; por el norte se fue Tlacaélel, asegurando la salida por el lago; y por el sur, Moctezuma; Quauhtepetl y otro de los jefes huexotzingas cuidaba la entrada por Tlacopan; y Nezahualcóyotl por el poniente, donde estaba el mayor número de tropas tepanecas.

Ciento catorce días duró el sitio. Dieciséis semanas sin descanso. Tres meses y medio de sangrientos combates. Muertos y mutilados por todas partes. De día salían los soldados de Maxtla a combatir y al llegar la tarde volvían a su ciudad. Cada atardecer con menor número de combatientes, cansados y desanimados, daban noticias al rey tepaneca, quien se mantuvo en su palacio todos los días sin dar la cara a su enemigo. No obstante seguía dando órdenes, enviando gente, fabricando armas, ejercitando incluso a los más jóvenes y a los inexpertos en combate, sin importar su condición.

—Pero señor, yo jamás he salido a la guerra, yo soy pescador.

—No me importa. Defiende a tu pueblo.

—Mi señor, mi hijo es muy pequeño aún.

—No importa, de algo ha de servir.

Pero eso no era suficiente y el general Mazatl pidió a Maxtla que enviase embajadas a los aliados para que les diesen auxilio.

—Estamos totalmente sitiados, mi amo y señor. Ya no podemos mantener la defensa. Es menester que vengan las tropas de Coyohuacan, Xochimilco, Cuauhtitlan, Tepozotlan, y los aliados del norte. Díganles que los hagan marchar por Tenayocan, donde nuestros enemigos no tienen fortificaciones. Sólo así lograremos salvar nuestras vidas.

Salieron las embajadas de noche para no ser capturados por los enemigos. Y las tropas aliadas estuvieron pronto en los territorios de Tenayocan. Al amanecer, salieron en línea recta a Azcapotzalco. Pero Nezahualcóyotl ya había sido avisado por sus espías, y sin dilación marchó en aquella dirección con sus tropas para recibirlos en el camino. Se dio el anuncio de guerra. Retumbaron los tambores.

Mazatl ordenó a sus tropas que salieran de la ciudad de Azcapotzalco creyendo que los enemigos estaban desprevenidos, pero los recibió el ejército mexica. Marcharon sin detenerse, disparando flechas y lanzas. Luego la batalla cuerpo a cuerpo. Una guerra sumamente cruel. De las más sangrientas que habían tenido en esos días. El final se aproximaba. Y de esta batalla dependía la victoria total.

¡Tum, tum, tum, tum, tum!

Un combate entre Tlacaélel y Mazatl marcaría de por vida a este gemelo. Se hallaban frente a frente con sus macuahuitles en mano. Mirándose a los ojos. Mazatl lanzó el primer porrazo que dio en el escudo de Tlacaélel. El capitán mexica respondió con otro golpe fallido. Mazatl sudaba cantidades, temeroso al encontrarse frente a este famoso capitán. De pronto lanzó un golpe que dio certero en el rostro de Tlacaélel. Un rasguño. Un inofensivo raspón que le dejaría una cicatriz en la cara. Ya no habría incógnita. A partir de entonces sería muy fácil reconocerlo. Imposible engañar a la gente como lo habían hecho tantos años. Enfureció Tlacaélel y se le fue encima con su macuahuitl. Uno, dos, tres choques de armas. Mazatl se mostraba ejercitado en el uso del macuahuitl. La mejilla de Tlacaélel sangraba. Se limpió con la palma de la mano y al ver la sangre, ardió en cólera. Cuatro, cinco, seis golpes, otro y otro. Sin piedad. Hasta que logró arrancarle el macuahuitl. Mazatl se supo totalmente desprotegido. No hubo clemencia. Tlacaélel no esperó un segundo para darle tiempo a su contrincante y le cortó la cabeza.

—¡Ha muerto su capitán! —gritó Tlacaélel al tener a su enemigo a sus pies—. ¡Tepanecas! ¡Su capitán ha muerto!

Los soldados tepanecas, en medio de la confusión y los gritos, intentaron volver a la ciudad de Azcapotzalco pero fueron sorprendidos por los enemigos que los persiguieron entre hierbas y matorrales. Ya no había forma de ganarles. Sin su capitán parecían hormigas desorientadas, corriendo de un lado a otro. Fue tal la carnicería que los pocos que lograron escapar optaron por no volver a Azcapotzalco, sino buscar otros sitios donde esconderse.

Nezahualcóyotl entró victorioso con sus tropas a la ciudad y dio la orden de que se destruyeran todos sus templos y palacios.

Miles de soldados se encargaron de destruir la ciudad. Las mujeres corrían con sus hijos cargados en las espaldas o en brazos. Los ancianos se arrinconaban en sus casas. Los más débiles imploraron clemencia. Las tropas tenían órdenes de permitirles marcharse sin hacerles daño.

El Coyote ayunado avanzó con su tropa hacia el palacio de Azcapotzalco, donde se encontraban los ministros y consejeros de Maxtla. Los pocos soldados que se hallaban ahí salieron al ataque. Uno de los capitanes tepanecas se fue en contra de Nezahualcóyotl, quien lo recibió con un porrazo, que el capitán tepaneca logró detener con su escudo. El Coyote ayunado no le dio tiempo para defenderse y atacó sin importar las heridas que podría recibir. Ni siquiera se preocupó por cuidarse la espalda. Sólo escuchaba una voz en su interior que le gritaba que el momento de vengar la muerte de su padre estaba muy cerca. Siguió soltando golpes con su macuahuitl. El capitán tepaneca había escuchado mucho sobre la fiereza del rey chichimeca. Sabía que era un gran guerrero, pero jamás imaginó que tuviera tanto coraje para el combate; nunca había peleado contra alguien con tanta habilidad para las armas. La lluvia de golpes no cesaba. El capitán tepaneca sólo podía detener los porrazos. Difícilmente podía atacar a su adversario que en pocos minutos lo arrinconó.

—¡Ya! ¡Basta! ¡Me rindo! —bajó su macuahuitl, aceptando su derrota.

El rey chichimeca dio unos pasos hacia atrás y le ordenó que se arrodillara. El capitán tepaneca sacó secretamente una lancilla y antes de poner sus rodillas sobre el piso disparó aquella arma que pronto dio en la pantorrilla de Nezahualcóyotl.

—¡No he de morir sin antes quitarte la vida! —gritó, levantó su macuahuitl y se puso en guardia nuevamente.

Sin mirar el chorro de sangre que le escurría de la pierna, el Coyote hambriento liberó toda su rabia y siguió lanzando golpes. El capitán pudo neutralizarlos con su arma, hasta que de pronto Nezahualcóyotl perdió el balance y tropezó. Se le fue encima, pero el rey chichimeca esquivó los ataques rodando por el suelo, y tomando un cuchillo. El tepaneca quería darle en la cabeza, pero Nezahualcóyotl se defendía dándole patadas en las pantorrillas. Finalmente el Coyote ayunado logró lanzar su arma.

Los ojos del capitán tepaneca se inflaron. Tenía el cuchillo enterrado en la garganta, mientras un chorro de sangre le escurría por el pecho. Dejó caer su macuahuitl sin quitar la mirada de aquel rey que le había arrancado la vida. De pronto cayó de rodillas frente a él. Nezahualcóyotl se apuró a moverse para que el cuerpo de aquel moribundo no le cayera encima.

Al ponerse de pie descubrió que su tropa seguía luchando. Sin detenerse a apoyarlos se encaminó al interior del palacio. En ese momento lo recibió otro soldado tepaneca.

—¿Dónde está Maxtla? —gritó Nezahualcóyotl caminando enfurecido con sus armas en las manos, sin una sola joya o pluma que decorara su indumentaria.

—¿Quién eres tú? —preguntó el soldado.

—¡Soy Nezahualcóyotl! —levantó velozmente su macuahuitl—. ¡Soy el rey chichimeca! —y le dio un golpe certero en la cabeza.

Al entrar a la sala principal se encontró con los ministros y consejeros de Azcapotzalco.

—¡Mi señor! —dijeron poniéndose de rodillas—. ¡Le rogamos nos perdone la vida!

—¿Dónde está Maxtla? —preguntó Nezahualcóyotl al acercarse a uno de ellos.

—¡Se ha marchado!

El Coyote ayunado levantó su macuahuitl y le dio un golpe al ministro que le había respondido. Su cabeza salió rodando y la sangre salpicó a todos los que se encontraban arrodillados a su alrededor.

—¿Dónde está Maxtla?

—Salió por allá —señaló uno de ellos cerrando los ojos, esperando que el rey chichimeca le perdonara la vida, lo cual no ocurrió: también le cortó la cabeza. En ese momento comenzaron a entrar los soldados que le habían acompañado.

—Mi señor —dijo uno de ellos—, ya hemos acabado con los soldados tepanecas que estaban en la entrada.

—¡Ahora maten a estos hombres! —gritó Nezahualcóyotl—. ¡A todos! ¡Que no quede uno solo vivo! ¡Ustedes —señaló a unos cuantos soldados— síganme!

El rey chichimeca se dirigió a la salida que había señalado el ministro tepaneca. De pronto vio una sombra. Comenzó a correr. Los soldados le siguieron el paso.

—Mi señor —dijo un soldado en cuanto reconoció a la persona que perseguían—. Es el sirviente de Maxtla.

Pronto llegaron a la zona de los templos. Y la imagen del enano se hizo evidente.

—¡No lo dejen escapar! —gritó Nezahualcóyotl.

El enano aterrado comenzó a escalar el edificio de los sacrificios. Eran cincuenta escalones. Creyó que ahí tenía cincuenta posibilidades de sobrevivir. A la mitad del edificio había una entrada, por la cual podría escabullirse. Pocos conocían su interior. Pero los escalones eran demasiado altos para él. Los soldados llegaron al pie del edificio y comenzaron a subir. El enano sacó su pequeño arcó y disparó una flecha que dio certera en el pecho de un soldado. Pero pronto los soldados de Nezahualcóyotl estaban a tan solo cuatro escalones de diferencia. Unos de ellos, enfurecido por la muerte de su compañero, lanzó una flecha que atravesó la espalda del enano, quien se tambaleó por un instante. Cayó de espaldas y comenzó a rodar por los escalones. Los soldados lo recibieron para evitarle una muerte pronta. Lo cargaron y lo llevaron al pie del edificio, donde los esperaba Nezahualcóyotl.

—¿Cómo te llamas?

—Tlatolton —respondió aterrado—. ¡No me maten! ¡Se los ruego! ¡Yo solo soy un esclavo!

—¿Dónde está tu amo y señor?

—Escondido en los temaxcalli.

—¡Mátenlo! —ordenó el Coyote sediento. El soldado sacó su cuchillo y sin esperar más lo enterró en el pecho del enano que ya estaba al borde de la muerte.

El Coyote hambriento salió con sus soldados en dirección a los temaxcalli, donde encontraron al rey tepaneca escondido como un ratón. Lo miró con desprecio.

—¡Ahí estás, cobarde!

Maxtla no respondió. Se hallaba bañado en sudor sentado en un rincón.

—¡Arréstenlo! —ordenó el rey chichimeca.

En cuanto los soldados caminaron hacia el rey tepaneca, éste se impulsó con las manos y pies hacia atrás tratando de escapar de ellos. Pero no tenía para dónde ir, el lugar estaba lleno de soldados de Nezahualcóyotl. Al salir, comenzó a correr desesperado. Los soldados no se preocuparon por alcanzarlo pues no había forma de que escapara. Estaba rodeado. Nezahualcóyotl y su tropa lo observaron como asustado trataba de huir. Pronto, un grupo de soldados lo recibió en el otro extremo.

—¡No! ¡No me pueden hacer esto! ¡Soy el supremo monarca de toda la Tierra! ¡Yo soy el gran tecuhtli!

—Anda, camina —lo amenazaban con las lanzas. Pero Maxtla se rehusaba a dar un paso.

Entonces uno de los soldados le dio una patada en las nalgas.

—¡Camina! —le gritó.

Nada de eso sirvió para que el rey derrotado moviera un pie. Entonces un grupo de soldados lo llevó a rastras al centro de la plaza de la ciudad de Azcapotzalco, donde ya tenían presos a los soldados tepanecas que lograron sobrevivir. Los hicieron que se pusieran de rodillas. El único que se negó a obedecer fue el rey tepaneca. Los soldados chichimecas lo empujaban para que callera de rodillas, pero Maxtla se volvía a poner de pie. Nezahualcóyotl apareció en medio de la multitud. Caminó a su enemigo, lo miró a los ojos:

—¡Arrodíllate! —le ordenó. Pero éste no respondía. Miraba en todas direcciones humillado. Su gente no hacía más por defenderlo. Estaba acabado y sabía que su vida terminaría en unos cuantos minutos.

—¡Te ordeno que te arrodilles! —gritó Nezahualcóyotl levantando su macuahuitl.

Maxtlaton comenzó a temblar, bajó la cabeza y sin más se dejó caer en el piso, cubriéndose la cabeza con ambas manos.

—¡Levanta la cabeza!

—¡No me mates!

—¡Mírame! —exigió Nezahualcóyotl aun con el macuahuitl en alto.

—¡Piedad! —las lágrimas recorrieron las mejillas de Maxtla.

—¡Levanta la cabeza!

El rey tepaneca alzó la mirada y se encontró con el peor de los Coyotes que habían existido. Lo vio desde que nació, conoció al crío indefenso, al joven asustado, al Coyote sediento de auxilio, al Coyote ayunado entre los bosques, al Coyote hambriento de aliados, y ahora se encontraba frente al Coyote que saciaba su sed de venganza, su hambre de poder, que alimentaba la palabra empeñada a su pueblo: Acolmiztli Nezahualcóyotl, el gran chichimecatecuhtli, el rey acolhua, el conquistador.

—¡No me mates! —gritó con la cara bañada en llanto—. ¡No me mates! ¡No me mates!

—Mataste a tu hermano, mandaste asesinar a los reyes de Tlatelolco y Tenochtitlan, ordenaste mi persecución y la de muchos inocentes.

—¡Perdóname! —intentaba alejarse del Coyote hambriento—. ¡No me mates!

—Cargaste de intolerables tributos a los vasallos del imperio y a los mexicanos —el rey chichimeca avanzaba conforme Maxtlaton retrocedía.

—¡Lo sé! ¡Admito mi culpa! ¡Pero no me mates!

—No diste beneficio ni alivio a tus propios pueblos. Violentaste a la esposa de Chimalpopoca, intentaste hacer lo mismo con la mujer de Izcóatl, frente a tu esposa. Y ahora pides que no te mate —Nezahualcóyotl alzó aun más su macuahuitl.

—¡No! ¡No! ¡No! —gritó aterrado y se agachó hasta el suelo.

De pronto comenzó a arrastrarse por el piso. Dos soldados se acercaron a él y lo arrastraron de regreso. Lo obligaron a ponerse de rodillas, sin que dejara de suplicar piedad.

En el momento en el que Maxtla obedeció la furia del rey chichimeca se vació en un solo golpe. Sació su sed de venganza. Le cortó la cabeza sin clemencia. Recobró el imperio. Acabó con el reino tepaneca que jamás volvió a recuperarse. Nunca más.

Hubo un gran silencio. Nadie se movía. Cual si en la mente de cada uno de los presentes se repitiese segundo a segundo el instante en el que la cabeza del despiadado Maxtla había salido volando, salpicando sangre por todas partes, mientras el cuerpo decapitado se zangoloteó por dos segundos antes de caer como un pesado costal en el suelo.

Luego, Nezahualcóyotl caminó hacia el cadáver, lo observó y en su interior se agolpó un maremoto de emociones: la muerte de su padre y la de tantas personas por culpa de los tepanecas, sus años de tormento, hambre y soledad. Se agachó y con las dos manos volteó pecho arriba el cuerpo lleno de tierra y sangre. Sacó su cuchillo, lo observó por unos breves segundos, lo alzó a la altura de sus ojos. Y como si estuviese destazando un venado le abrió el pecho frente a todos. Metió las manos y con gran fuerza comenzó a cortar las arterias y le arrancó el corazón. Se puso de pie y lo mostró a la multitud. La sangre le escurría por los brazos. Se dirigió a los cuatro vientos y esparció la sangre por la plaza.

—Arrojen su cadáver a las aves carroñeras.

20. Cempoalli

Después de la destrucción de Azcapotzalco, el asesinato de Maxtla y la muerte de miles, algunos pobladores vecinos comenzaron decir que la gran victoria no era más que la evidencia de que Nezahualcóyotl era un tirano, igual que Tezozómoc y Maxtla.

Mientras que los aliados del Coyote opinaban que Nezahualcóyotl era el gran héroe que recuperó el imperio y salvó a los pueblos sojuzgados por Tezozómoc y Maxtla. Así son las guerras. Mucha gente tenía que morir. El fin justifica los medios.

—¿La mano del héroe no se tiñe de rojo cuando mata? —preguntaban los que estaban en contra de Nezahualcóyotl.

Luego del saqueo, el genocidio y la destrucción total, el formidable despojo fue cedido a los soldados victoriosos, la ciudad fue destinada a las ferias de los esclavos y las tropas salieron —nuevamente divididas en cuatro— rumbo a Tenayocan, la cuna del reino chichimeca, que en ese momento se encontraba ocupada por los enemigos. Luego de unos días de batalla lograron conquistarla. Lo mismo ocurrió los meses siguientes con todas las pequeñas poblaciones que los aliados de los tepanecas aún conservaban, ya sin fuerza para defenderse.

Al finalizar el año Nezahualcóyotl dejó bien fortificadas aquellas ciudades para evitar futuros levantamientos y se dirigió a México-Tenochtitlan, donde las multitudes salieron a recibirlos saludando a todos los capitanes con palabras muy corteses, entregándoles rosas, perfumaderos, mantas galanas, pañetes labrados, bezoleras, orejeras y comidas de guajolotes, tamales rellenos con carne de conejo o codorniz, brebajes de cacao y pinole. Se hicieron grandes fiestas con danzas, banquetes y sacrificios a los dioses, entre los cuales perecieron muchos capitanes enemigos.

Las tropas auxiliares volvieron a sus casas a descansar y a disfrutar del despojo hacia los vencidos. Premió particularmente a los señores de Tlaxcala y Huexotzinco.

A principios del año 2 casas (1429), Nezahualcóyotl comenzó la construcción de un majestuoso palacio en Chapultepec. Los mexicas se ofrecieron a ayudarle llevando todo tipo de materiales y obreros. Cercaron el lugar, fabricaron estanques en los manantiales de agua, y plantaron centenares de árboles. Pronto se llenó de venados, conejos, liebres y otros animales silvestres. Se convertiría en su lugar de diversión y descanso. Jamás en la historia chichimeca un rey había fabricado jardines tan hermosos y tan grandes. Particularmente en Tezcoco, en el cerro del Tetzcotzinco, donde mandó construir un acueducto, que llegaba por el lado este; un palacio real en el lado sur; y el majestuoso temaxcalli con tres terrazas y bellas jardineras. Alrededor del monte había un camino rodeado de árboles, plantas y hermosas flores que daba a unas escaleras de 520 peldaños tallados en roca. Conducía al mirador en la cima del cerro y que a su paso unían entre sí hermosas terrazas ubicadas en distintos niveles.

Ya se le había jurado al Coyote hambriento en Tezcoco como gran chichimecatecuhtli. Sólo faltaba que todos los aliados y vencidos le reconocieran como supremo monarca de toda la Tierra.

El objetivo principal del Coyote ayunado era hacerse jurar por supremo monarca de toda la Tierra, pero los celos de Izcóatl lograron posponer la jura. No era suficiente con que Nezahualcóyotl les hubiese regalado los despojos de los vencidos, sino que se dividiera el verdadero botín: el imperio. ¿De qué hubiese servido luchar si a fin de cuentas volverían a ser vasallos del chichimecatecuhtli? Los mexicas no estaban dispuestos a sufrir lo mismo de nueva cuenta.

La historia se repetía. Tezozómoc se había negado a dar vasallaje a su primo Ixtlilxóchitl que había sido mucho menor; Izcóatl era tío de Nezahualcóyotl, y mucho mayor que él.

—No es recomendable que se te jure como supremo monarca si no tienes aún la conquista del imperio completada —dijo Izcóatl.

Nezahualcóyotl arqueó las cejas. No creía estar escuchando eso de su tío. Ése no era el plan. ¿Qué le estaba ocurriendo al tlahtoani? Pero negarse a sus peticiones provocaría desencuentros entre ambas ciudades.

—No has castigado la traición de Iztlacautzin, señor de Huexotla —continuó Izcóatl—. Se me ha informado que ha estado armando alianzas con tu hermano Tlilmatzin y tu cuñado Nonohuacatl, y con los señores de Coatlichán, Cohuatepec y otros pueblos.

En eso no se equivocaba el rey Izcóatl, pues pronto llegaron noticias de Tezcoco.

—Gran chichimecatecuhtli —dijo un mensajero luego de arrodillarse frente a Nezahualcóyotl—. Iztlacautzin se ha encargado de seducir a la nobleza de Tezcoco, alegando que a usted no le interesa su reino, puesto que ya está fabricando su palacio aquí en Chapultepec. Además dicen que quiere vengar la muerte del emperador Maxtla.

Ese mismo día se le informó que el señor de Huexotla había tomado las armas para conquistar Acolman, Otompan, Coatlichán, Cohuatepec, Iztapalapan y otras poblaciones menores.

—Digan a Iztlacautzin, Tlilmatzin y Nonohuacatl que la razón que me movió a llevar una guerra en contra de

Maxtla era porque ya las poblaciones no podían sostener más el yugo en el que se encontraban. Háganles saber que no tengo deseo de continuar en batallas, pues mi gente está cansada. Comuníquenles que estoy dispuesto a perdonar sus traiciones; pero que si no lo desean no tardaré en llegar con mis tropas para castigarlos.

Izcóatl se encontraba a un lado de Nezahualcóyotl. Hizo un gran esfuerzo para no contradecir a su sobrino. Estaba seguro de que era un grave error ofrecerles el perdón. A pesar de su empeño en no repetir la historia, estaba cometiendo el mismo error que su padre.

—Así lo haremos —dijeron los mensajeros y partieron a dar el recado.

Al día siguiente volvieron los mensajeros e informaron a Nezahualcóyotl que aquellos señores se negaban a rendirse. Iniciaba la primavera de 1429 cuando nuevamente salieron rumbo a Tezcoco las tropas chichimecas, mexicas, y tlatelolcas comandadas por Nezahualcóyotl, los reyes Izcóatl y Cuauhtlatohuatzin, los infantes Moctezuma, Tlacaélel, Axayácatl y otros señores principales.

Aun se encontraba oscuro el valle cuando las tropas desembarcaron en silencio. Y sin dar tregua al enemigo entraron arrasando todo. Más destrozos, más muertos, más mutilados, más sangre. Increíble, aunque faltos de gente, y fatigados, no se daban por vencidos. Siete días seguidos. Hasta que Iztlacautzin y Nonohuacatl acobardados emprendieron la huida. Ya sin los líderes al frente las tropas enemigas decidieron darse a la fuga. Muchos fueron asesinados y otros arrestados.

El rey chichimeca puso en orden la ciudad, instauró gobernadores y dos días más tarde marchó rumbo a Huexotla, Coatlichán, Cohuatepec, Iztapalapan, Xochimilco —esta última sin el auxilio de los tenochcas— a las cuales de igual manera derrotaron con dificultad, pues conforme pasaban los días las tropas de Nezahualcóyotl se encontraban más débiles y desanimadas.

Se rumoraba que Izcóatl no había mandado sus tropas a Xochimilco porque quería posponer la jura de Nezahualcóyotl. Y cuando ya no pudo mantener el disimulo frente a sus consejeros se excusó diciendo que había evitado exponer a sus súbditos a los estragos de la guerra por auxiliar a su sobrino.

—Si ustedes lo proponen enviaré las tropas que sean necesarias para acabar con los rebeldes —dijo frente a los ministros—. Pero creo justo hacerle ver a Nezahualcóyotl que luego de alcanzar la victoria debemos dividir el reino entre Tezcoco y México-Tenochtitlan.

Hubo un silencio.

—Así debe ser —continuó Izcóatl—, ya hemos sacrificado muchas vidas. ¿Y qué recibiremos? Gratitud, pero seguiremos siendo vasallos de Tezcoco. ¿No les parece equitativo que compartamos el imperio siendo que nosotros fuimos aliados en la mayoría de las batallas?

Tras derrotar a los xochimilcas Nezahualcóyotl volvió a su palacio de Chapultepec para fortalecer sus tropas y continuar castigando a los pueblos que aún ponían resistencia.

Izcóatl mandó una embajada para invitarle a un banquete en la ciudad isla. El Coyote sediento no imaginaba el objetivo real de aquella invitación. Ya se había hecho costumbre que ambos se hicieran visitas en sus palacios. "Quizá —pensó—, es para celebrar la derrota de los xochimilcas, o para ofrecer sus tropas nuevamente."

—Querido sobrino —dijo Izcóatl luego de haber terminado de comer en compañía de los ministros y consejeros de ambos reinos—, hemos dialogado mucho mi senado y yo sobre los acontecimientos. Y hemos llegado a la conclusión de que el imperio debería ser dividido entre Tezcoco y Tenochtitlan.

—¿Dividido? —la mirada de Nezahualcóyotl se mantuvo fija.

El tlahtoani Izcóatl no se dejó intimidar. El senado mexicano sabía perfectamente que de esa plática dependería el destino de los mexicas.

—Sería lo mejor —dijo Izcóatl para no dejar que Nezahualcóyotl pensara mucho.

Tlacaélel se encontraba a un lado del tlahtoani. Comenzaba la guerra de poderes. El Coyote sediento entendía perfectamente lo que querían los mexicas, pero, ¿cómo responderle? ¿Qué decirle en la situación en la que se encontraba? Ya estaba cansado de tantas batallas, tantas persecuciones. Nezahualcóyotl tenía veintisiete años y parecía de cuarenta. Se había desvelado mucho en los últimos años, había sufrido mucho. Era aún muy joven en comparación a la mayoría de los reyes de otros pueblos, pero muy sabio. Ya no lo engañaban los discursos. Y por mucho que intentara Izcóatl maquillar sus palabras, el trasfondo del sermón era: Compartimos el imperio o nos lo disputamos. ¿Cuánto tiempo duraría una guerra contra los tenochcas? ¿Uno, tres, cinco años?

"Dile que no —se dijo Nezahualcóyotl en sus pensamientos—. Este reino te pertenece por herencia. Los mexicas no pertenecen a la nobleza. Además, tú los salvaste de ser destruidos por los tepanecas. Responde, Coyote, anda, no temas. ¿O esperarás a que los tenochcas se revelen?"

Disimulando cuanto pudo respondió que le parecía justo dividir el imperio, pero en el fondo caviló en corregir aquello en el futuro. De alguna manera… de alguna manera.

—Dividiremos el gobierno —respondió—, pero yo debo ser jurado y reconocido por supremo monarca de toda la Tierra, del mismo modo, y con las mismas solemnidades que a mis antecesores.

No era precisamente lo que el rey Izcóatl tenía en mente. Ni siquiera había imaginado que Nezahualcóyotl respondería de tal manera. Pensó que dadas las circunstancias accedería sin complicaciones. Pero también creyó que en el futuro podría remediar aquella condición. De igual manera Tlacaélel se mantuvo en silencio, sabiendo que por el momento sería lo mejor. No había razones para iniciar una disputa con el rey chichimeca. Por lo menos, no por el momento.

—Que así sea —respondió Izcóatl luego de mirar un gesto de aprobación en Tlacaélel—, siempre y cuando el gobierno dependa del concurso de ambos.

Concluido aquel encuentro, Izcóatl ordenó a sus tropas para que salieran en compañía de Nezahualcóyotl para dar fin a la rebelión. Pronto corrió la noticia y la ambición de los demás aliados germinó antes de que saliera el sol. Entre ellos el rey de Tlatelolco, Cuauhtlatohuatzin, que deseoso de pertenecer a la unión entre Tezcoco y Tenochtitlan levantó sus tropas para auxiliar al tecuhtli Nezahualcóyotl en esta guerra.

Se llevaron continuas batallas en contra de Acolman, Tecoyacan, Tepechpan, y Chiuhnautlan. Los enemigos huyeron a Teotihuacán, donde se dio otro sangriento combate. Se conquistaron de igual manera los pueblos de Quauhtlanzinco, Acapoxco y Otompan, donde hubo mayor resistencia, y por ello peores estragos. Siguieron con Cempoala y Aztaquemecan. En cuanto los traidores —Iztlacautzin, antiguo señor de Huexotla, y principal cabeza del motín, el medio hermano de Nezahualcóyotl, Tlilmatzin, y los señores de Coatlichán, Acolman y Cohuatepec— se enteraron que Nezahualcóyotl iba en camino a Tezcoco salieron huyendo a Tlaxcala. El supremo monarca les envió mensajeros para hacerles saber que no pretendía ya tomar venganza, que bien esperaba encontrarlos para hacer las paces. Éstos respondieron que sentían vergüenza y que por lo mismo no podían verlo a los ojos; que aceptaban el perdón pero que esperaban que el tiempo les diera mejores coyunturas para algún encuentro. Pronto los pequeños pueblos que se mantenían rebeldes se rindieron, mandaron pedir perdón al rey chichimeca, poniendo de esta manera fin a la guerra en el año 3 conejo (1430).

Al volver a México-Tenochtitlan las tropas victoriosas fueron recibidas con grandes fiestas, danzas y banquetes. Más sacrificios humanos para agradar al dios de la guerra, Huitzilopochtli. Nezahualcóyotl asistió esperaba que se le reconociera y jurara como supremo monarca de toda la Tierra en esos mismos días. Ya no había razones para posponerlo.

Una noche llegó Nezahualcóyotl a su palacio en Chapultepec donde lo esperaban sus concubinas. Habló con ellas y les pidió perdón por haberlas dejado solas tanto tiempo, y prometió recompensarlas en el futuro.

—En unos cuantos días seré jurado y reconocido como supremo monarca de toda la Tierra —de igual manera les explicó que compartiría la administración del gobierno con el tlahtoani de México Tenochtitlan.

Hubo mucha alegría entre ellas y para celebrar danzaron regocijadamente. Fue una noche de muchas risas. Los hijos del rey chichimeca jugaban felices de tener a su padre, el héroe, el rey chichimeca.

Para pasar la noche, el Coyote ayunado escogió a Zyanya. Entraron a la habitación principal y comenzaron las caricias, pero ella parecía ausente.

—¿Qué te ocurre? —preguntó el rey chichimeca.

—Me siento muy triste —respondió ella liberando un torrente de lágrimas.

—¿Por qué?

—Nosotros celebramos la caída del reino tepaneca y se te olvida que yo provengo de ahí. Tlacopan pertenecía a Azcapotzalco. Mi padre Totoquiyauhtzin, señor de Tlacopan, tan honrado y leal a ti, debe estar muy adolorido.

—Ya hicimos las paces con su reino.

—Sí, pero viven como vasallos. ¿Y yo? Quedaré como la más insignificante de tus concubinas. Seré la burla de todas. Lo mejor será que me devuelvas con mi padre, aunque tenga que sufrir la vergüenza pública. No puedo dejar a mi gente en abandono.

Por más que Nezahualcóyotl intentó detener el llanto de Zyanya, ella no cesaba.

—Si Tlacopan no fuera tributario sería mucho más fácil seguir aquí. De otra manera siempre seré como una sirvienta. Eso es Tlacopan: un pueblo sirviente, sin voz ni voto.

—¿A qué te refieres?

—Que permitieras que mi padre… quiero decir, Tlacopan forme parte del gobierno. Claro si te interesa salvar mi dignidad. Y la tuya por supuesto.

—Tu padre ya forma parte de la nobleza. Se le permitirá asistir a las juntas de gobierno como consejero.

—¿Eso te parece suficiente? —Zyanya seguía llorando.

—No lo despojaremos de su reino. Si quieres le podemos conceder algunas de las tierras conquistadas.

Zyanya se esforzó tanto en su llanto que logró embaucar al tecuhtli Nezahualcóyotl en su proyecto, un proyecto por nadie imaginado, un proyecto que no se conformaba sólo a que su padre conservara el reino de Tlacopan, y se le regalaran algunas de las tierras conquistadas; sino a que se le incluyese en el gobierno del imperio.

—¿Qué? —preguntó Nezahualcóyotl admirado.

—Por partes iguales —seguía con el rostro lleno de lágrimas—. Una triple alianza.

—¿Cuál triple alianza?

—La que se hizo entre Tezcoco, Tlacopan y México Tenochtitlan para la conquista.

—¿Tlacopan?

—¿Ya lo olvidaste tan pronto? Sin la ayuda de mi padre no habrían logrado entrar a Azcapotzalco.

—Pero así no fue como sucedieron las cosas.

—Entiendo. Mejor devuélveme con mi padre. Será mejor —Zyanya le dio la espalda y se desbordó en llanto.

Luego de un largo rato, el Coyote hambriento cedió ante el llanto de una mujer.

—Yo sé lo que te digo —agregó Zyanya con un mejor semblante—. De esta manera nada podrá resolverse en los negocios del gobierno sin la concurrencia de las tres cabezas: Tú, mi amado tecuhtli, mi padre, que es un hombre leal, y el rey de México Tenochtitlan.

Así quedaría recordado en la historia: la triple alianza de Tezcoco, Tenochtitlan y Tacuba. Los menos esforzados se llevaban la mejor tajada. Increíble. Una mujer había logrado la conquista, la victoria, la riqueza para Tacuba sin lanzar una sola flecha, sin salir a combate, sin ejercitarse en las armas, sin sacrificar vidas, sin arriesgar el pellejo. Lo logró en una noche, con unas lágrimas bien fingidas. Claro que no quedaba duda de que Totoquiyauhtzin había sido fiel a Nezahualcóyotl, que gracias a él se había facilitado la entrada de las tropas al reino tepaneca, ¿merecía en verdad formar parte del gobierno imperial? En cuanto Nezahualcóyotl notificó a Izcóatl su decisión de incluir a Totoquiyauhtzin se levantaron el senado y los reyes aliados en su contra.

—¿Acaso no luchamos de igual manera todos los aliados? ¿Y los mexicas, los tlaxcaltecas y los tlatelolcas? ¿Entonces por qué hacer la triple alianza entre Tezcoco, Tenochtitlan y Tlacopan? ¿Dónde quedamos los demás aliados, los que en verdad dimos todo por el tecuhtli Nezahualcóyotl?

—Será ésta la única manera que pueda haber justicia en el gobierno —insistió Nezahualcóyotl—. Bien saben todos ustedes que el principal objetivo de esta guerra era castigar la tiranía de Maxtla y sus aliados. Jamás fue mi intención desaparecer la monarquía tepaneca.

—¿Por qué no? —preguntó Izcóatl.

—Porque es una de las primeras y más ilustres del imperio, de donde descienden muchas nobles casas y familias. Entre los cuales se encuentra la de Totoquiyauhtzin, quien sin importarle el parentesco inmediato con la casa de Azcapotzalco les abrió el paso por Tlacopan a las tropas mexicanas. ¿Lo han olvidado tan pronto?

—¿Qué acaso una de sus hijas no es tu concubina? —preguntó uno de los señores principales—. ¿Es eso lo que motiva esta decisión?

—No es justo que se extinga la monarquía tepaneca. Y es aun más justo darle parte en el gobierno a Totoquiyauhtzin, descendiente de la casa de Azcapotzalco, adornado de todas las prendas de valor, talento y prudencia apreciables de un monarca. Si no lo hacemos nos comportaremos como tiranos. ¿Era ése su afán por la guerra? ¿Para eso querían una alianza? ¿Los movió la ambición? Adelante, señores, que pronto se levantarán los pueblos en nuestra contra.

—Me parece correcta tu intención de no destruir por completo el reino tepaneca. Pero no veo la razón para darles poder en el gobierno de la monarquía.

—Porque es mucho más conveniente que seamos tres y no dos las cabezas del imperio. De esta suerte habría siempre desigualdad en los votos que prontamente formaran decisión en los puntos dudosos.

Hubo un gran silencio. Nezahualcóyotl había adquirido el poder del convencimiento. Pero Izcóatl no pretendía aceptar una triple alianza. ¡Y mucho menos con el reino de Tlacopan! Pero tenía que jugar con las palabras.

—Sí, querido sobrino, comprendo tu razonamiento, sé que no quieres que muera el reino de Azcapotzalco.

Aunque bien sabía Izcóatl que era una falsedad. "¿Para qué había mandado entonces destruir todo en Azcapotzalco?", pensó Izcóatl.

—Hay otros señores descendientes de aquel reino. Otros que no tienen en sus venas el odio y deseo de venganza. Puedes elegir a otro que no sea Totoquiyauhtzin.

Nezahualcóyotl no estaba dispuesto de ceder. Si dividía el reino en tres, sería menor el poder de los mexicas. El padre de su concubina obedecería con mayor flexibilidad. A fin de cuentas, tras la muerte de Totoquiyauhtzin, su hija heredaría el reino de Tlacopan y a su vez volvería a manos del reino chichimeca. Luego de mucho discutir Izcóatl y el senado tuvieron que acceder a la petición del rey chichimeca.

Acordaron que a los estados de Tlacopan se agregase la quinta parte de las tierras nuevamente conquistadas y el resto se dividiese entre Nezahualcóyotl e Izcóatl por partes iguales; que a Totoquiyauhtzin se le diese la investidura de rey de los tepanecas, con el título de tepanecatl tecuhtli, al rey de México el de colhua tecuhtli, por el antiguo reino de Colhuacan que poseía por sucesión legítima, y a Nezahualcóyotl el de gran chichimecatl tecuhtli, que tuvieron sus antepasados.

Se enviaron embajadas a todos los pueblos. Finalmente, en el año 4 caña (1431) se llevó a cabo la jura de Nezahualcóyotl con una pompa y magnificencia nunca antes vista, en la ciudad de México-Tenochtitlan. En los ritos y solemnidades con que recibió la dignidad y el mando de Acolhua Tecuhtli se combinaron los usos propios de Tezcoco con los que seguían los señores mexicas. Primero se vistió al tecuhtli Nezahualcóyotl con una ropa real de algodón azul, se le calzó con unas sandalias, también azules y se le puso en la cabeza, como insignia real, una venda del mismo color, forrada más ancha hacia la frente, de modo que parecía una media mitra. Con estos hábitos, acolhua tecuhtli se dirigió al teocalli de Tezcatlipoca, acompañado por todos los grandes y principales del reino, y por los reyes de México y Tacuba. Llegado en presencia del ídolo, desató su manto para quedar desnudo frente a él y recibió un incensario con copal para sahumar hacia los cuatro puntos cardinales.

Pasaron los infantes Tlacaélel y Moctezuma a saludarle y jurarle fidelidad. De la misma manera lo hicieron todos los reyes, príncipes y demás nobleza de los pueblos.

Concluidos aquellos actos salió Nezahualcóyotl a la puerta del palacio, donde se encontraban miles de vasallos, tantos que no se podía distinguir dónde terminaba aquel concurso. Y alzando la voz dio un discurso a sus vasallos. Después se dio inicio al abundante banquete, preparado para el pueblo. Fueron días de mucha alegría, de fiestas y regocijos públicos, bailes, saltos, alardes y juegos de combates y de pelota.

Epílogo

Nezahualcóyotl tuvo entre veinte y treinta concubinas. Tras la reconquista del imperio, la nobleza de México-Tenochtitlan le había enviado veinticinco doncellas para que eligiera a una como su legítima esposa y diese al señorío un heredero, pero Nezahualcóyotl las devolvió. Luego pidió que le llevaran a las hijas legítimas de los señores de Huexotla y Coatlichán.

Decidió casarse con una princesa de Coatlichán que aún era una niña. Entonces se la encargó a su hermano Quauhtlehuanitzin para que en su casa le dieran educación, mientras llegaba el momento en que se pudiera celebrar la boda. Con el paso de los años Quauhtlehuanitzin murió y su hijo Ixhuetzcatocatzin, al parecer ignorando que la joven estaba destinada para el matrimonio, la tomó por esposa. Cuando Nezahualcóyotl la mandó pedir, Ixhuetzcatocatzin alegó que no estaba enterado que la joven estaba comprometida. El rey acolhua llevó el caso a juicio en donde se dictaminó que Ixhuetzcatocatzin estaba libre de culpas.

Tras este fracaso, Nezahualcóyotl salió desolado por los pueblos hasta llegar a Tepechpan, donde Cuacuauhtzin, señor de aquel lugar, le ofreció un banquete en la casa principal. Cuacuauhtzin tenía en su casa a Azcalxochitzin, una hermosa joven de diecisiete años con la que planeaba casarse, hija del infante mexica Temictzin; ella había sido entregada a Cuacuauhtzin a cambio de oro, piedras preciosas, mantas, plumería y esclavos.

Desde el momento en que la vio, el Coyote ayunado dejó de sentir la melancolía que lo había atormentado. Volvió al palacio de Tezcoco con un nuevo semblante, sonreía y suspiraba como nunca: estaba enamorado. Sí, por fin se había enamorado ciegamente de una mujer.

El supremo monarca pasó varios días hablando de ella. Entonces decidió llevarla al palacio. Él era el supremo monarca de toda la Tierra, pero ni los dioses ni las leyes le daban el derecho de quitarle la mujer a otro hombre. Mucho menos a él, que debía ser un ejemplo de virtudes. Pero se envenenó por el deseo de una mujer.

Nezahualcóyotl fraguó un ardid para quitar de su camino a Cuacuauhtzin. Y la única manera era arrebatándole la vida. Para encubrir el crimen envió una embajada a los tlaxcaltecas diciéndoles que Cuacuauhtzin había cometido graves delitos era necesario castigarlo. Por su edad avanzada y su alto rango militar, lo mejor era darle una muerte honrosa en la próxima guerra florida.

Cuando Nezahualcóyotl le pidió a Cuacuauhtzin que fuese a esa guerra florida, obedeció a pesar de que se había enterado de la confabulación. Cuacuauhtzin también era poeta y antes de ir a la batalla invitó al Coyote ayunado a un banquete en su pueblo de Tepechpan, donde cantó acompañado de sus músicos frente a todos:

Flores con ansia mi corazón desea.
Que estén en mis manos.
Con canto me aflijo,
sólo ensayo cantos en la tierra.
Yo, Cuacuauhtzin, con ansia deseo las flores,
que estén en mis manos.
Yo soy desdichado...
Tu atabal de jades,
tu caracol rojo y azul así lo haces ya resonar,
tú Yoyontzin.

ANTONIO GUADARRAMA COLLADO

Ya ha llegado, ya se yergue el cantor...
Tú me aborreces,
tú me destinas a la muerte.
Ya me voy a su casa,
pereceré.
Acaso por mí tengas que llorar,
por mí tengas que afligirte,
tú, amigo mío...

Cuacuauhtzin se dirigía a Nezahualcóyotl llamándolo *Yo-yontzin*, cantor. Le decía: "Tú me aborreces". La gente recordaría por siempre aquel canto de Cuacuauhtzin, que fue muerto por los soldados tlaxcaltecas en el año 3 caña (1443).

Mucho se murmuró sobre este crimen, pero nadie tuvo el valor de recriminárselo al emperador. Y mucho menos Azcalxochitzin, de quien se decía que también estaba enamorada del Coyote hambriento, que habían tenido encuentros a escondidas, y que fue cómplice en el asesinato.

El rey acolhua se sentía avergonzado de su crimen, tanto así que para hacerla su esposa tuvo que elaborar un plan aun más absurdo. Ordenó construir una calzada desde Tepechpan hasta el bosque de Tepetzinco; luego, a solas, mandó a una vieja mensajera para que fuese a ver a Azcalxochitzin y le dijese que para cierto día pasarían muchos obreros arrastrando una enorme piedra para ponerla en el bosque de Tepetzinco. Entonces ella debía salir a verla de forma que todos notaran su presencia. Nezahualcóyotl estaría en su mirador desde donde la vería y la mandaría llevar al palacio.

Llegado el día acordado, Nezahualcóyotl fingió que no conocía a la joven doncella. Mientras se llevaba aquella piedra gigantesca, él estaba observando desde su mirador. Entonces preguntó: "¿Quién es aquella mujer?" Le dijeron que era Azcalxochitzin, su prima, que venía a ver aquella piedra de enormes proporciones. El rey dijo que no era apropiado que su prima siendo tan niña anduviese en semejante lugar, y así la llevasen al palacio donde estaría mejor.

Así se cumplió aquella farsa de la cual nadie se dejó llevar, pero necesaria para que el supremo monarca pudiese justificarse. Quiso engañar a los tlacuilos para que cambiaran la historia, pero no lo logró. Pronto la noticia corrió de casa en casa y de pueblo en pueblo.

Después llegaron los augurios que anunciaban el castigo de los dioses hacia el reino de Nezahualcóyotl. Él los ignoró, y se olvidaron por algunos años, puesto que luego de este matrimonio la ciudad de Tezcoco alcanzó su mayor esplendor: se hicieron grandes edificaciones, palacios, templos, escuelas, calzadas, jardines, acueductos. Hubo trabajo para todos. Siembra por toda la Tierra. Los pueblos pagaban puntualmente sus tributos. Se establecieron leyes muy severas.

Al paso del tiempo se cumplieron los presagios: en el año 5 casas (1445), llegó una plaga de langostas que devoró los campos y cosechas y provocó el hambre.

Malos tiempos, muy malos. El clima se tornó frío, mucho más de lo que se esperaba. Las mantas no eran suficientes para abrigarse ni el fuego tan caliente para calentarse. La tierra amaneció blanca, blanca, como la punta del Popocatépetl y el Iztaccihuatl, aquellos amantes que murieron de amor.

Todo el valle se cubrió de nieve, lo cual destruyó sembradíos y muchas casas de frágil construcción. Llegó así una epidemia de resfriados con la cual murieron muchos. Tres años continuos de desgracias, de castigos de los dioses por el crimen de Nezahualcóyotl; tres años en que hubo fuertes heladas, en que se perdió casi toda la cosecha, y en que murió mucha gente de hambre.

Al final de su vida, Nezahualcóyotl tenía ciento diecinueve hijos: setenta y dos hombres y cincuenta y siete mujeres. Solo dos de ellos fueron hijos de su matrimonio formal: Tetzauhpintzintli, quien fue acusado de rebeldía contra el rey —por un medio hermano que aspiraba a ser el heredero— y que murió tras ser juzgado por las legislaciones impuestas por Nezahualcóyotl; y Nezahualpilli —que nació en 1465, cuando el supremo monarca tenía sesenta y tres años de vida y su esposa alrededor de cuarenta.

En 1472, Nezahualcóyotl enfermó y sabiendo que el fin de sus días había llegado, mandó llamar a su hijo Nezahualpilli de siete años, a los embajadores de México-Tenochtitlan y Tlacopan, además de sus familiares, para hacerles saber que nombraba como heredero a Nezahualpilli. Mientras llegaba el momento en que tuviera la edad y las facultades para tomar el gobierno, otro de sus hijos, Acapioltzin, quedaría al frente del trono y sería el tutor del joven heredero.

Pidió que a su pueblo se le dijera que el acolhua tecuhtli se había marchado a tierras lejanas a descansar y que no volvería. Después solicitó a todos que lo dejaran a solas. A las pocas horas murió Nezahualcóyotl, el Coyote ayunado, el Coyote sediento, el Coyote hambriento.

Fue un príncipe feliz en la infancia, un adolescente triste y desvalido tras la muerte de su padre, un joven amenazado y deseoso de venganza en los años que reinó Tezozómoc, un gran estratega al crear alianzas, un guerrero valiente y astuto al recuperar el imperio, un vengador despiadado al castigar a sus enemigos, un hombre celoso y criminal al enamorarse como nunca de Azcalxochitzin, también un gran poeta, un pensador, un filósofo, un constructor y un gran gobernante. Supo saciar su hambre y sed de venganza con el paso de los años, pero de igual manera supo aprender de todos sus errores. Vivió la miseria, la tristeza, conoció el mundo de todas sus formas posibles. Mató y salvó muchas vidas. Amó y odió. Perdió y ganó. Nació príncipe, vivió como plebeyo y murió como rey.

México, 2009-2011

Nota del autor

La historia del reino chichimeca se encuentra en los códices Xólotl, Tlotzin y Quinatzin; así como en las crónicas de Fernando de Alva Ixtlilxóchitl y Juan Bautista Pomar, quienes atribuyeron a Nezahualcóyotl la mayoría de las victorias. Por otra parte, en el códice Ramírez y los textos de Hernando de Alvarado Tezozómoc, entre otras crónicas, le quitaron todo tipo de crédito al príncipe chichimeca. Es decir que si nos enfocáramos en la historia que dejaron los mexicas y sus descendientes, Nezahualcóyotl no sería el famoso personaje que conocemos hoy en día.

Podemos preguntarnos, entonces, ¿por qué este rey acolhua ganó tanta popularidad? Como ya mencioné, el cronista Alva Ixtlilxóchitl dejó un amplio testimonio sobre las guerras entre Texcoco y Azcapotzalco. Luego Francisco Xavier Clavijero, Manuel Orozco y Berra y Mariano Veytia escribieron sus obras, todas con el mismo títulos, pero independientes y muy distintas entre sí: Historia antigua de México. Queda claro que Veytia siguió en su totalidad al cronista Ixtlilxóchitl, mientras que Clavijero y Orozco se inclinaron más por las versiones de los mexicas.

Años más tarde otros historiadores —con intenciones de escribir sobre Nezahualcóyotl— se verían forzados a seguir a Veytia, como lo hizo José María Vigil. Entre los estudios más cercanos a nuestra época y mejor documentados está Nezahualcóyotl, vida y obra de José Luis Martínez. No obstante, es muy difícil narrar la historia del rey chichimeca sin acudir a las crónicas de Ixtlilxóchitl y Veytia.

Descubrir la verdadera historia de Nezahualcóyotl resulta una pretensión ingenua e imposible de alcanzar, ya que existen dos versiones: la que lo descredita y la que lo enaltece. No cabe duda de que nos quedaremos siempre con muchas preguntas. ¿En realidad fue Nezahualcóyotl quien recuperó el imperio? ¿El reino de Tacuba se ganó el lugar que le dio la historia como parte de la triple alianza? ¿O fue otorgado aquel beneficio a Tacuba sólo porque el príncipe quería complacer los caprichos de su concubina, hija del rey de Tacuba? ¿Venganza o justicia? ¿Héroe o populista? ¿Quién fue en verdad el Coyote ayunado? ¿Cuánto se ha engrandecido su imagen? ¿Era en realidad tan benigno como cuenta la leyenda?

Nota del editor:

Las traducciones de los poemas que aparecen en las páginas 154-155 y 268-269 son de Ángel María Garibay y Miguel León Portilla respectivamente. Para ampliar la referencia de los libros de los que fueron tomadas, puede consultarse la bibliografía incluida en la página.

Árbol genealógico

XÓLOTL
Fundador del reino chichimeca

ACOLHUA
Primer rey de Azcapotzalco

CUETLACHXÓCHITL
Hija de Xólotl y esposa de Acolhua, rey de Azcapotzalco

Reyes tepanecas

MATLACOHUATL
Chiconquiauhtzin
Tezcapoctzin

Nota: De estos reyes no se sabe si fueron hijos, o hermanos de Acolhua.

NOPALTZIN
Hijo de Xólotl y segundo rey chichimeca

TOLTZIN
Hijo de Nopaltzin y tercer rey chichimeca

ACAMAPICHTLI
Primer rey mexicano

QUINATZIN
Hijo de Toltzin y cuarto rey chichimeca

ACOLHUATZIN
Bisnieto de Xólotl

HUITZILIHUITL
Hijo de Acamapichtli y segundo rey mexicano

TECHOTLALA
Hijo de Quinatzin y quinto rey chichimeca

TEZOZÓMOC
Hijo de Acolhuatzin

MATLACIHUATL
Hija de Acamapichtli, esposa de Ixtlilxóchitl, y madre de Nezahualcóyotl

IXTLILXÓCHITL
Hijo de Techotlala y sexto rey chichimeca

MAXTLA
Hijo de Tezozómoc

CHIMALPOPOCA
Hijo de Acamapichtli y tercer rey mexicano

NEZAHUALCÓYOTL
Hijo de Ixtlilxóchitl y Matlacihuatl; y séptimo rey chichimeca

Izcóatl, hijo de Acamapichtli y cuarto rey mexicano.

Bibliografía

Alva Ixtlilxóchitl, Fernando de, *Historia de la Nación Mexicana*, Editorial Dastin, España, 2002.

Alva Ixtlilxóchitl, Fernando de, *Obras Históricas*, t. I, *Relaciones*, t. II, *Historia chichimeca*, publicadas y anotadas por Alfredo Chavero, México, 1891-92. Reimpresión fotográfica con prólogo de J. Ignacio Dávila Garibi, 2 vols., Editora Nacional, México, 1965.

Alvarado Tezozómoc, Hernando de, *Crónica mexicana*, anotada y con estudio cronológico de Manuel Orozco y Berra, Editorial Porrúa, México, 1987, de la primera edición de 1878.

Alvarado Tezozómoc, Hernando de, *Crónica mexicáyotl*, edición y versión del náhuatl de Adriana León, UNAM, Instituto de Investigaciones Históricas, México, 1949.

Anales de Tlatelolco, introducción de Robert Barlow y notas de Henrich Berlin, CONACULTA, México, 1948.

Anónimo de Tlatelolco, Ms., (1528), edición facsimilar de E. Mengin, Copenhagen, 1945, fol. 38.

Benavente, Fray Toribio (Motolinia) de, *Relaciones de la Nueva España*, introducción de Nicolau d'Olwer, UNAM, México, 1956.

C. Mann, Charles, 1491, *Una nueva historia de las Américas antes de Colón*, Taurus, México, 2006.

Casas, Bartolomé de las, *Los indios de México y Nueva España*, prólogo, apéndices y notas de Edmundo O'Gorman, Editorial Porrúa, México, 1966.

Chavero, Alfredo et al., *México a través de los siglos*, t. I-II, Editorial Cumbre, México, 1988.

Chavero, Alfredo et al., *Resumen integral de México a través de los siglos*, t. I, bajo la dirección de Vicente Riva Palacio, Compañía General de Ediciones, México, 1952.

Chimalpain Cuauhtlehuanitzin, Domingo, *Las ocho relaciones y el memorial de Colhuacan*, CNCA, 1998.

Clavijero, Francisco Javier, *Historia Antigua de México*, con prólogo de Mariano Cuevas, Editorial Porrúa, México, 1964, de la primera edición de Colección de Escritores Mexicanos, México, 1945.

Códice Florentino, textos nahuas de los informantes indígenas de Sahagún, en 1585, Dibble y Anderson: Florentine codex, Santa Fe, New Mexico, 1950.

Códice Matritense de la Real Academia de la historia, textos en náhuatl de los indígenas informantes de Sahagún, ed. Facs, de Pasos y Troncoso, vol. VIII, fototipia de Hauser y Menet, Madrid,1907.

Códice Ramírez, Secretaría de Educación Pública, México, 1975.

Códice Ramírez, con estudio cronológico de Manuel Orozco y Berra, Editorial Porrúa, México, 1987, de la primera edición de 1878.

Durán, fray Diego, *Historia de las indias de Nueva España*, UNAM, México, 1581.

Dyer, Nancy Joe. Motolinia, *Fray Toribio de Benavente, Memoriales*, edición crítica, introducción, notas y apéndice de Nancy Joe Dyer, El Colegio de México, México, 1996.

Fernández de Echeverría y Veytia, Mariano, *Historia antigua de México*, t. II, Editorial del Valle de México, México, 1836.

Garibay, Ángel María, *Llave del Náhuatl*, Editorial Porrúa, México, 1999, de la primera edición de 1940.

Garibay, Ángel María, *Panorama literario de los pueblos na-huas*, Editorial Porrúa, México, 2001, de la primera edición de 1963.

Garibay, Ángel María, *Poesía náhuatl*, t. II, *Cantares mexicanos*, Manuscrito de la Biblioteca Nacional de México, primera parte (contiene los folios 16-26, 31-36, y 7-15), UNAM, Instituto de Investigaciones Históricas, México, 1965.

Garibay, Ángel María, *Teogonía e Historia de los mexicanos*, Editorial Porrúa, México, 1965.

Gillespie, Susan, *Los reyes aztecas*, Editorial Siglo XXI, México, 1994.

Guzmán-Roca, Luis, *Azteca*, Mitología, Gráfico SRL, Argentina, 2008.

Krickeberg, Walter, *Las Antiguas Culturas Mexicanas*, Fondo de Cultura Económica, México, 1961.

León-Portilla, Miguel, *Aztecas-mexicas. Desarrollo de una civilización originaria*, Algaba Ediciones, México, 2005.

León-Portilla, Miguel, *Historia documental de México*, t. I, UNAM, México, 1984.

León-Portilla, Miguel, *Los Antiguos Mexicanos a través de sus crónicas y cantares*, Fondo de Cultura Económica, México, 1961.

León-Portilla, Miguel, *Toltecáyotl, aspectos de la cultura náhuatl*, Fondo de Cultura Económica, México, 1980.

León-Portilla, Miguel, *Trece poetas del mundo azteca*, UNAM, Instituto de Investigaciones Históricas, México, 1967.

León-Portilla, Miguel, *Visión de los vencidos*, relación indígena de la conquista, UNAM, Biblioteca del Estudiante Universitario, México, 1959.

Martínez, José Luis, *Hernán Cortés*, UNAM-FCE, México, 1990.

Martínez, José Luis, *Nezahualcóyotl, vida y obra*, Fondo de Cultura Económica, México, 1972.

Mendieta, Jerónimo, *Historia eclesiástica indiana*, ed. Joaquín García Icazbalceta, 4 vols., Antigua Librería, México, 1870.

Motolinia, Fray Toribio. *Historia de los indios de la Nueva España*, Editorial Porrúa, 2001, número 129.

Nigel Davies, *Los antiguos reinos de México*, Fondo de Cultura Económica, México, 2004.

Orozco y Berra, Manuel, *Historia Antigua y de las Culturas Aborígenes de México*, t. I-II, de 400 ejemplares, Ediciones Fuente Cultural, México, 1880.

Piña Chan, Román y Patricia Castillo Peña, Tajín, *La ciudad del dios Huracán*, Fondo de Cultura Económica, México, 1999.

Piña Chan, Román, *Una visión del México prehispánico*, UNAM, Instituto de Investigaciones Históricas, México, 1967.

Pomar, Juan Bautista, "Relación de Tezcoco", 1582, en Joaquín García Icazbalceta, *Nueva colección de documentos para la historia de México*, México, 1891.

Revista *Arqueología Mexicana*, julio-agosto 2004, num. 68 y noviembre-diciembre 2002, num. 58.

Romero Vargas Yturbide, Ignacio, *Los gobiernos socialistas de Anahuac*, Sociedad Cultural In Tlilli In Tlapalli, México, 2000.

Sahagún, Fray Bernardino de, *Historia general de las cosas de la Nueva España*, Editorial Porrúa, num. 7, 1956.

Selva, Salomón de la, *Acolmixtli Nezahualcóyotl*, Gobierno del Estado de México, 1972.

Toledo Vega, Rafael, *Enigmas de México, la otra historia*, Editorial Tomo, 2004.

Toro, Alfonso, *Historia de México*, UNAM, México.

Torquemada, Fray Juan de, *Monarquía Indiana*, selección, introducción y notas de Miguel León-Portilla, UNAM, México, 1964.

Vigil, José María, *Nezahualcóyotl*, Instituto Mexiquense de Cultura y UAEM México, 1972.

Villalpando, José Manuel y Alejandro Rosas, *Historia de México a través de sus gobernantes*, Editorial Planeta Mexicana, México, 2003.

Suma de letras es un sello editorial del Grupo Santillana

www.sumadeletras.com/mx

Argentina
www.alfaguara.com/ar
Av. Leandro N. Alem, 720
C 1001 AAP Buenos Aires
Tel. (54 11) 41 19 50 00
Fax (54 11) 41 19 50 21

Bolivia
www.alfaguara.com/bo
Calacoto, calle 13 nº 8078
La Paz
Tel. (591 2) 279 22 78
Fax (591 2) 277 10 56

Chile
www.alfaguara.com/cl
Dr. Aníbal Ariztía, 1444
Providencia
Santiago de Chile
Tel. (56 2) 384 30 00
Fax (56 2) 384 30 60

Colombia
www.alfaguara.com/co
Calle 80, nº 9 - 69
Bogotá
Tel. y fax (57 1) 639 60 00

Costa Rica
www.alfaguara.com/cas
La Uruca
Del Edificio de Aviación Civil 200 metros
 Oeste
San José de Costa Rica
Tel. (506) 22 20 42 42 y 25 20 05 05
Fax (506) 22 20 13 20

Ecuador
www.alfaguara.com/ec
Avda. Eloy Alfaro, N 33-347 y Avda. 6 de
 Diciembre
Quito
Tel. (593 2) 244 66 56
Fax (593 2) 244 87 91

El Salvador
www.alfaguara.com/can
Siemens, 51
Zona Industrial Santa Elena
Antiguo Cuscatlán - La Libertad
Tel. (503) 2 505 89 y 2 289 89 20
Fax (503) 2 278 60 66

España
www.alfaguara.com/es
Torrelaguna, 60
28043 Madrid
Tel. (34 91) 744 90 60
Fax (34 91) 744 92 24

Estados Unidos
www.alfaguara.com/us
2023 N.W. 84th Avenue
Miami, FL 33122
Tel. (1 305) 591 95 22 y 591 22 32
Fax (1 305) 591 91 45

Guatemala
www.alfaguara.com/can
7ª Avda. 11-11
Zona nº 9
Guatemala CA
Tel. (502) 24 29 43 00
Fax (502) 24 29 43 03

Honduras
www.alfaguara.com/can
Colonia Tepeyac Contigua a Banco Cuscatlán
Frente Iglesia Adventista del Séptimo Día,
 Casa 1626
Boulevard Juan Pablo Segundo
Tegucigalpa, M. D. C.
Tel. (504) 239 98 84

México
www.alfaguara.com/mx
Avda. Río Mixcoac, 274
Colonia Acacias
03240 Benito Juárez
México D.F.
Tel. (52 5) 554 20 75 30
Fax (52 5) 556 01 10 67

Panamá
www.alfaguara.com/cas
Vía Transísmica, Urb. Industrial Orillac,
Calle segunda, local 9
Ciudad de Panamá
Tel. (507) 261 29 95

Paraguay
www.alfaguara.com/py
Avda. Venezuela, 276,
entre Mariscal López y España
Asunción
Tel./fax (595 21) 213 294 y 214 983

Perú
www.alfaguara.com/pe
Avda. Primavera 2160
Santiago de Surco
Lima 33
Tel. (51 1) 313 40 00
Fax (51 1) 313 40 01

Puerto Rico
www.alfaguara.com/mx
Avda. Roosevelt, 1506
Guaynabo 00968
Tel. (1 787) 781 98 00
Fax (1 787) 783 12 62

República Dominicana
www.alfaguara.com/do
Juan Sánchez Ramírez, 9
Gazcue
Santo Domingo R.D.
Tel. (1809) 682 13 82
Fax (1809) 689 10 22

Uruguay
www.alfaguara.com/uy
Juan Manuel Blanes 1132
11200 Montevideo
Tel. (598 2) 410 73 42
Fax (598 2) 410 86 83

Venezuela
www.alfaguara.com/ve
Avda. Rómulo Gallegos
Edificio Zulia, 1º
Boleita Norte
Caracas
Tel. (58 212) 235 30 33
Fax (58 212) 239 10 51

Este libro terminó de imprimirse en noviembre de
2011 en Editorial Penagos, S.A. de C.V., Lago Wetter
num. 152, Col. Pensil, C.P.11490, México, D.F.